S. P. PEPPER

IN AL-LUCANTS SCHATTEN
– VERBUNDEN –

Band 2 der Al-Lucant-Reihe
Fantasy-Roman

Originalausgabe

1. Auflage (Oktober 2024)

© 2024 Stefanie Pockelwald

Coverdesign, Karten und Kapitelillustrationen: Stefanie Pockelwald unter Verwendung von Motiven von Artant, Artpropaganda, Nveri, Romanmalyshev, Seamartini, Sergeiminsk und Zven0 (Lizenzen über 123rf)

Buchsatz: Stefanie Pockelwald

S.P. PEPPER

IN AL-LUCANTS

Schatten

- VERBUNDEN -

Für alle, die sich nicht unterkriegen lassen.

Auch wenn es manchmal aussichtslos erscheint:
Es kommen bessere Zeiten.

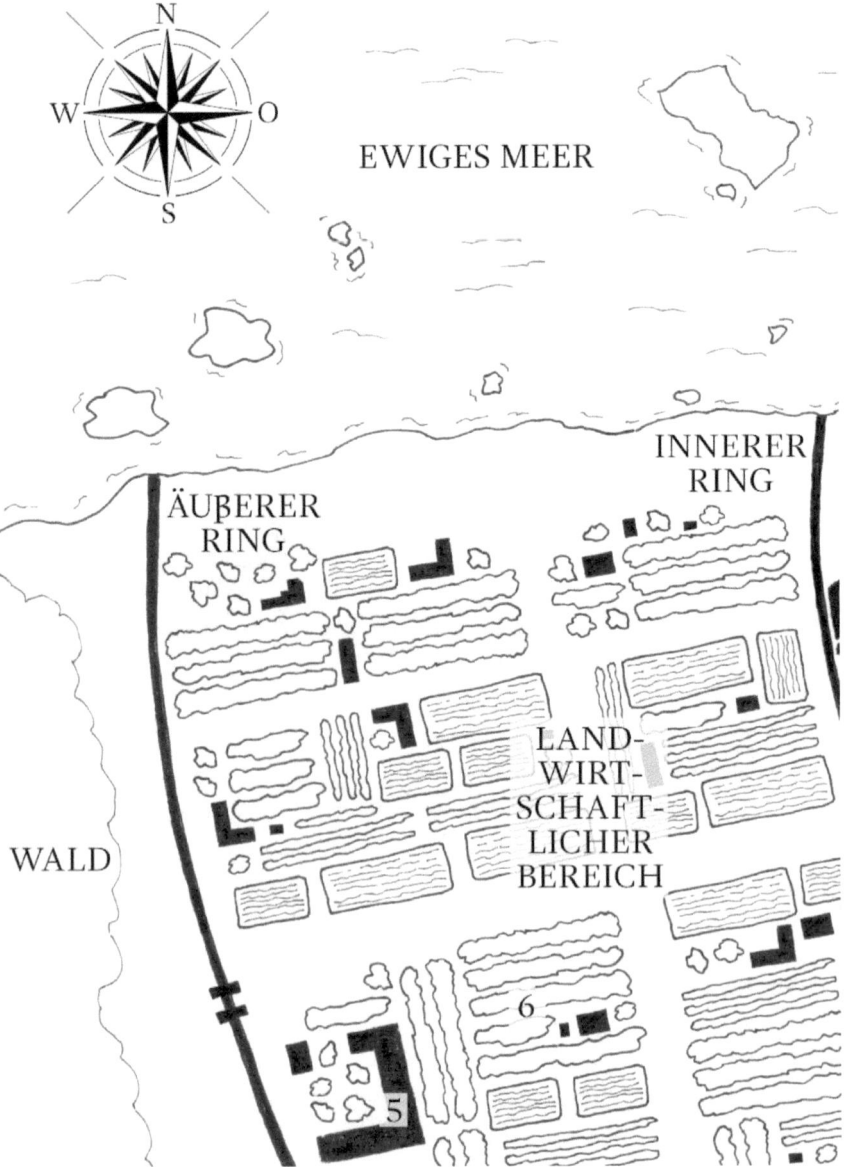

TOTEN-
WÄCHTER

PINIENWALD

BARRI-AL-OBRERO

1 ZUGANG ZU DEN HÖHLEN
2 WASSERFALL
3 MARKT
4 HAUS MIT LOCH ZU DEN HÖHLEN
5 KANINCHENFARM
6 ORANGENPLANTAGE

Die Höhlen

PILZE
UND
FLECHTEN

N
W   O
S

WASSERFALL MIT
PLATTFORM

LAGER FÜR
WAFFEN UND
LUXUSGÜTER

LAGER FÜR
DINGE DES
TÄGLICHEN
BEDARFS

— HOLZWAND
—N— HOLZWAND MIT TÜR
mmm ROTE TÜR

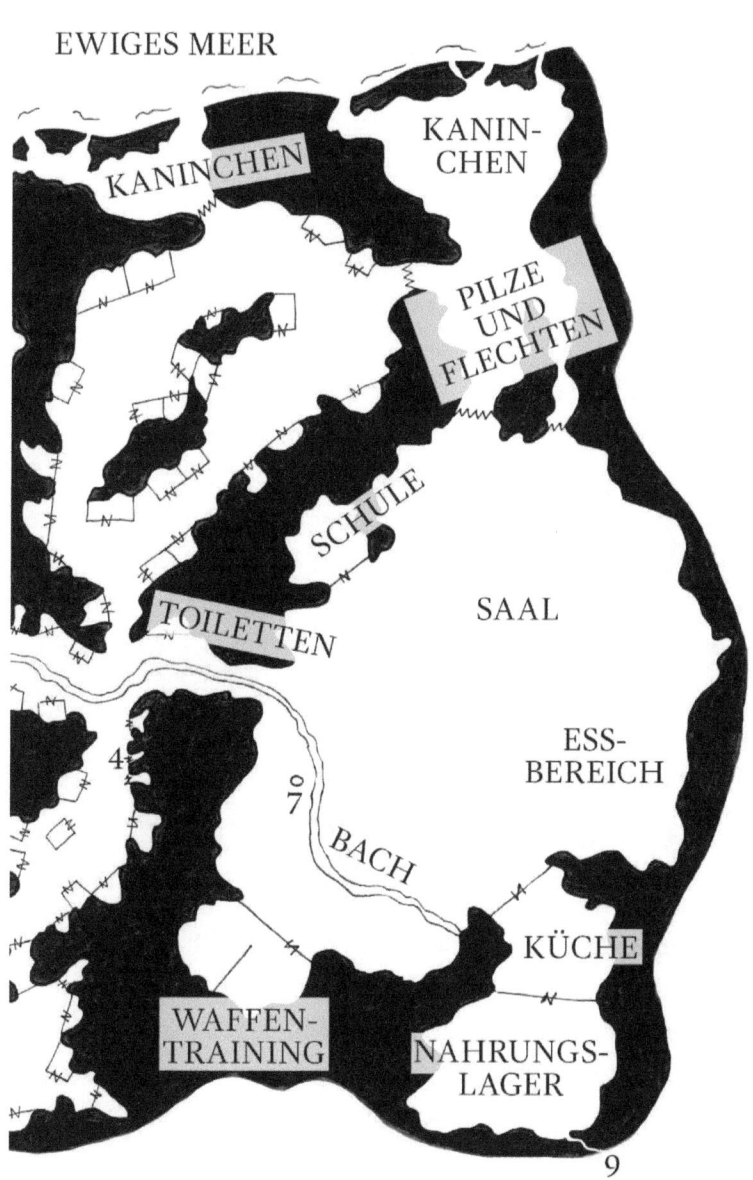

EWIGES MEER

KANINCHEN

KANIN-
CHEN

PILZE
UND
FLECHTEN

SCHULE

SAAL

TOILETTEN

ESS-
BEREICH

4

7

BACH

KÜCHE

WAFFEN-
TRAINING

NAHRUNGS-
LAGER

9

Was bisher geschah

In der Taifa Al-Lucant leiden die Menschen unter der Herr-
schaft des Kalifen, der seit etwa zwei Jahren an der Macht ist.
Trotz aller Widrigkeiten verfolgen die Leute ihren gewöhn-
lichen Alltag und hoffen, dass sie den ungerechten und viel zu
strengen Strafen des Machthabers entgehen.

So geht es auch Greifenreiter Yerad und Artistin Mirella. Bis
sie eines Tages von einer Gedankenleserin geprüft werden und
ihre Leben, wie sie sie bis dahin kannten, enden.

Mirellas gesamte Familie und etliche andere Bedienstete der
Alcazaba werden brutal von Gardisten getötet. Mirella selbst
kann nur knapp aus der Festung entkommen. Auf ihrer Flucht
bekommt sie Hilfe von einem Noblen, der ihr verrät, wie sie
Kontakt zu Rabe, dem Anführer der Rebellen, aufnimmt. Der
Noble deutet an, dass Rabe und seine Leute planen, den Kalifen
zu töten.

Da Mirella aufgrund ihres auffälligen Äußeren keine Möglichkeit sieht, unterzutauchen, und verhindern will, dass sich ein
Gemetzel, wie sie es erleben musste, wiederholt, schließt sie
sich den Rebellen an. Insbesondere ihre neuen Kameraden
Alia, Durak und Chadrik sind ihr von Anfang an sympathisch.

Bei Rabe hingegen ist die Situation deutlich schwieriger:
Einerseits fühlt sie sich zu ihm hingezogen, doch es kommt
auch immer wieder zu Momenten, in denen sie ihn fürchtet.
Die Tatsache, dass er in der Vergangenheit bereits eine Rebellin für etwas bestraft hat, von dem Mirella nicht ausschließen

kann, es zu wiederholen, sollte ihr eigentlich verdeutlichen, dass sie sich lieber von diesem Mann fernhält. Trotzdem zieht es sie zu ihm.

Für Yerad hat das Urteil der Gedankenleserin weniger dramatische Konsequenzen, da er lediglich seine Anstellung am Greifenhof verliert. Dennoch bricht für ihn eine Welt zusammen, da er das Fliegen wie die Luft zum Atmen braucht. Zu allem Überfluss wenden sich einige seiner Freunde von ihm ab. Nur seine Familie und sein bester Freund Tarek stehen noch zu ihm. Er versucht, eine neue Arbeit zu bekommen, da er das Nichtstun nicht erträgt, aber auch damit hat er keinen Erfolg.

Dann trifft er einen Fremden, der ihm anbietet, dass er wieder fliegen dürfe – sofern Yerad am nächsten Morgen alleine zu einem Treffpunkt im Barri-Al-Obrero kommt. Yerad ist bewusst, dass es sich um eine Falle handeln könnte. Immerhin ist das Barri-Al-Obrero für einen Noblen wie ihn nicht ungefährlich. Außerdem darf mit Ausnahme des Greifenhofs niemand in Al-Lucant einen Greifen halten. Trotzdem geht er zum vereinbarten Ort, da die Sehnsucht nach dem Fliegen größer ist als die Vernunft, und endet prompt als Entführungsopfer.

Auf Rabes Befehl hin, nehmen Chadrik und Durak Yerad gefangen und bringen ihn in das Höhlensystem, das den Rebellen als Versteck dient. Dort erfährt Yerad, was man von ihm verlangt: Er soll eine wilde Greifin, die schon mehrere Wochen in der Dunkelheit angekettet und daher äußerst aggressiv ist, zähmen. Da Yerad das Tier später fliegen soll, willigt er ein, wenngleich ihm bewusst ist, dass er bei dieser Aufgabe höchstwahrscheinlich sterben wird.

Yerad

Yerad wusste bereits, wo er sich befand, bevor er die Augen aufschlug. Der beißende Gestank erinnerte ihn daran. Er brachte sich in eine sitzende Position und blickte zur schlummernden Greifin. Für seine erste Nacht in Gefangenschaft hatte er erstaunlich gut geschlafen. Er hätte erwartet, dass ihn Sorgen wach hielten, oder die Greifin mit ihrem Geschrei. Nichts davon war geschehen. Er fühlte sich ausgeruht wie seit Tagen nicht mehr.

Nur der Druck in seiner Blase war unangenehm und so kroch er von seinem Schlaflager. Erst jetzt fiel ihm auf, dass kein Aufpasser anwesend war. Dunkel erinnerte er sich, dass Zineb gegangen war, als er sich hingelegt hatte. Er krabbelte zur Tür und schlüpfte hinaus.

Draußen stand nun eine Bank, auf der Durak saß. Der Mann blickte von einem aufgeschlagenen Buch hoch und grinste.

Er kann lesen?

»Morgen, Prinzessin.« Eine filigrane Kette mit einem roten Stein und zwei Ringen hing um Duraks Hals. Da sie so gar nicht zu dem Mann passte, musste es wohl ein Erinnerungsstück sein.

Yerad lächelte zurück, froh darüber, dass Durak ihn bewachte und nicht jemand wie Zineb oder Mirella. »Guten Morgen, Durak.«

»Du stinkst nach vollgekacktem Stroh.«

»Du riechst gleich genauso. Es sei denn, du willst mich weiter von hier draußen beaufsichtigen.«

»Meine Schicht geht bis zum Mittag. Ich müffel lieber, statt mich zu langweilen.« Er deutete auf das Tablett neben sich. »Hast du Hunger?«

»Schon, aber vorher muss ich in meine Kammer.« Auf Duraks Nicken ging Yerad die wenigen Schritte dorthin, erledigte den Toilettengang und schrubbte sich mit kaltem Wasser und Seife den Gestank vom Körper und aus den Haaren, wenngleich das ein ziemlich nutzloses Unterfangen war. Trotzdem war es eine Wohltat, sich für einen Moment sauber zu fühlen. Da der Kleidung mittlerweile ein unerträglicher Geruch anhaftete, wechselte er in frische. Die neuen Sachen waren zwar unbequemer als seine eigenen, doch wesentlich angenehmer zu tragen als das, was er auf dem Weg in die Höhlen am Leib gehabt hatte. Daran konnte er sich vermutlich gewöhnen. Sofern er sich nicht regelmäßig mit der Noblenkleidung daran erinnerte, dass es bessere Alternativen gab.

Er schlüpfte in die Schuhe, die man ihm bereitgestellt hatte. Sie waren steifer und deutlich schwerer als seine Pantoffeln, aber sie rochen nach Leder und nicht nach Mist.

Durak empfing ihn mit den Worten: »Du stinkst ja gar nicht mehr. Und wenn man deine komischen Haare ignoriert, siehst du aus wie ein normaler Mensch.«

»Wem habe ich die Frisur eigentlich zu verdanken? Dir oder Chadrik?«

Durak lachte. »Ich war's. Soll ich noch mal mein Glück versuchen? Schlimmer kann's ja kaum werden.«

Skeptisch betrachtete Yerad Duraks blanken Schädel. »Ich frage lieber jemanden, bei dem zumindest die Möglichkeit besteht, dass ich hinterher noch Haare habe.« Er deutete neben Durak auf die Bank. »Ist es in Ordnung, wenn ich hier frühstücke?« Er wollte das Gefühl von Sauberkeit ein wenig länger auskosten.

»Tu dir keinen Zwang an.« Durak nahm das Tablett vom Platz und reichte es Yerad, sobald er saß. »Mäuschen meinte, Flechtenbrot war nicht so deins. Hab's daher weggelassen. Normales Brot gab's heut nicht, aber das gibt's fast nie.«

»Das Flechtenbrot hat schimmelig geschmeckt.«

»Schimmelig schmeckt anders, glaub mir.«

»Das mache ich. Komm bloß nicht auf die Idee, mir welches mitzubringen«, sagte Yerad, woraufhin Durak amüsiert schnaubte. Yerad begutachtete sein Frühstück: jede Menge Obst, etwas Käse, ein paar Scheiben Trockenwurst, Nüsse sowie eine große Schale Getreidebrei. Keine schlechte Zusammenstellung. Yerads Blick blieb am Besteck hängen. »Gestern hattest du noch ein Problem damit, neben mir zu sitzen, als ich ein Messer bekam.«

»Gestern hättest du's viel leichter gehabt, zu fliehen, und hast es nicht versucht.« Ganz so weit war es mit dem Vertrauen trotzdem nicht, denn sein Buch nahm Durak nicht mehr, während Yerad das Obst und den Käse zerteilte. »Frag die kleine Elster wegen deiner Frisur«, sagte Durak unvermittelt.

Yerad schluckte ein Stück Orange herunter. »Wen?«

»Alia. Sie schneidet einigen Leuten die Haare.«

»Danke für den Hinweis.« Den Rest von Yerads Mahlzeit schwiegen sie. Als sich Yerad satt zurücklehnte, fragte er: »Wann genau wird die Greifin immer gefüttert?«

»So gegen neun.«

»Wie spät ist es gerade?«

»Sieben, schätze ich. Wieso?«

»Ich will mich bloß darauf einstellen.« Yerad hatte bereits Angst, wenn er nur daran dachte. Nun, da er ausgeschlafen war, erschien ihm seine Idee sogar noch unvernünftiger. *Du sitzt hier mit einem der Männer, die dich entführt haben, gemütlich beim Frühstück, und willst eine wilde Greifin zähmen.* Wie viel unvernünftiger war es da, dreckiges Stroh unter dem angriffslustigen Geschöpf wegzukehren?

»Worauf denn ›einstellen‹? Du bist Greifenreiter, Prinzessin. Du wirst doch schon mal gesehen haben, wie diese Tiere fressen.«

Yerad stutzte. Chadrik hatte Durak verraten, dass Yerad kein Flechtenbrot mochte, aber verschwiegen, was er während der Fütterung plante? Im ersten Moment wollte Yerad es Durak erklären, dann entschied er sich um. Falls Durak über das Unterfangen genauso dachte wie Chadrik und Alia, käme er womöglich auf die Idee, sich ablösen zu lassen. Yerad war es allerdings lieber, wenn jemand dabei war, dem nicht egal war, ob er von der Greifin zerhackt wurde. »Das waren Zuchtgreifen. Die kann man nicht mit Wildtieren vergleichen«, entgegnete er unverbindlich. Das war nicht einmal gelogen.

Den Großteil der Zeit bis zur Fütterung verschlief die Greifin, sodass Yerad und Durak auf der Matratze saßen und leise miteinander redeten. Yerad fühlte sich mies, vor Durak geheim zu halten, was auf ihn zukam. Besonders, als dieser den zerhackten und provisorisch zusammengesetzten Besenstiel erblickte und wissen wollte, was um aller Welt damit passiert war.

»Ich habe versucht, das alte Stroh wegzufegen«, hatte Yerad wahrheitsgemäß geantwortet, ohne darauf hinzuweisen, dass dieses Vorhaben gleich in die nächste Runde ging.

Duraks anschließender Blick war von der Sorte gewesen, an die Yerad sich zunehmend gewöhnte.

Dann klopfte es an der Tür. Unter den misstrauischen Augen der Greifin krochen Yerad und Durak gemeinsam hin.

Draußen stand eine Frau mit einem großen Sack. »Futter für das Tier«, sagte sie und sah Yerad hoffnungsvoll an. »Übernehmt Ihr das?«

Yerad nickte und nahm den Sack entgegen. »Was ist das für Futter?«

»Tote Kaninchen, Hühner und eine Möwe. Ich hab sie weder gerupft, gehäutet noch ausgenommen. Das ist doch richtig, oder?«

»Wenn ihr die Felle und Federn braucht, können die gern entfernt werden. Es ist aber kein Muss.« Diese Dinge würde die Greifin sowieso hochwürgen. »Ausgenommen werden dürfen die Tiere allerdings nicht.«

»Merk ich mir für morgen«, sagte die Frau. »Ich hol jetzt frisches Wasser und das Gemüse.«

»Stell es einfach vor die Tür. Bitte nicht klopfen oder hereinkommen.«

Die Frau nickte, sichtlich verwundert, und zog ab.

Yerad wuchtete den Sack ins Innere und schloss die Tür. Die Greifin stierte auf ihr Futter. Sie hatte Hunger. Trotzdem musste sie sich gedulden. Yerad wollte nicht mit Durak diskutieren, während er in der Nähe des Greifenschnabels hantierte.

»Wirf ihr den ganzen Sack hin«, sagte Durak. »Machen wir immer so.«

»Heute aber nicht.«

»Ach nein?«

Yerad überlegte, wie er es Durak am besten offenbaren sollte. Er entschied sich für die direkte Methode: »Ich werde währenddessen sauber machen.«

Durak starrte Yerad an, dann den zerbissenen Besen. »Das Stroh?«, fragte er entsetzt.

»Genau.«

»Was macht dich so sicher, dass du nicht gefressen wirst?«

»Nichts.«

Für einen Moment hatte es Durak die Sprache verschlagen. Seinem Gesicht entwich jede Farbe. »Du bist doch irre.«

»Vermutlich«, stimmte Yerad zu.

Da rasselten die Ketten, die Greifin grollte. Ihre Augen waren wie hypnotisiert von dem Sack.

»Es geht gleich los«, versprach Yerad und zog die beiden Besen zu sich heran. »Warte draußen, Durak. Ich melde mich, sobald ich fertig bin.«

»Ganz bestimmt nicht. Wenn du's verkackst, muss ich dich doch retten.«

Yerad konnte ein Lächeln nicht unterdrücken, obwohl er nicht glaubte, dass Durak viel ausrichten könnte, falls Yerad es *verkackte.* »Dann verhalte dich ruhig. Damit hilfst du mir am meisten.« Er fixierte die Greifin und holte ein totes Kaninchen aus dem Sack. »Das ist für dich, meine Liebe.«

Die Greifin warf sich in Yerads Richtung, die Ketten spannten sich mit einem grässlichen Klirren.

»Du darfst es fressen und ich entferne in der Zwischenzeit das alte Stroh.«

Sie kreischte vor Ungeduld, aber das war Yerad egal. Futter gab es nur, wenn sie mitmachte. Je eher sie das realisierte, umso besser.

»Du wirst dort fressen.« Er wies auf eine Stelle am gegenüberliegenden Rand des Kreises, wo der Boden einigermaßen frei von Dreck war. »Und ich putze hier. Du lässt mich sauber machen. Ich lasse dich fressen.«

Abermals lärmte sie, die Augen auf den Sack gerichtet.

Yerad glaubte nicht, dass sie irgendetwas verstanden hatte, aber Greifen waren schlau. Wenn er regelmäßig mit ihr sprach, begriff sie seine Worte irgendwann. Er nahm den heilen Besen in die freie Hand und richtete sich auf. Falls das Tier nervöser wurde, sah er es ihm nicht an. »Dann wollen wir mal«, murmelte er. Mit einem gezielten Wurf beförderte er das tote Kaninchen an die Markierung auf der gegenüberliegenden Seite.

Die Greifin preschte dem Futter nach, Yerad machte einen hastigen Schritt über die Linie und fegte einen ordentlichen Schwung von dem Haufen, auf dem die Greifin nachts gelegen hatte, zu sich heran, dann noch einen. Eine abrupte Bewegung von der Greifin, Yerad sprang in Sicherheit, riss den Besen zurück.

Die Greifin war vor ihm, die roten Augen und der krumme Schnabel nur eine Armlänge von seinem Gesicht entfernt. Sie schrie.

Er ertrug es stumm, ohne sich zu rühren. Als sie fertig war, sagte er: »Geh zu der Futterstelle und lass mich sauber machen.« Er zog ein Huhn aus dem Sack. »Du willst das hier? Dann geh zurück.« Entschieden deutete er auf die Stelle, wo sie das Kaninchen gefressen hatte, darum bemüht, den Arm nicht zu weit auszustrecken, damit sie den nicht gleich zerbiss.

Ohrenbetäubendes Kreischen war die Antwort. Die Greifin blieb, wo sie war, und zog mit aller Kraft an den Fesseln, um zu dem Huhn zu gelangen. Vielleicht auch zu Yerads Arm, ganz sicher war er da nicht.

Endlich hielt das Tier den Schnabel. Die Ketten waren dennoch straff gespannt, die Krallen kratzten über den Stein.

»Durak?«, fragte Yerad, ohne die Greifin aus den Augen zu lassen. »Ich brauche deine Hilfe.«

»Den Scheißdreck kannst du schön alleine machen.«

»Du musst nur die toten Tiere aus dem Sack holen und zu der Stelle werfen, wo sie das Kaninchen verschlungen hat. Du bleibst die ganze Zeit hinter der Linie.«

»Und wenn die Ketten reißen? Dann frisst sie mich als Erstes.«

Falls die Ketten rissen, überlebte keiner von ihnen. Es sei denn, die Greifin verschonte sie bewusst. »Bislang haben sie doch auch gehalten.«

Erneut klägliches Geschrei, dass es in Yerads Ohren klingelte. Zur Abwechslung recht kurz.

»Gib schon her!«, knurrte Durak und rutschte dichter an die Linie.

Dankbar gab Yerad ihm den Sack und das Huhn. »Hol immer nur ein Tier heraus und halte es hoch, bis ich dir sage, dass du es werfen kannst.«

»Und in der Zwischenzeit lass ich mich ankreischen oder was?«

»Genau.«

Die Greifin begann mit der nächsten Schimpftirade, dieses Mal in Duraks Richtung. Er zuckte zusammen, umklammerte das Huhn aber, während Yerad an seine alte Position eilte, um das Stroh, das er zuvor dichter geholt hatte, über die Linie und in die Ecke zu kehren. Als er fertig war, sagte er: »Durak, jetzt!«

Das Huhn landete auf dem vereinbarten Punkt, abermals hastete Yerad in den gefährlichen Bereich und verkleinerte den Berg aus Mist. Nachdem die Greifin das Huhn verschlungen hatte, warf sie sich in Duraks Richtung und schrie. Er hielt bereits ein weiteres Huhn hoch.

Das klappt ja besser als gedacht. Yerad durfte nur nicht unvorsichtig werden. Daran erinnerte er sich jedes Mal, sobald er in Sicherheit war, und Durak der kreischenden Greifin den nächsten Happen präsentierte.

Beim sechsten Mal ging es trotzdem schief. Anstatt zu Durak fuhr das Tier zu Yerad herum. Er wollte zurückweichen, war zu langsam. Ein Bersten, plötzlicher Schmerz in der Magengrube, alles verschwamm. Abrupt knallte Yerad auf Hintern und Rücken, ein stechender Blitz schoss durch seine Hüfte und pulsierte da weiter. *Vielleicht sollte ich doch das Schmerzmittel nehmen.*

Jemand umfasste ihn an den Oberarmen und half ihm in eine sitzende Position. »Bist du in Ordnung, Prinzessin?«

Yerad begriff, dass er ein ganzes Ende hinter der Linie war. Er blickte an sich hinunter und zog sein Hemd hoch. Der Bauch war äußerlich unversehrt. Offenbar hatte die Greifin ihm nur den Kopf hineingerammt. Den Besenstiel hatte es allerdings erwischt, aber Yerad hatte ja noch das zweite Exemplar, das Chadrik gestern repariert hatte.

»Kannst du mal antworten?«, fuhr Durak ihn an.

»Es geht mir gut.«

Die Greifin lauerte hinter der Linie und stieß einen schrillen Ton aus.

»Hast du nun endlich genug von deiner Schwachsinnsidee, Prinzessin?«

Sie hätte mich töten können, aber sie hat mich verschont. Trotzdem hieß das nicht, dass es bei der nächsten Situation genauso lief. Vielleicht war das eben eine Warnung gewesen und wenn Yerad die Greifin erneut belästigte, rammte sie ihm nicht den Schädel in den Bauch, sondern ihren Schnabel.

»Meine Fresse, hast du vergessen, wie man antwortet?«, schnappte Durak. »Hat dein Hirn wieder gelitten?«

»Nein.« Yerads Kopf ging es trotz der ruckartigen Landung erstaunlich gut. Seiner Hüfte allerdings weniger. Doch solange er sich bewegen konnte, ignorierte er die Schmerzen. Er straffte sich. »Ich bringe das zu Ende.«

»Nicht dein Ernst. Muss das Tier dich erst zerlegen, damit du's kapierst?«

»Wirst du mir weiter helfen?«

»Was passiert denn, wenn ich's nicht tue? Hörst du dann auf?«

»Hatte ich nicht vor.«

»Wenn du sterben willst, stürz dich die Klippen runter.«

»Das geht hier drinnen aber schlecht«, konnte sich Yerad nicht verkneifen.

Kopfschüttelnd und vor sich hinfluchend kroch Durak zurück zu seinem Platz. Als er die Möwe aus dem Sack zog, knurrte er: »Reiz es wenigstens nicht so aus. Zweimal fegen, mehr nicht, und dann ab in Sicherheit.«

Der Einwand war berechtigt. »Einverstanden.« Mit Duraks Vorsichtsmaßnahme überstand Yerad auch die restliche Fütterung, ohne erneut von der Greifin attackiert zu werden. Und das obwohl sie sich ein weiteres Mal in seine Richtung gestürzt hatte.

Yerad hatte fast den gesamten Dreck in die Ecke gefegt. Speiballen hatte er dabei nicht entdeckt, doch bei dem ungeeigneten Futter bislang war das keine Überraschung.

Einige verklumpte Halme waren geblieben. Bestimmt klebten sie am Boden fest, wogegen Yerad im Moment nichts unternehmen konnte. Stumm und entkräftet kehrte er den Dreck in den Abfallsack und das frische Stroh schwungvoll in den Kreis. Es lag nicht ideal, aber das sollte die Greifin alleine richten. Für heute reichte es Yerad mit der Lebensgefahr.

Den Mist schleppte er vor die Tür, wo bereits das Gemüse und der Wassereimer standen. Durak half ihm, alles reinzubringen. »Kann ich mir damit die Hände waschen?«, fragte er und deutete auf das Wasser der Greifin.

Yerad nickte und tat es ebenfalls. So empfindlich waren Greifenmägen nicht. Trotzdem sollte er für morgen besser einen weiteren Eimer für diese Zwecke anfordern. Mit Hilfe des Besens schob Yerad sowohl den Wassereimer als auch das Gemüse zur Futterstelle.

Augenblicklich versenkte die Greifin den Schnabel im Nass. »Bekommt sie nur während der Fütterungen Trinken?«, fragte Yerad.

»Ich glaub, schon.«

Das war definitiv zu wenig. Wie häufig Wasser angeboten werden sollte, wusste Yerad allerdings nicht. Sein Greif hatte immer sehr viel getrunken, aber Yerad hatte ihm bei den Flügen auch einiges abverlangt. Die Greifin hingegen flog nicht, vergeudete jedoch mit ihrem Geschrei und Getobe Energie. »Kannst du dafür sorgen, dass sie heute noch zweimal Wasser bekommt?«

»Das krieg ich hin«, brummte Durak, der auf Yerads Matratze sitzend an der Wand lehnte.

Yerad beobachtete eine Weile, wie die Greifin Zucchinis und Auberginen im Stück verschlang. »Danke, dass du mich nicht gefressen hast«, sagte er zu dem Tier.

Die blutroten Augen fixierten Yerad kurz, dann war die Nahrung wichtiger und Yerad krabbelte zu Durak auf die Matratze.

»Willst du das nun alle paar Tage durchziehen?«, fragte der Mann.

»Nein.«

Durak entspannte sich sichtlich.

»Ab sofort werde ich das bei *jeder* Fütterung machen.«

Durak war vermutlich zu erledigt, um Yerad ein weiteres Mal fassungslos anzustarren. »Ist das nicht reichlich übertrieben? So schnell wird das Stroh doch nicht oll.«

»Schon, aber es ist leichter, die Greifin daran zu gewöhnen, dass sämtliche Fütterungen nach diesem Muster ablaufen, als wenn das nur alle paar Tage passiert.« Zumindest dachte sich Yerad das. Rabe hätte einen Greifenpfleger entführen sollen und keinen Reiter. »Besorgst du mir für morgen neues Stroh, Durak?«

Der Angesprochene verzog das Gesicht. »Du lässt dich ja doch nicht von dem Bockmist abhalten. Die Ehre, mit dem toten Viehzeug in der Luft zu wedeln, kannst du nächstes Mal allerdings jemand anderem aufdrücken.«

Wie schnell die Zeit mit Durak verflog, merkte Yerad hauptsächlich daran, dass er zunehmend Hunger bekam. Dann klopfte es an der Tür und Rabe kam in die Kammer gekrochen. Im ersten Moment war Yerad überrascht, dass er die Vorsichtsmaßnahmen befolgte. Immerhin hatte Yerad es ihm nie gesagt, aber der Mann wusste vermutlich über einiges Bescheid.

Das Klirren der Ketten ließ Yerads Kopf herumfahren: Die Greifin hatte sich erhoben und starrte grollend zu Rabe.

Der Mann rang sich ein müdes Lächeln ab. »Lasst uns nach draußen gehen.«

Das Geräusch von Krallen, die über Stein schabten, und scharfes Geschrei begleiteten ihren Weg vor die Tür. Nein, dieses Tier war wirklich nicht gut auf Rabe zu sprechen. Schließlich hatte es sich seit der Fütterung ruhig verhalten und nun genügte allein Rabes Anblick, um es aufzuregen.

Yerad war froh, dass wenigstens die Holzbretter der verschlossenen Tür den Lärm dämpften. Als er sich aufrichten wollte, jagte erneut der unerträgliche Schmerz durch seine Hüfte und zwang ihn auf die Knie.

Durak half ihm auf die Beine. »Ich glaub, die Kräuterfrau sollte noch mal nach ihm schauen«, sagte er zu Rabe.

Der Anführer hob eine Augenbraue. »Was ist passiert?«

»Die Greifin hat ihn quer durch den Raum geschubst.« Bevor Rabe etwas entgegnen konnte, richtete Durak sich an Yerad: »Kannst du laufen?«

»Willst du mich tragen, wenn nicht?«

Durak rollte mit den Augen, aber seine Mundwinkel zuckten.

Probehalber machte Yerad ein paar Schritte. »Ja, das geht. Nur das Aufstehen war schmerzhaft.«

»Schick Warda trotzdem her, Durak«, wies Rabe an. »Ich esse nun mit Yerad in dem Raum da vorne.« Er deutete zu der Kammer, in der sie gestern gesprochen hatten. »Du darfst jetzt gehen.«

Der Angesprochene nickte und schulterte den Sack mit dem Mist. Ein Stück liefen sie zu dritt durch den Gang, bis sie den besagten Raum erreicht hatten.

Yerad winkte Durak zum Abschied, was dieser erwiderte. Der Mann sah aus, als wolle er etwas sagen, schwieg aber, und Yerad trat vor Rabe ein.

Der Tisch war für vier Personen eingedeckt. In der Mitte standen Schüsseln mit dampfendem Fleisch, Kräuterreis und buntem Gemüse sowie ein Schälchen mit Datteln und Feigen. »Wer kommt denn noch?«, fragte Yerad, als er sich setzte.

»Zarif«, antwortete Rabe, »und Zineb.«

Beim zweiten Namen entglitt Yerad kurz die Kontrolle über seine Gesichtszüge.

»Zu Euch ist sie also genauso liebenswert wie zu jedem anderen Neuankömmling«, entgegnete Rabe belustigt, als Zineb gerade hinter ihm hereinkam.

»Wozu soll ich nett zu Leuten sein, wenn ich nicht weiß, ob sie's wert sind?«, schnappte sie.

Zarif folgte ihr kopfschüttelnd. »Weil die meisten Menschen Freundlichkeiten erwidern. Macht das Leben angenehmer. Solltest du auch mal versuchen.«

»Nur bis diese *freundlichen* Menschen einen hintergehen, da sie einen für schwach und gutgläubig halten.« Zineb setzte sich neben Yerad. Wenigstens musste er sie so nicht die ganze Zeit ansehen.

Zarif nahm an Yerads anderer Seite Platz. »Hallo, Yerad. Ist das Buch spannend genug?«

»Hallo, Zarif. Ich bin bislang nicht zum Lesen gekommen.«

Rabe füllte ihnen allen auf und sagte währenddessen zu Yerad: »Ihr habt es überlebt, das Stroh auszutauschen. Das ist mehr, als ich für den ersten Tag erwartet hätte.«

Yerad biss sich auf die Zunge, um nicht unhöflich zu werden.

»Ich hoffe allerdings«, fuhr Rabe fort, »dass Ihr Durak dabei nicht in Gefahr gebracht habt.«

»Keine Sorge«, entgegnete Yerad und beäugte die Fleischstückchen auf seinem Teller. *Was ist das denn? Hase?* »Der Einzige, der die Linie übertreten hat, war ich.«

Auf einmal verklangen die Essensgeräusche. Als Yerad aufblickte, starrten ihn sowohl Zarif als auch Zineb überrascht an.

Rabe fragte: »Habt Ihr Euch dabei verletzt?«

»Ja. Die Greifin hat mir ihren Kopf in den Bauch gerammt. Ich schätze, ich bin bei der Landung auf die Hüfte gefallen.« Yerad spießte ein Stück Fleisch mit der Gabel auf. »Was genau ist das?«

»Ratte«, antwortete Rabe. »Das meiste andere Fleisch ist für die Greifin reserviert.«

Yerad schielte zu Zineb, die ihre gesamte Rattenration bereits verputzt hatte.

Sie erwiderte seinen Blick. »Vielleicht seid Ihr doch nützlicher, als ich dachte.« So, wie sie das sagte, klang das wie eine Beleidigung.

Skeptisch probierte Yerad ein kleines Stück Ratte. »Schmeckt gar nicht schlecht.« Tatsächlich ein bisschen wie Hase.

Nachdem sie ihre Hauptmahlzeit beendet hatten, ließ sich Rabe in allen Einzelheiten erläutern, wie Yerad mit Duraks Hilfe das Stroh ausgetauscht hatte. Yerad teilte ihm bei der Gelegenheit gleich mit, dass er das Putzen zukünftig jeden Tag durchführen würde.

Der Anführer wirkte nicht begeistert. »Das heißt, wir brauchen nicht nur Unmengen an Fleisch, sondern auch Unmengen an Stroh.«

»Korrekt«, entgegnete Yerad mit einer gewissen Schadenfreude und aß eine Dattel. *Köstlich.* Als er nach der zweiten greifen wollte, verharrte er. Dass sie ihm Essen, das er mochte, gaben, war zwar nett, aber im Grunde nicht das, was er brauchte. »Ich muss noch einmal über meine Familie sprechen.«

»Das hatten wir doch schon geklärt«, sagte Rabe.

»Das sehe ich anders«, beharrte Yerad. »Soweit ich das mitbekommen habe, behandelt ihr alle mich recht gut.« Sofern man davon absah, dass sie ihn gefangen hielten und in Todesgefahr brachten. »Frei lasst ihr mich allerdings nicht. Und wenn ich nur daran denke, dass meine Leute den Rest ihres Lebens nicht erfahren, was mit mir geschehen ist, wird mir schlecht. Vielleicht berichtet man ihnen sogar, dass ich ins Barri-Al-Obrero gegangen bin, und sie suchen mich. Und am Ende passiert ihnen dort ebenfalls etwas.«

»Das«, sagte Zineb, »hättet Ihr Euch überlegen müssen, bevor Ihr Euer Viertel verlassen habt.«

»Könnten wir nicht seinen Tod vortäuschen?«, schlug Zarif vor.

»Nein!«, entfuhr es Yerad. Sie sollten wissen, dass er lebte. Er wollte ihnen den Kummer nehmen und nicht alles verschlimmern. Er zwang sich zur Ruhe.

Ungerührt sagte Zineb: »In ein paar Tagen ist er vermutlich sowieso hinüber.«

Niemand ging auf ihren Kommentar ein.

Zarif betrachtete Yerad mit geneigtem Kopf. »Warum nicht? Dann würden sie nicht nach Euch suchen und sich nicht in Gefahr begeben. Und auch wenn's hart klingt: Viele kommen mit dem Tod einer geliebten Person besser zurecht als mit der Unsicherheit, wenn jemand verschwindet.«

»Ich weiß aber nicht, wie meine Mutter das verkraftet.«

Rabe lehnte sich zurück. »Trotzdem ist das die einzige Lösung, mit der ich meine Leute nicht unnötig gefährde. Ganz im Gegenteil.« Er überlegte und nickte schließlich. »Ich werde Euren Tod vortäuschen.«

»Und was ist mit meiner Mutter?«

»Sie wird sich schon nicht umbringen. Eine Mutter lässt ihre Familie nicht im Stich. Und außer Euch hat sie noch einen Ehemann, eine Tochter und zwei Enkelkinder. Die wird sie mit solch einem Schicksalsschlag nicht allein lassen und ihnen einen weiteren bescheren. So verhalten sich Mütter nicht.«

Yerads Mund war auf einmal trocken. Er hatte niemandem hier erzählt, wer alles zu seiner Familie gehörte, und selbst darüber wusste Rabe Bescheid. Warum interessierte sich der Mann überhaupt dafür? Um die Bedrohung, die von ihnen ausging, abzuschätzen?

Nein, dachte Yerad. *Um mich mit ihnen gefügig zu machen.* Jetzt verstand er auch, wie Rabe es erreichen wollte, dass Yerad nicht mit der Greifin floh, sollte er sie jemals zähmen. »Sind wir fertig?«, fragte er tonlos. Der Appetit auf Datteln war ihm gründlich vergangen.

»Wenn Ihr nicht mehr essen möchtet, ja«, antwortete Rabe. »Ich benötige allerdings noch Eure Noblenkleidung.«

Yerad erhob sich vom Stuhl, wobei sich erneut seine Hüfte meldete. »Die liegt in meinem Zimmer, sofern sie niemand weggeräumt hat.« Er durchquerte den Raum und rechnete fest damit, dass ihn jemand aufhielt. Aber sie folgten ihm lediglich bis zur Tür der Greifenhöhle, in die Yerad eilig hineinschlüpfte. Sollten sie seine stinkende Kleidung doch selbst holen.

2

Mirella

»Nun geh endlich, Mira!« Alia klang genervt.

Der Nebel in Mirellas Kopf lichtete sich, fetzenhafte Bilder drängten sich in ihr Bewusstsein: eine rote Blüte auf weißem Grund, Sendros Stimme: ›Lauf, Mira.‹ Das Blitzen von Säbeln, blutige Schlieren. Plötzlich dröhnte ein Hämmern, derart laut und aufdringlich, dass es alles überlagerte.

Das ist keine Erinnerung, erkannte Mirella. »Jemand klopft.«

»Und jemand sollte öffnen«, moserte Alia. »*Du*, um genau zu sein. Ich bin erst mitten in der Nacht nach Haus gekommen.«

»Entschuldige.« Mirella richtete sich in der Dunkelheit auf und spürte den schäbigen Holzgriff zwischen den Fingern. Sie wusste nicht einmal, wann sie das alte Küchenmesser genommen hatte. Schnell schob sie es unters Kopfkissen, schlüpfte in ihre Sachen und wankte zur Tür.

Draußen stand Chadrik. »Durak hat nicht übertrieben.«

Mirella rieb sich die verquollenen Augen. »Womit?«

»Was für einen Spaß es macht, dich zu wecken.« Chadrik umgriff ihren Arm und lotste sie zum Bach. »Ist Alia zurück?«, fragte er, während Mirella sich eisiges Wasser ins Gesicht spritzte.

»Ja.« Mirella fühlte sich schlecht, dass sie Alia gestört hatte. »Weshalb hast du mich überhaupt geweckt? Gibt's einen Auftrag?« Hoffentlich wurde sie nicht gleich am frühen Morgen zu Rabe zitiert. Oder schlimmer: zur Bewachung des Noblen und anschließend zu Rabe.

»Wir üben heut mit der Armbrust.«

»Musst du nachher los oder warum fangen wir jetzt schon an?« Chadrik runzelte die Stirn. »Wir haben Mittag.«

»Oh.« Wie spät war Mirella eigentlich ins Bett gekommen, dass sie so lange schlief? Das war selbst für ihre Verhältnisse ungewöhnlich. Hastig beendete sie die Wäsche und erhob sich.

»Kein Grund, sich abzuhetzen.«

»Du hast mich geweckt. Ich dachte, es ist eilig.«

»Du bist weder krank, noch hattest du nen nächtlichen Auftrag. Da ist's nicht gut, den Tag zu verpennen.«

Krank war Mirella nicht, nur traumatisiert. Doch nach dem, was Durak angedeutet hatte, war Chadrik das ebenfalls, und er hatte einen Weg gefunden, damit zurechtzukommen. »Was ist denn gut für mich?«

»Wach werden, Mittag essen. Willst du zur Badehöhle?«

»Lieber nach dem Training.«

Er lächelte und führte sie in den Saal, wo reger Betrieb herrschte. Der Dunst von gekochtem Gemüse und würzigen Kräutern hing in der Luft und trieb Mirella Übelkeit in den Magen. »Meinst du, es ist noch was vom Frühstück da?«

»Schau nach.« Er deutete zu dem langen Tisch, auf dem sich die Speisen türmten.

Das Einzige, was Mirella momentan nicht abstieß, waren die Früchte. Doch da lagen so wenige, dass sie nicht zu viel davon für sich beanspruchen wollte. Sie nahm einen Granatapfel, der einsam über ihren Teller rollte.

»Mehr ist nicht für dich dabei?«, fragte Chadrik, der sich bereits Massen aufgefüllt hatte.

»Ich ess lieber später.«

»Du isst jetzt«, entschied er und bedeutete Mirella, ihm zu folgen.

Sie betraten den Küchenbereich, um den Alia bei ihrem Rundgang einen Bogen gemacht hatte. »Ich dachte, der Bereich wär verboten.«

»Ist er nicht.« Chadrik hielt auf eine Frau zu, deren Blick sich verfinsterte, als sie ihn und Mirella erblickte. »Hallo Khadra«, begrüßte er sie. »Wir brauchen etwas Frühstücksbrei.«

Argwöhnisch musterte Khadra Mirella. »Ich weiß ja nicht, wo du herkommst, aber hier gibt's keine Sonderwünsche. Draußen steht genug, damit jeder satt wird.«

Mirella nickte und wollte sich abwenden. Sie würde sich irgendetwas nehmen, das nicht nach Ratte oder Flechtenbrot aussah, und es essen, sobald ihr Magen bereit war.

Chadrik umklammerte ihren Arm und hinderte sie am Gehen. »Khadra«, presste er hervor. »Mirella kann nichts dafür.«

»Frühstücksbrei ist trotzdem alle und ich mach für diese Frau bestimmt keinen neuen.«

»Ist was anderes da?« Er sah fragend zu Mirella.

»Frisches Obst oder Gemüse reicht«, sagte sie, auch wenn sie keine Hoffnung hegte, etwas davon zu bekommen. »Oder Käse.«

»Draußen liegt Obst«, schnappte Khadra.

»Nur wenig. Ich will den anderen nicht alles wegessen.«

Für einen Moment starrte die Frau Mirella an, dann wandte sie sich abrupt um, ging zu einigen Kisten und kehrte mit einem

Stück Käse, einer Paprika und drei Karotten zurück. »Teller!«, befahl sie.

Eilig streckte Mirella ihn ihr entgegen. Der Granatapfel rollte bedenklich gegen den Rand.

Khadra packte die Lebensmittel derart schwungvoll auf den Teller, dass Mirella ihn nur mit Mühe festhalten konnte. »Abwaschen und schälen musst du's selbst.«

Mirella bedankte sich, Chadrik ebenfalls, und sie verließen die Küche.

»Warum war sie so unfreundlich?«, flüsterte Mirella.

»Sie ist Duraks Verflossene.« Das war die Zuständige fürs Nahrungslager? Kein Wunder, dass Durak ihr aus dem Weg ging. Trotzdem verstand Mirella nicht, was das mit Chadrik und ihr zu tun hatte. Es war ja schließlich nicht so, dass einer von ihnen beiden sich Durak geangelt hatte.

Sie setzten sich zu Durak, der mit seiner Mahlzeit fast fertig war. »Ihr wart bei Khadra«, sagte er. Es war seltsam, ihn einen richtigen Namen aussprechen zu hören. Hatte er für sie keinen Spitznamen oder verwendete er ihn nicht mehr?

Mirella schnitt sich ein Stück vom Käse ab. »Nächstes Mal ess ich wirklich später.« Sie schob sich den Käse in den Mund. Wenigstens schmeckte er.

»Tust du nicht«, beharrte Chadrik. »Nächstes Mal geh ich allein. Ich hab nicht geglaubt, dass sie zu dir auch so ist.«

Durak verzog das Gesicht. »Sie hat bestimmt gesehen, wie Feuerschopf und ich gestern gemeinsam gegessen haben.«

»Wir haben doch nur geredet«, warf Mirella ein. Dachte die Frau etwa, Durak und sie seien ein Paar? Obwohl, das konnte es nicht sein. Zu Chadrik war sie ja ebenfalls pampig gewesen.

»Wir haben Zeit miteinander verbracht. Mit ihr mach ich das nicht mehr.«

Also erstreckte sich ihre Unfreundlichkeit auf Duraks gesamtes Umfeld. *Wie reizend.*

Durak kratzte die letzten Reste seines Eintopfs auf einen Löffel. »Ist die kleine Elster wieder da?«

Mirella bejahte, während sie mit geübten Bewegungen die Möhren schälte. Die Paprika würde sie zum Schluss essen. Sie hatte keine Lust, aufzustehen, um sie abzuspülen.

Gequält sah Durak Richtung Küche. »*Ich* geh nächstes Mal zu ihr«, sagte er leise. »Keiner von euch sollte ihre Laune abkriegen.«

Chadrik warf ein: »Zu dir ist sie doch deutlich schlimmer.«

»Aber bei mir ist's begründet. Ich hab mit ihr Schluss gemacht.«

»Weil sie dich belogen hat.«

Noch immer blickte Durak zur Küche.

Mirella knabberte ihre zweite Möhre. In der Stille knackte und knirschte es bei jedem Biss. »Darf ich fragen, was passiert ist?«

»Sicher.« Durak wandte sich Mirella zu. »Ich will kein Kind und hab ihr das von Anfang an gesagt. Sie hat vorgegeben, damit einverstanden zu sein und behauptet, täglich Flusskrautkapseln zu nehmen.« Diese wenig schmackhaften Samenkapseln verhinderten, dass Frauen schwanger wurden.

Als Durak abermals still wurde, schloss Mirella: »Und sie hat die Dinger nicht genommen.«

Seine Miene verfinsterte sich. »Das allein wär ja noch harmlos gewesen, da ich jeden Tag meine Portion Knochenwurzel hatte.« Das war das Verhütungsmittel für Männer, wie Mirella von Sendro wusste. »Sie hat mir Tees untergejubelt, welche die Wirkung der Knochenwurzel verhindern sollen.« Er schüttelte den Kopf, als könne er es nicht begreifen. »Ich hoff nur, es ist nichts passiert. Das ist doch kein Leben für ein Kind.«

Mirella sah zu drei kleinen Jungen, die am Rand des Saals mit Bauklötzen spielten. Sie schienen zufrieden zu sein, aber Kinder gehörten nicht in die Dunkelheit. »Zu deiner Beruhigung, Durak: Frauen werden eher selten schwanger, wenn sie's drauf anlegen.« So war es zumindest in ihrem alten Umfeld gewesen.

»Ich bin erst beruhigt, wenn sie in nem halben Jahr keinen dicken Bauch hat.« Erneut blickte er zur Küche, wirkte niedergeschlagen. Als hätte er noch Gefühle für diese Frau, die ihn hintergangen und seine Wünsche mit Füßen getreten hatte.

Fieberhaft überlegte Mirella, wie sie ihn aufmuntern und den fröhlichen Durak zurückholen konnte. Sie wechselte einen besorgten Blick mit Chadrik, der plötzlich aussah, als hätte er eine Idee.

»Durak?«, fragte er. »Wie war's eigentlich bei Yerad?«

Der Angesprochene löste die Augen von der Küche. »Die Prinzessin ist lebensmüde. Wenigstens ist es jetzt sauber in dem Loch. Bin mal gespannt, wie lang es dauert, bis der Gestank verfliegt.«

Mirella erinnerte sich an die Besen in der Greifenhöhle. »Der Noble hat das alte Stroh weggefegt?«

»Hat er«, bestätigte Durak, während er Chadrik taxierte. »Wieso bist du nicht überrascht, Mäuschen?«

Vergnügt zuckte Chadrik mit den Schultern und aß weiter.

Zwischen Duraks Augenbrauen bildete sich eine Falte. »Du wusstest, was er vorhat, und hast mich nicht gewarnt?«

Chadriks Lächeln verstärkte sich.

»Manchmal bist du echt ein Arsch, Mäuschen.«

»Hättest du's gewusst, hättest du auf Münze werfen bestanden.«

»Und? Du kannst ja nicht immer verlieren.« Eine gewisse Belustigung war in Duraks Stimme zurückgekehrt.

»Ich kann«, beharrte Chadrik. »Jedenfalls danke, dass du Yerads Selbstmordaktion beaufsichtigt hast. Morgen früh bewach ich ihn.« Er senkte den Blick, um sein Fleisch aufzuspießen.

»Nur zu«, sagte Durak. Sein Tonfall klang neutral, aber für einen winzigen Moment huschte ein Grinsen über sein Gesicht. Auf einmal entdeckte Durak jemanden und sprang von seinem Platz auf. »Bin gleich zurück«, rief er im Lauf und fing eine ältere Frau ab, die gerade den Saal betrat.

»Wer ist das?«, erkundigte sich Mirella.

»Warda«, antwortete Chadrik. »Unsere beste Heilerin.«

»Ist Durak verletzt?«

»Wär mir neu.« Als Durak sich wieder setzte, fragte Chadrik: »Was wolltest du von ihr?«

»Die Hüfte von der Prinzessin ist schlimmer geworden, aber es ist wohl nichts Dauerhaftes.«

»Deine Armbrust, Mira.« Chadrik reichte Mirella die Waffe, die nur etwas länger als ihr Unterarm war.

Behutsam hielt sie das Exemplar in den Händen. »Das sieht kompliziert aus.«

»Ist es nicht.«

Komplizierter als ihre Messer war es bestimmt. Egal, was Chadrik behauptete. Sie lugte zu der stabilen Holzwand, hinter der Durak mit drei Männern den unbewaffneten Kampf übte. Ihr Ächzen und Gerangel klangen bis zu ihnen.

»Armbrust lernt man schneller als Nahkampf«, sagte Chadrik und lenkte Mirellas Konzentration zurück auf ihre Aufgabe. Er nahm sich ebenfalls eine Armbrust aus dem Regal. »So hältst du sie. Eine Hand unten mittig, die andere hinten am Abzug.«

Mirella versuchte, seine Haltung nachzuahmen. »So?«

»Weniger verkrampft wär gut.« Er hob seine Waffe, sodass er mit einem Auge über sie blickte. »So schießt du.«

Erneut imitierte Mirella die Bewegung. Es fühlte sich seltsam an.

»Wieder zu verkrampft«, kommentierte Chadrik amüsiert. »Willst du deinen ersten Schuss versuchen?«

»Es ist kein Bolzen drin.«

»Du passt auf«, stellte er zufrieden fest. »Sobald du den Bolzen einsetzt, nie zum Spaß auf andere zielen.« Er wies auf den Bereich vor ihnen, wo sich bis zur Decke Strohballen, an denen drei verschieden große Zielscheiben befestigt waren, türmten. »Im Übungsraum ist das die einzige Richtung, in die du zielst. Und nur wenn niemand dort steht. Alles klar?«

»Ja.«

»Zuerst die Sehne spannen. Dafür brauchen wir das.« Er ergriff ein seltsam anmutendes hölzernes Etwas: einen Stock mit einem Haken an der Spitze, an dem locker ein Holzbrett baumelte. »Das ist ne Spannwippe. Der Haken kommt vorne in den Steigbügel der Armbrust, der untere Teil der Wippe an die Sehne. Dann einmal drücken.« Es klickte, als die Sehne einrastete.

»Ich dachte, das wird mit der Hand gemacht.«

Chadrik grinste. »Kannst du gerne versuchen.« Er nahm einen Bolzen. »Den Bolzen legst du hier in den Bolzenhalter. Alles verstanden?«

»Ich glaub schon. Zuerst mit der Schaukel ...« Sie streckte die Hand nach dem Holzgestell aus.

»Wippe«, korrigierte Chadrik und reichte sie ihr. »Was kennst du denn für Schaukeln?«

»Die Wippen, die ich kenne, sehen auch anders aus.« Sie hakte die *Wippe* in der Armbrust ein, das seltsame Brett lag von selbst an der Sehne. Behutsam schob sie die Vorrichtung nach unten.

»Nicht so zaghaft. So leicht kriegst du das nicht kaputt.«

Sie wendete etwas mehr Kraft auf, bis es klackte und die Sehne gespannt war. »Dann den Bolzen rein«, murmelte sie und legte das Ding in die dafür vorgesehene Aussparung.

»Schon ganz gut. Und jetzt schieß.«

»Wohin?«

»Die linke Zielscheibe.« Das war die größte.

Mirella hob die Armbrust, zielte und betätigte den Abzug. Ein Klicken und der Bolzen sauste davon. Mirella konnte nicht erkennen, wo er getroffen hatte. In der Zielscheibe steckte er jedenfalls nicht.

»Zu hoch.« Chadrik eilte zur Strohwand, zog den Bolzen heraus und kam zu Mirella zurück. »Noch mal.«

»Ich dachte, die Flugbahn wär krummer.«

»Nicht auf diese Entfernung.«

»Erst wenn das Ziel weiter weg ist?«, fragte Mirella, während sie erneut die Spannwippe auf die Armbrust setzte.

»Richtig.«

Beim zweiten Schuss ging Mirella von einer nahezu geraden Flugbahn aus und der Bolzen traf immerhin die Zielscheibe. Allerdings nur den äußeren Rand.

Anschließend holte sie selbst den Bolzen zurück und bereitete, ohne dass Chadrik etwas sagen musste, den nächsten Abschuss vor.

»Willst du's ne Weile allein probieren?«

»Darf ich denn?«

»Klar. Ich leg deine Schaukel hierhin«, sagte er und platzierte die Spannwippe auf einem Regal zu ihrer Linken. »Ich helf solang Durak. Ruf, wenn du mich brauchst.«

»Hm«, machte Mirella, während sie sich darauf konzentrierte, die Mitte der Zielscheibe zu treffen. Die Armbrust mochte zwar kompliziert aussehen, aber mit ihr zu üben war im Grunde nichts anderes als das Einstudieren eines neuen Kunststücks. Nur, dass sie diese Requisite noch nicht kannte und sich in kleinen Schritten an die ersten Erfolge herantasten musste.

3

Yerad

Die täglichen Mittagsmahle mit Rabe waren Yerad ein Graus. Besonders, wenn Zineb dabei war, was heute der Fall war. Yerad war zwar aufgefallen, dass sie ihn im Gegensatz zu manch anderem mittlerweile grüßte, doch ihre ruppige Art war zermürbend.

Noch anstrengender jedoch empfand Yerad Rabes Höflichkeit, da ihm dessen Folterandrohungen vom ersten Tag nicht aus dem Kopf gingen und er keine Sekunde daran zweifelte, dass Rabe sie auch jetzt sofort umsetzen würde.

Zarif war ihm von den dreien am sympathischsten, da er Rabe aber nahestand, war Yerad selbst bei ihm vorsichtig. Allerdings fehlte der Mann heute. Einer weniger, mit dem Yerad sich auseinandersetzen musste.

»Die Greifin wirkt gesünder«, sagte Rabe.

»Tut sie das?« Yerad sah das Tier tagtäglich und zudem nahezu ununterbrochen. Er konnte nicht sagen, ob die Grimale tatsächlich abheilten oder ob das Wunschdenken war. Nun verstand er auch, warum Xamina jedes Mal so verwundert gewesen war, wenn Yerad angemerkt hatte, dass Kaid gewachsen war. *Bestimmt ist er mittlerweile erneut größer geworden. Und die Kleine erst …*

»Die Greifin bekommt seit beinahe drei Wochen das Futter, das Ihr für sie verordnet habt und –«

Zineb unterbrach Rabe mit einem missfälligen Geräusch, während sie in dem Essen stocherte. »Und für uns sind nur Gemüse, Brot und Getreidepampe übrig. Selbst Ratte ist aus.«

Rabe fuhr fort, ohne auf Zinebs Protest einzugehen: »Zudem wechselt Ihr täglich das Stroh. Das muss doch irgendwann Erfolge zeigen.«

Irgendwann gewiss, aber nach nur drei Wochen? »Mag sein«, entgegnete Yerad. »Ich bin kein Greifenpfleger.« Er schob sich die Gabel mit einem Gemisch aus Karotten, Zucchini und Mandeln in den Mund. Ihm schmeckte das Essen auch ohne Fleisch.

Rabe lächelte dünn. »Wenn Ihr so dringend die Meinung eines Greifenpflegers braucht, gebt Bescheid. Ich kann Euch gerne einen beschaffen.«

Yerad verschluckte sich an seinem Gemüse. Er würgte das Essen herunter und bekämpfte den Hustenreiz mit großen Schlucken Wasser. »Meinetwegen musst du niemanden entführen. Ich komme zurecht.«

»Das freut mich, zu hören.«

Irgendwie schaffte es Rabe jedes Mal, Yerad das Essen zu vermiesen.

Dennoch zwang Yerad den Rest seiner Portion in sich hinein. Innerlich ermahnte er sich, zukünftig nicht mehr vor Rabe zu äußern, dass er kein Greifenpfleger war. Noch einmal fragte der Mann womöglich nicht, ob Yerad Unterstützung brauchte, sondern setzte ihm das nächste Entführungsopfer vor die Nase, täuschte dessen Tod vor und stürzte eine weitere Familie in Trauer. »Wie geht es meinen Leuten?«, erkundigte sich Yerad. Zum ersten Mal, seit Rabe Yerads Ableben vorgetäuscht hatte.

»Gut«, sagte Rabe.

»*Gut*?«, wiederholte Yerad gedehnt. »Nachdem sie erfahren haben, dass ich tot bin?«

»Den Umständen entsprechend gut«, korrigierte Rabe seine Aussage. »Niemand hat sich umgebracht, selbst Eure Mutter nicht, und sie gehen alle weiterhin ihren Aufgaben nach. Vor sechs Tagen gab's eine feierliche Beisetzung.«

»Was gab es denn da beizusetzen?«

»Eure Kleidung. Was anderes hatte Eure Familie ja nicht. Trotzdem war es eine ergreifende Zeremonie. Kaid hat sogar ein paar bemalte Greifenfedern in den Fluss geworfen.«

Beim Namen seines Neffen zuckte Yerad zusammen. Den kannte Rabe also auch.

»Und Eure Freunde haben einen Greifenreitermantel versenkt.«

»*Freunde*?« Wer außer Tarek war denn noch auf Yerads Bestattung erschienen?

»Lanea, Lunis, Tarek und Feride«, zählte Rabe an vier Fingern auf.

Sie waren gekommen? Offenbar war es in ihren Augen ungefährlicher, einen Toten zu betrauern, der in Ungnade gefallen war, als sich mit einem Lebenden abzugeben, der dasselbe getan hatte. Vielleicht hatte sie auch das schlechte Gewissen dorthin getrieben.

»Ihr wirkt überrascht«, bemerkte Rabe. »Das waren doch Eure Freunde?«

»Ich hatte nicht den Eindruck.« Yerad verschwieg, dass für Tarek etwas anderes galt. Wenn sein einziger echter Freund nicht länger unter Rabes Bespitzelung stand, umso besser.

Zinebs bohrender Blick richtete sich auf Yerad. »Die ganze Zeit oder nachdem man Euch rausgeschmissen hat?«

»Letzteres.«

»Seht Ihr? Ihr wart zu nett zu ihnen. Freundlichkeit verschafft einem keine Verbündeten.«

Das konnte Yerad nicht beurteilen. Er wusste nur, dass man auf diese Weise Freunde gewann. Zumindest bei Tarek hatte es so geklappt.

»Alia wird Euch heute die Haare schneiden«, teilte Rabe plötzlich mit.

»Du hast es erlaubt?« So viele Wochen, wie Yerads Frage zurücklag, hatte er nicht mehr damit gerechnet.

»Zineb und Zarif waren einverstanden. Ich hab mich ihrem Urteil gebeugt.«

Verwundert betrachtete Yerad Zineb, die lieblos Essen auf die Gabel lud.

»Spart Euch den Dank«, sagte sie, als ahnte sie, dass Yerad genau das vorgehabt hatte. »Die Entscheidung hatte nichts mit Freundlichkeit zu tun.«

Und womit dann? Außer Yerad hatte doch niemand etwas davon.

»Um aufs Haareschneiden zurückzukommen«, begann Rabe. »Ich lasse Alia nicht mit Euch allein, wenn sie derart abgelenkt ist. Durak wird ebenfalls dabei sein.«

Das war ja keine große Änderung. Alia war schon einige Male bei Yerad in der Kammer aufgetaucht, jedoch immer nur kurz und in Begleitung von Chadrik oder Durak.

Yerad hätte zwar nichts dagegen, wenn ihre Besuche länger dauerten, aber solange sie bei jeder Regung der Greifin befürchtete, gleich zerhackt zu werden, war damit wohl nicht zu rechnen.

Mirella

Wippe, Bolzen, Abzug, ratterte es durch Mirellas Kopf. Der Schuss traf ins Schwarze der mittleren Zielscheibe, nun war die kleine dran. Mirella nahm die Spannwippe, die sie zwischendurch in ihrem Gürtel einhakte. In einem echten Kampf konnte sie Chadrik das Ding schließlich auch nicht zum Halten in die Hand drücken. *Wippe, Bolzen, Ab–*

»Gar nicht schlecht«, erklang plötzlich Rabes Stimme hinter ihr. Sie verriss, der Bolzen landete im Stroh. »Ja, eine Meisterleistung.«

»Ich meinte den Schuss davor.« Er rief Chadrik herüber. Die Männer grüßten sich mit einem Nicken. »Findet Durak und Alia und kommt mit ihnen in mein Zimmer«, teilte Rabe ohne Umschweife mit.

»Ein Auftrag?«, fragte Chadrik.

»Korrekt.« Mit einem letzten Blick zu Mirella zog Rabe ab.

Mirella verstaute Armbrust und Spannwippe im Regal, während Chadrik die verschossenen Bolzen einsammelte. Anschließend verließen sie den Übungsraum, um sich auf die Suche nach Alia und Durak zu machen. Sie fanden die beiden in ihrem Lager, wo Durak gerade umräumte, um Platz für all die neuen Waffen und Bolzen zu schaffen, die sie bald vom Waffenschmied erhielten. Reichlich verspätet, weil dem Schmied ein Auftrag von Wächtern dazwischengekommen war. Selbst die ersten Wurfmesser ließen auf sich warten.

Auf dem Weg zu Rabe flüsterte Alia in Mirellas Ohr: »Ich hab nachher was für dich.«

»Sind die Kleider fertig?«

Alia grinste.

»Also ja.« Endlich konnte Mirella zumindest zeitweise auf Hosen verzichten. Sie war schon gespannt, wie der Stoff aussah. Alia hatte beim Besuch der Näherin nämlich Mirellas Augen verbunden.

Dann betraten sie den Raum. Mirella war froh, dass sie dieses Mal nicht mit Rabe allein war, wie die vielen Male, als sie ihm über die Alcazaba berichtet hatte. Ein Unterfangen, mit dem sie noch lange nicht fertig war.

Aus einer Ecke nahm Chadrik einen Klapphocker, den Mirella bislang nie bemerkt hatte.

Ja, weil du entweder Rabe anstarrst, sein Bett oder angestrengt beides vermeidest, dachte sie, während sie sich setzte.

Rabes Blick richtete sich als Erstes auf Alia. »Du darfst Yerad heut die Haare schneiden.«

»Wirklich?«, entgegnete Alia mit so viel Freude in der Stimme, als wäre das die Erfüllung eines lang gehegten Wunsches. Offenbar mochte Alia den Noblen mehr, als Mirella bewusst gewesen war.

Rabe schien das auch zu bemerken und Mirella rechnete damit, dass er die Erlaubnis zurücknahm. Allerdings wies er lediglich an, dass Durak die Prozedur beaufsichtigte. »Nun zum eigentlichen Grund, warum ihr hier seid: Ihr verlasst heute gegen drei Uhr nachmittags die Höhlen. Zunächst besorgt ihr auf dem Markt Lebensmittel, vor allem Fleisch. Fragt Khadra, was sonst noch fehlt.«

Durak verzog keine Miene.

»Kriegst du das hin mit dem Markt, Mirella?«, erkundigte sich Rabe.

Die Augen der anderen richteten sich auf Mirella.

Sie wissen es ja nicht. »Letztes Mal, als ich mit Rabe da war, hab ich zwischen all den Menschen Panik bekommen.«

»Wird das heut auch passieren?«, hakte Rabe nach.

»Ich weiß es nicht.«

Durak fragte: »Wie genau hat sie denn reagiert?«

Rabe beschrieb es ihm. Als er fertig war, ruhten immer noch alle Blicke auf Mirella. Sie fühlte sich wie nach einer missglückten Vorführung und wäre am liebsten unter den Tisch gekrochen. *Kopf hoch und Ruhe bewahren,* zwang sie sich.

»Wir versuchen's«, entschied Durak. »Ich pass auf sie auf und wir bleiben am Rand vom Markt. Da gibt's ja auch nen Fleischstand.«

Rabe nickte, als hätte er auf diese Reaktion gehofft. »Bringt die Einkäufe ins Haus und wartet dort auf die Dunkelheit. Dann besorgt ihr Kaninchen.«

»Wo und wie?«, erkundigte sich Chadrik.

Auf dem Tisch breitete Rabe eine Karte aus. Sie stellte den Bereich zwischen dem Äußeren Ring und der Mauer zum Barri-Al-Obrero dar, wo Landwirtschaft und Viehhaltung betrieben wurden.

Erst auf den zweiten Blick erkannte Mirella den Zeichenstil und die Schrift. »Das hast du gezeichnet«, sagte sie zu Rabe.

»Vor ein paar Jahren.« Er deutete auf etwas, woraufhin Chadrik scharf die Luft einsog.

Auch Duraks Gesicht verdüsterte sich. »Wir sollen die überfallen, richtig? Oder hast du mit denen verhandelt?«

»Mit solchen Personen verhandel ich nicht.«

»Gut«, entgegnete Durak mit einer ungewohnt finsteren Stimme.

Rabe betrachtete die beiden Männer prüfend. »Traut ihr euch das zu? Oder soll ich eine andere Gruppe schicken?«

»Wir machen das«, sagte Durak, was Chadrik mit einem entschiedenen Nicken bestätigte.

Rabe sah sie eindringlich an. »Falls es Probleme gibt, brecht ihr ab.«

Durak und Chadrik tauschten einen Blick, ehe Chadrik anmerkte: »Ich dachte, wir brauchen dringend Fleisch.«

»Wir brauchen vor allem lebende Kaninchen, da unser Bestand wegen unserem gefräßigen Haustier mittlerweile schrumpft.«

Mirella erinnerte sich an die vielen Kaninchenkäfige, die Alia ihr in den ersten Tagen gezeigt hatte. Das rotäugige Monstrum musste Unmengen verdrücken.

»Aber«, fuhr Rabe fort, »ich schicke zusätzlich weitere Gruppen los, die auf dem Markt unter anderem lebende Kaninchen kaufen. Angeblich für zwei Hochzeiten und ein Namensfest. Jedoch können sie es da nicht mit den Bestellmengen übertreiben und ich kann auch nicht mehrmals dieselben Leute losschicken. Mit ihnen allein würden wir es nicht schaffen, den Bestand schnell genug ausreichend aufzustocken, mit euch allerdings schon. Trotzdem gilt: Seid vorsichtig und kommt lieber mit leeren Händen zurück als gar nicht.«

Eine derart eindringliche Warnung ausgerechnet aus Rabes Mund sorgte nicht eben dafür, dass Mirella sich besser fühlte. Mit hämmernden Herzen sah sie ihm dabei zu, wie er eine zweite Karte entrollte, die den Grundriss eines Gebäudekomplexes zeigte.

»Dann zum Plan«, sagte er.

Als sie Rabes Kammer verließen, waren Durak und Chadrik wieder so, wie Mirella sie kannte. Äußerlich zumindest. Irgendwie konnte sie sich nach deren anfänglicher Reaktion nicht vorstellen, dass sie wirklich so entspannt waren. »Woher kennt ihr beide die Kaninchenfarmer?«, fragte sie.

»Aus unserer Zeit als Wächter«, gab Durak zurück. »Das sind ziemliche Arschlöcher.«

Alia runzelte die Stirn. »Ein bisschen mehr solltet ihr Mira schon sagen.«

»Wir haben aber grad keinen Alkohol.«

»Den könntet ihr jetzt eh nicht trinken, wenn wir da in ein paar Stunden einbrechen. Außerdem gab's bis letzte Woche noch was. Und da habt ihr auch keinen Ton darüber verloren.«

Durak grummelte etwas Unverständliches. Chadrik wechselte abrupt die Richtung und deutete auf die Kammer, die er und Durak sich teilten und die gerade in Sichtweite kam. »Dann komm, Mira. So gibt's allerdings nur die Kurzfassung.«

»Ich geh lieber mit«, beschloss Alia. »Bevor ihr Mira am Ende wichtige Einzelheiten verschweigt.«

Durak schnaubte zwar mürrisch, hielt Alia jedoch nicht auf, als sie durch die Tür huschte. Stattdessen ergriff er die Öllaterne von einer Kiste beim Eingang und verschwand mit ihr auf dem Gang.

Chadrik setzte sich auf ein Bett an der Wand, Alia lotste Mirella zu den Schaffellen in der Mitte der Kammer und ließ sich dort mit ihr nieder. Wortlos kehrte Durak zurück, stellte das flackernde Öllicht auf eine Kiste und nahm neben Chadrik Platz.

Mirella war zum ersten Mal im Zimmer der Männer und überrascht, wie ordentlich es war. Selbst das Bett, auf dem sie saßen, war gemacht. »Ich dachte, Durak schläft auch hier«, sagte Mirella, da sie keine weitere Schlafstätte entdeckte.

»Dahinter.« Chadrik deutete auf den Vorhang am Ende der lang gezogenen Kammer. »Beim Schlafen ist Durak die Prinzessin.«

Durak ließ die Bemerkung unkommentiert, was ungewöhnlich war. Die beiden Männer tauschten lediglich einen knappen Blick aus. Eine Weile sprach niemand, bis Chadrik schließlich den Mund aufmachte:»Wir haben die Kerle verhaftet. Lang waren sie aber nicht eingesperrt.«

»Unschuldig?«, fragte Mirella.

Chadrik schüttelte den Kopf.»Reich.« Er machte eine Pause, ehe er fortfuhr:»Sie haben sich an uns gerächt. Durak und mich gefoltert und unsere Familien hingerichtet.« Er verstummte und starrte auf seine Arme, die er immer unter Ärmeln versteckte.

Durak ergänzte:»Einen haben wir getötet, als wir uns befreit haben. Drei leben. Genaueres gibt's, wenn Rabe wieder Alkohol rangeschafft hat.« Er sagte es in einem Ton, der jede Nachfrage unterband.

Mirella mochte sich gar nicht vorstellen, wie die beiden sich damals gefühlt hatten und es womöglich heute noch taten. Es war schlimm genug, die Familie zu verlieren. Aber darüber hinaus mussten sie sich mit schrecklichen Schuldgefühlen quälen. Ohne die Verhaftung, die sie durchgeführt hatten, wäre das alles schließlich nicht geschehen.

Alia murmelte:»Ich wüsste echt gern, warum Rabe uns ausgerechnet zu denen schickt.«

»Weil er weiß, dass Mäuschen und ich die Kerle kein zweites Mal unterschätzen. Und Unschuldige in den Ruin zu treiben, ist auch nicht seine Art, wenn's bessere Alternativen gibt.«

»Und falls es die Alternativen nicht gibt, dann schon?«, konnte Mirella nicht zurückhalten.

»Was denkst du denn?«

»Ja«, murmelte Mirella, wenngleich sie gerne etwas anderes glauben würde. Sie hatte sich Rabe immer noch nicht aus dem Kopf geschlagen. Den Kerl, der sie und die Leute, die sie mit Abstand am meisten mochte, auf eine Mission befahl, von der sie nicht wusste, ob sie ihr überhaupt gewachsen waren.

»Warum schickt er uns eigentlich zusammen los?«

Verwundert blickten die anderen sie an. »Hast du ein Problem mit uns, Feuerschopf?«

»Nein, aber wir sind doch nicht die Einzigen, die kämpfen können.« Sie war nicht einmal sicher, ob sie sich selbst als Kämpferin zählte. »Ich hab nicht erwartet, dass ich mit euch auf einen Auftrag geh.«

»Das macht Rabe immer so«, erklärte Alia. »Die Leute, die ihre Freizeit miteinander verbringen, werden zusammen rausgeschickt. Sie achten mehr aufeinander und es gibt weniger Missverständnisse.«

Doch wenn es schiefging, war es umso schlimmer. Dann verlor man nicht nur einen Kameraden, sondern einen Freund.

»Beim ersten Mal war es aber anders.«

»Du meinst den Ausflug zum Waffenschmied?«, fragte Durak.

Mirella nickte. Da waren die beiden Männer anstatt mit Alia mit Rabe aufgebrochen.

»Die Verhandlungen führt gewöhnlich der Obervogel. Er wollte Mäuschen und mich dabeihaben, weil wir mehr Ahnung von Waffen haben als er. Du bist nur wegen deiner Wurfmesser mit, die außer dir niemand kennt. Dass dann alles anders kam, war ja nicht geplant gewesen. Und bei ihren Beutezügen ist die kleine Elster allein. Es hat ziemlich lang gedauert, bis sie den Obervogel überzeugt hat, das zu erlauben. Ansonsten gehen wir immer zusammen raus. Du gehörst nun dazu, Feuerschopf.«

Chadrik straffte sich. »Müsste langsam Mittag sein. Wir besprechen beim Essen, was noch zu tun ist.« Er blickte zu

Mirella. »Zöger bloß nicht, wenn wir da heut auf Bewaffnete treffen. Töte sie zuerst. Die machen Schlimmeres mit dir.«

»Die Arbeiter sind aber harmlos«, ergänzte Durak. »Die nicht niederstrecken. Wobei ... um die Zeit sollte da eigentlich niemand sein.«

Mirella nickte.

Sie wollte zurück in den Übungsraum und sich weiter über die Erfolge beim Armbrustschießen freuen, ohne einen Gedanken daran zu verschwenden, dass der bevorstehende Auftrag ihr womöglich die nächsten lieb gewonnenen Menschen nahm.

»Hast du Feuerschopf schon die Zeichen beigebracht, Mäuschen?«

»Hab nicht gedacht, dass wir die so schnell brauchen«, gab Chadrik zurück, bevor er einen großen Löffel Reis aß.

»Dann habt ihr ja noch einiges zu tun.«

Mirella fühlte sich immer schlechter vorbereitet. Erst die Aussicht, auf dem Markt in Panik zu verfallen, die nun von der Vorstellung ergänzt wurde, auf der Kaninchenfarm niedergemetzelt zu werden, weil sie irgendwelche Geheimzeichen nicht verstand. Vor allem hoffte sie, dass ihre Unerfahrenheit niemanden in Gefahr brachte.

Die Stimme in ihrem Kopf kicherte.

Mirellas Hände sehnten sich nach dem alten Küchenmesser. Noch besser wären die überfälligen Wurfmesser. Sie zwang ihre nervösen Finger um den Stein ihrer Kette.

Alia legte ihr den Arm um die Schultern. »Nun macht ihr keine Angst«, zischte sie den Männern zu, um sich anschließend wesentlich freundlicher an Mirella zu wenden: »Soll ich dir erst mal die Kleider zeigen?«

»Haben wir denn Zeit dafür?«

»Klar, Chadrik isst bestimmt noch ne Weile und Durak will gleich zu Khadra.«

»*Will?*«, wiederholte Durak verdrossen.

»Du hast doch gesagt, du machst es.«

»Das ist kein *wollen.*«

»Wie du meinst«, entgegnete Alia und sprang auf. »Du bist fertig, Mira, oder?« Sie deutete auf Mirellas leeren Teller.

»Bin ich.«

»Dann hopp, hopp.« Alia zog Mirella auf die Beine. »Trödeln sollten wir nämlich trotzdem nicht.«

So schnell wie heute war Mirella noch nie vom Saal zu Alias Lager gekommen. Aber die Freundin hatte auch ein beachtliches Tempo vorgelegt. Lediglich vor der Kammer, in der die Greifin lauerte, war sie langsamer geworden. Allerdings nicht aus Angst. Der Blick, den sie zur Tür warf, wirkte wehmütig.

»Warum hast du mir nie gesagt, dass du den ...« Mirella biss sich auf die Zunge, »dass du Yerad so sehr magst?«

Alia schloss das Lager auf. »Weil *du* ihn überhaupt nicht magst. Dir war's schon damals zuwider, über ihn zu sprechen, als die Männer ihn angeschleppt haben. Da zwäng ich dir das doch nicht immer wieder auf.« Die beiden Frauen traten in den Raum.

»Ich reiß mich zusammen«, versprach Mirella.

»Meinetwegen musst du das nicht. Wenn du ihn nicht magst, dann ist es eben so.«

»Ich versteh nicht einmal, warum ich so ein Problem mit ihm hab.«

»Ich auch nicht«, sagte Alia unbekümmert und öffnete eine Kiste. »Er hat dir sogar das Leben gerettet.« Sie zog das erste Kleid heraus und gab es Mirella.

Der Stoff war von hellem Grau und angenehm weich. Viel weicher als die Sachen, die Mirella sonst hier trug. »Soll ich's gleich anprobieren?«

»Ich bestehe drauf.«

Mirella schlüpfte aus Hose und Bluse und ins Kleid. Nichts, was am Bauch schnürte, das herrlich luftige Gefühl um ihre Beine. Sie vollführte eine Drehung. »Das ist großartig. Danke, Alia.«

Die Freundin strahlte. »Und jetzt das andere. Der Stoff ist leider nicht ganz so schlicht. Das war in der Finsternis nicht zu erkennen.« Sie gab Mirella das dunkelbraune Bündel, das mit einem zarten hellbraunen Faden bestickt war.

Mirella entfaltete den Stoff und ein kompliziertes Muster aus Ranken und Blättern offenbarte sich. »Wo hast du die Stoffe her? Die sehen ziemlich hochwertig aus.«

»Auch auf dieser Flussseite gibt's vermögende Leute.« Die miesen Kaninchenzüchter, denen sie später den Besuch abstatteten, hatten ja ebenfalls Geld.

Mirella schlüpfte ins zweite Kleid und sah an sich herunter. Der Stoff war zwar nicht so schlicht wie das, was sie sonst trug, aber unauffällig genug. Er gefiel ihr sogar besser als der graue. »Wunderschön«, hauchte sie und zog Alia zum Dank in eine Umarmung.

Die Freundin drückte sie lachend zurück. »Ich hab doch gesagt, ich bin ne gute Diebin.«

»Das bist du wirklich.«

»Lass uns zum Saal, bevor Chadrik nervös wird.«

Stimmt. Er war mittlerweile gewiss fertig mit seiner Mahlzeit. Mirella nahm das graue Kleid sowie Bluse und Pluderhose unter den Arm, ging auf den Gang und wartete, bis Alia das Lager abgeschlossen hatte.

Wieder passierten sie die Tür, hinter welcher der Noble mit der Greifin hockte. Wieder blickte Alia wie gebannt darauf. *Nicht der Noble, sondern Yerad,* ermahnte sich Mirella in Gedanken. Daran musste sie sich als Erstes gewöhnen. Das umzusetzen konnte doch nicht so schlimm sein. Die Verärgerung hingegen, die Yerads Anwesenheit bei ihr immer herauskitzelte, würde da deutlich schwerer zu beseitigen sein. Zumal Mirella selbst nicht verstand, woher der Groll kam, denn getan hatte ihr der Noble – Yerad – nie etwas. Im Gegenteil. *Wenn er mich damals an die Gardisten verpfiffen hätte* ... Sie würde es zwar nicht als ›Leben retten‹ bezeichnen wie Alia, aber er hatte ihr zumindest große Schwierigkeiten erspart.

»Du bist so still, Mira«, sagte Alia, als sie den Saal betraten.

»Machst du dir Sorgen wegen dem Auftrag?«

»Ich hab über was nachgedacht.« Vielleicht war es an der Zeit, sich bei Yerad zu bedanken. Wie sie das jedoch vollbringen sollte, ohne dass er sich verschaukelt fühlte, wusste sie nicht. Außerdem galt es vorher, die kommende Nacht zu überleben.

4

Yerad

Yerad glaubte bereits, dass Rabe es sich anders überlegt hatte, als Durak und Alia endlich auftauchten. Der Mann, den sie ablösten, hatte wohl ebenfalls früher mit ihnen gerechnet, so schnell, wie er die Kammer verließ.

»Der hat's aber eilig«, bemerkte Durak. »Muss er aufs Klo?« Yerad zuckte mit den Schultern. »Hat er mir nicht gesagt.« Generell hatte der Mann recht wenig gesprochen. Doch das war Yerad mittlerweile gleich, sofern man ihn nicht grundlos anfeindete, was der heutige Aufpasser nicht getan hatte. Es gab ein paar Leute, auf deren Anwesenheit Yerad sich freute. Das reichte ihm.

»Faraj ist nie sehr gesprächig«, erklärte Alia und lächelte Yerad zaghaft an. »Das liegt nicht an dir.« Ihr erster Blick ging nicht zur Greifin. Sie besserte sich. Allerdings ihr zweiter, wie Yerad amüsiert feststellte. »Was ist?«, fragte Alia verwundert, als sie zurück zu Yerad sah.

»Nichts.« Er konnte ihr ja schlecht sagen, wie hinreißend ihre Flechtzöpfe hüpften, wenn sich ihr Kopf ruckartig zur Greifin drehte. »Wollen wir gleich hinausgehen?«

»Wieso das denn?«

»Zum Haareschneiden. Hier drinnen lass ich dich nicht mit scharfem Werkzeug in die Nähe von meinem Gesicht.«

Die Greifin raschelte. Alia war regelrecht anzusehen, wie sie mit aller Macht die Augen auf Yerad gerichtet ließ, obwohl sie unbedingt feststellen wollte, dass sich die Ketten der Greifin wirklich nicht in Luft aufgelöst hatten. »Das ist ziemlich schlau von dir«, gab sie zu. Sie blickte zu Durak, woraufhin dieser nickte. »Dann nichts wie raus.«

Alia war bereits durch die Tür gekrochen, als Yerad der Greifin mitteilte, dass er nun einen Haarschnitt bekam.

Das Tier betrachtete Yerads Kopf und gab ein seltsam keckerndes Geräusch von sich. Irgendwie klang es, als würde es ihn auslachen.

Yerad konnte nicht anders, als zu grinsen. »Tja, wir Menschen haben schon merkwürdige Eigenarten. Du kämst nie auf die Idee, deine Federn zu stutzen.«

Wieder dieses keckernde Geräusch.

»Dann bis später, meine Liebe.« Yerad winkte der Greifin zu.

»Was war das denn grad?«, fragte Durak, kaum dass Yerad draußen ankam. »Das war ja, als hätt sich das Tier über deinen Kommentar scheckig gelacht.«

»Das war das erste Mal, dass sie so reagiert hat. Ich weiß nicht, was es bedeutet.« Bedrohlich hatte es jedenfalls nicht geklungen.

»Deinen Greif hast du doch auch verstanden, hast du mal erzählt.«

»Der klang vollkommen anders. Jede Art hat ihre eigenen Laute.« Bei der Greifin wusste Yerad nicht einmal, was für einer Art sie angehörte. Wenn er nur damals im Unterricht besser aufgepasst hätte. Aber wie hätte er ahnen können, dass er später einen wilden Greifen zähmen und fliegen sollte? Er wandte sich an Alia, die bereits auf der Bank saß: »Konntest du das Buch besorgen?« Vor ein paar Tagen hatte er in ihrer Anwesenheit dahingesagt, dass er wünschte, in sein altes Lehrbuch schauen zu können. Sie hatte ihm daraufhin angeboten, zu versuchen, ein derartiges Exemplar aufzutreiben.

Sie lächelte. Nun, da sich zwischen ihr und der Greifin eine Tür befand, war sie deutlich entspannter. »Du hast doch erst vorgestern gefragt. Ein bisschen Zeit solltest du mir schon geben.«

»Du musst aber niemanden dafür umbringen, oder?«

»Für ein Buch? Himmel, nein.« Dann zog sie einen Kamm und anschließend eine Schere aus ihrem Hosenbund. Die Vorliebe der Rebellen, scharfe und spitze Dinge dort aufzubewahren, würde Yerad nie verstehen. Hatten die keine Angst, sich zu verletzen? Mit dem Kamm deutete sie neben sich auf die Bank. »Lass uns loslegen.«

Yerad folgte ihrer Aufforderung und setzte sich.

Alia richtete sich auf den Knien auf, sodass sie Yerad ein wenig überragte. Sie zupfte an seinem Hemd. »Das wird gleich voller Haare sein.«

»Ich habe genug Wechselsachen in meinem Zimmer.«

»Du hast ein Zimmer?«

»Der nächste Raum links von der Greifin.«

»Ich hab geglaubt, du müsstest immer bei dem Tier bleiben«, murmelte sie und begann, seine Haare zu kämmen.

Durak, der ihnen gegenüber neben der Tür zur Greifenkammer lehnte, grinste in sich hinein. »Spätestens fürs Geschäft muss die Prinzessin doch sowieso raus. Dachtest du etwa, der nimmt das Stroh?«

»Über so was hab ich mir keine Gedanken gemacht.«

Durak wackelte mit den Augenbrauen. »Brauchen Noble in deiner Vorstellung alle kein Klo, Elsterchen, oder nur dieser spezielle hier nicht?«

»Durak!« Alia musste lachen. »Mit den Mätzchen kannst du weitermachen, wenn ich fertig bin. Ich verletz Yerad noch.«

»Mit nem Kamm?« Duraks Grinsen verstärkte sich. »Gut, ich bin still.«

»Hm«, machte Alia, nachdem sie Yerad gründlich gekämmt hatte. »Für eine Noblenfrisur sind deine Haare zu kurz.«

»Ich will auch keine Noblenfrisur. Die langen Haare habe ich nic gemocht.«

»Was willst du dann?«

»Nicht so kurz wie bei Chadrik, wenn das möglich ist.«

Durak warf ein: »Oder bei mir«, ehe er mit einem Finger auf den Lippen signalisierte, dass er nun wirklich ruhig blieb.

»Den Rest entscheidest du«, fuhr Yerad fort.

»Hm«, machte Alia erneut, als sie sich von der Bank erhob, einige Schritte zurücktrat und Yerad mit geneigtem Kopf musterte. Ihr Zeigefinger steckte dabei locker in einem der Ringe vom Scherengriff. Das Werkzeug schwang bedrohlich hin und her.

Yerad starrte auf die schaukelnde Schere. »Was machst du da, Alia?«

»Nachdenken«, sagte sie, ohne das merkwürdige Spiel zu beenden. »Jetzt weiß ich's!« Die Schere vollführte eine Drehung um den Zeigefinger, bevor die restlichen Finger sie abrupt umgriffen und damit stoppten. Dann kehrte Alia zum Platz neben Yerad zurück und machte sich an die Arbeit. Das Metall klapperte, die ersten Strähnen fielen. »Warum hast du dir die Haare nie kurz schneiden lassen, wenn dich deine alte Frisur gestört hat? Dürfen Noble das nicht?«

»Gedurft hätte ich schon. Es wäre allerdings aufgefallen und das ist nicht gut.«

»Hätte man dich an die Säule gekettet?«

Dass Alia von dieser Form der Bestrafung wusste, überraschte Yerad. »Nur wegen der Haare nicht. Aber durch die ungewöhnliche Frisur hätten mich andere mehr beachtet, auch die Wächter und Gardisten. Die hätten dann eher Verfehlungen gesehen und ich wäre am Ende vielleicht doch an der Säule gelandet.«

»Verstehe«, murmelte sie und eine Weile war lediglich das Klackern der Schere zu vernehmen. Alia war Yerad so nah, dass er ihren Duft einsog. Ihre Finger tanzten federleicht über seine Kopfhaut. Er spürte jede Berührung überdeutlich, hörte das Flattern ihres Atems.

Unruhe erfasste Yerad. Er suchte nach einem Thema, um das Schweigen zu vertreiben. Ihm wollte nichts einfallen.

»Wofür benutzt du eigentlich deine Kammer?«, fragte Alia. »Du schläfst doch sogar bei dem Tier, haben die Männer gesagt.«

»Damit die Greifin mich schneller akzeptiert. Nicht, weil Rabe mich dazu nötigt.«

»Und wozu die Kammer?«, hakte Alia nach und Yerad fiel auf, dass er diese Frage gar nicht beantwortet hatte.

»Zum Waschen und Umziehen. Und wenn ich meine Ruhe brauche.«

»Zum Pinkeln und Scheißen«, ergänzte Durak.

Yerad konnte Alias Blick nicht sehen, aber wie auch immer sie reagierte, amüsierte Durak. »Soll ich euch zwei vielleicht allein lassen?«, fragte er unvermittelt.

»Hast du vergessen, was Rabe angeordnet hat?«, entgegnete sie. »Sieht das aus, als wär ich fertig mit Yerads Haaren?«

»Für mich schon.«

Die Stimmen wichen erneut dem Klackern der Schere, Yerads Unruhe kehrte zurück.

»Hat Rabe dir gesagt«, begann Alia nach einer Weile und es wirkte, als hätte sie Angst zu reden, »wie oft du die Greifenkammer verlassen darfst?«

»Nein, wieso?«

Durak rollte überdeutlich mit den Augen. »Er ist ein Mann, kleine Elster. Kannst du ihn mal direkt fragen? Das kann ja keiner mit anhören.«

»Du bist grad echt keine Hilfe, Durak«, zischte Alia.

»Erstens: Doch, bin ich. Und zweitens: Du brauchst nur fertig werden, wenn du mich los sein willst.«

Yerad, der sich keinen Reim aus dem Gerede machen konnte, fragte: »Was möchtest du denn wissen, Alia?«

Sie zögerte. »Falls ich mal allein auf dich aufpass, können wir dann zwischendurch hierherkommen? Ich weiß nicht, wie lang ich das in der Kammer mit dem Tier aushalte.«

Nicht sehr lange, so schnell, wie Alia gewöhnlich die Flucht antrat. Warum wollte sie Yerad überhaupt bewachen, bei der Angst, die sie vor der Greifin hatte? Mittlerweile hatte sie ihn doch oft genug gesehen, dass sich ihre Neugier gelegt haben dürfte. »Ich kann das Tier nicht für Stunden alleine lassen.«

»Oh«, machte Alia, was ziemlich enttäuscht klang. Was hatte sie denn erwartet?

Und wieso hatte Yerad das vehemente Verlangen, zurückzunehmen, was er gesagt hatte? Er presste die Lippen zusammen.

Durak hatte sichtlich seinen Spaß. »Das, liebste Prinzessin, war nicht die Antwort, die das Elsterchen hören wollte.«

So viel hatte Yerad schon mitbekommen. »Ich habe aber eine Aufgabe. Die Greifin scheint mich langsam zu akzeptieren. Ich weiß nicht, ob sie das noch tut, wenn ich ewig ihre Kammer verlasse.« Plötzlich kam Yerad eine Idee. »Alia könnte doch eine kurze Schicht übernehmen. Für eine Stunde lasse ich die Greifin auch manchmal allein, wenn Rabe mich löchert. Das nimmt sie mir nicht übel.«

»Eine Stunde also«, sagte Alia und klang nicht mehr so geknickt.

»Mäuschen oder ich lösen dich danach ab. Solltest du's länger bei dem Tier aushalten, kommen wir halt später wieder. Nimm nur keine Morgenschicht. Das willst du nicht sehen.«

»Das ist eh nicht meine Zeit.«

Erneut warf Durak einen vergnügten Blick in Alias Richtung. »Wolltest du nicht noch was wissen?«

Alia antwortete nicht, ließ nur weiter die Schere durch Yerads Haare wirbeln. Inzwischen fühlte sich Yerads Kopf viel leichter an.

»Frag ihn«, drängte Durak.

»Ich hab eigentlich gedacht, dass Chadrik oder du das unauffällig rauskriegen.«

»Nö.« Durak grinste. »*Du* willst das wissen. Da musst du dich selbst bemühen.« Er nickte ihr auffordernd zu. »Sei nicht so ein Hasenfuß. Das bist du doch sonst auch nicht. Außer bei der Greifin jedenfalls.«

Alia seufzte. »Was ich noch fragen wollte, Yerad ...«, begann sie und verstummte. Es klackerte bestimmt zehnmal, bevor sie hastig weitersprach: »Hast du zu Hause eine Frau oder so was?«

»Nein, niemanden«, antwortete Yerad, ehe ihm bewusst wurde, warum Alia sich ausgerechnet *danach* erkundigt hatte. Er hatte nicht erwartet, dass sie sich auf diese Weise für ihn interessierte. Abrupt wandte er sich zu ihr um.

»Nicht bewegen!«, fuhr sie ihn an und riss die Schere zurück. »Ich hätt dir beinahe ins Ohr gesäbelt.«

»Es ist ja nichts passiert«, murmelte er, während er Alias Gesicht betrachtete. Sie mochte ihn. Und so, wie sein Herz hämmerte, galt das wohl auch umgekehrt. Es gab da nur ein geringfügiges Problem: »Ich bin ein Gefangener, Alia.«

»Vielleicht nicht für immer«, sagte sie hoffnungsvoll.

»Meinst du?« Seine Lippen verzogen sich zu einem gequälten Lächeln. »Ich sehe keinen Grund, weshalb Rabe mich von meinem Gefangenenstatus befreien sollte.«

»Ich dachte, du fliegst das Tier irgendwann.«

»Schon ...« Sofern Yerad bis dahin nicht zerfleischt worden war. Er hütete sich, das auszusprechen. »Aber Rabe weiß Bescheid, wer zu meiner Familie gehört. Er kann mich ziemlich effektiv mit ihrer Sicherheit erpressen.«

Alias Gesichtsausdruck nach zu urteilen war sie auf den Gedanken nicht gekommen. »Soll ich dich lieber nicht allein bewachen?«, fragte sie. Da war er wieder, dieser traurige Unterton, den Yerad kaum ertrug.

Schlauer wäre es definitiv. Sie sollte seinetwegen keine Schwierigkeiten bekommen. »Doch«, sagte er aller Vernunft zum Trotz, weil er es nicht übers Herz brachte, sie abzuweisen. Weil er sie sehen wollte. »Vergiss nur nicht, dass ich der Gefangene bin, den du bewachen musst.« Und er durfte das auch nicht.

5

Mirella

»Ich seh schon, Mira«, sagte Chadrik schmunzelnd, als Mirella zum wiederholten Mal ein Zeichen falsch zuordnete. »Mit Waffen hantieren, ist eher dein Ding.« Er beugte sich zu ihr und drückte ihre Schulter. »Das bedeutet: Da ist jemand. Und das ...« Seine Hand umschloss ihren Oberarm. »Warten. Nicht umgekehrt. Hast du dir wenigstens die Handzeichen gemerkt?«

Ganz so blöd bin ich nun wirklich nicht, hätte sie am liebsten geantwortet, woraufhin das verhasste Kichern in ihren Ohren klingelte. Wenn das kein Beweis war, dass sie nicht mehr bei Verstand war, wusste sie auch nicht. »Ich glaub, die kann ich«, sagte sie kleinlaut.

»Zeigen.«

»Das ist: leise sein.« Sie legte den Finger auf den Mund.

Chadrik nickte.

»Warten.« Sie hob die linke Hand.

Wieder richtig.

»Da ist einer.« Sie streckte den Zeigefinger der rechten Hand in die Höhe.

63

»Und wenn's mehr als einer ist?«

»Dann halte ich die entsprechende Anzahl Finger hoch.«

Er bejahte. »Wenn's mehr sind, als du zählen kannst?«

»Hast du das vorhin gezeigt?«

»Jup.«

Es wollte Mirella nicht einfallen, egal, wie sehr sie sich anstrengte.

Siehst du, freute sich die Stimme. *Du bist so blöd. Bin mal gespannt, ob du in einem Stück nach Hause kommst ...*

Mirella presste die Lippen zusammen.

»Keine Panik«, holte Chadrik ihren Verstand zurück. »Schau her.« Er hob die rechte Hand, schloss die Finger zur Faust und öffnete sie wieder. »Das machst du dreimal direkt hintereinander. Los.«

Mirella vollführte die Bewegung, die er vorgemacht hatte. »Da sind mehr Leute, als ich zählen kann«, schob sie die Erklärung hinterher, bevor Chadrik sie einforderte.

»Und jetzt das Ganze, wenn's dunkel ist.«

»Wie wahrscheinlich ist das heute?«

»Ziemlich wahrscheinlich«, kam die befürchtete Antwort.

Und ausgerechnet diese Zeichen bekam Mirella nicht in den Schädel. Was aber kein Wunder war, denn sie waren alles andere als selbsterklärend.

Wie man allerdings jemandem in der Finsternis einfacher klarmachte, dass er warten solle, ohne ihn unsanft auf den Hintern zu befördern, wusste Mirella auch nicht. »Dann hoff ich mal, dass du mir den Mist rechtzeitig eingeprügelt kriegst.«

»Wird schon. Rabe hätt dich nicht mitgeschickt, wenn er dir das nicht zutraut.«

»Du meinst, weil er mich so gut einschätzen kann?«

»Beim letzten Einsatz hatte er dich ein paar Stunden unter Aufsicht. So schlecht wird's nicht gelaufen sein.« Chadriks Mundwinkel zuckten. »Der hat eher Sorge, dass du dem Markt nicht gewachsen bist.«

»Da ist er nicht der Einzige.« Mirella stierte auf das Schaffell, auf dem sie saß.

Chadrik rutschte neben sie und legte ihr den Arm um die Schultern. »Du bist unbewaffnet aus der Alcazaba entkommen. Da wirst du doch wohl mit nem Markt und ner Kaninchenfarm fertig werden.«

Sie war entkommen, das stimmte. Aber außer ihr niemand sonst. Einen Moment saß sie reglos da und spürte Chadriks tröstende Nähe. Es erinnerte sie an ihre Zeit mit Sendro, auch wenn die beiden Männer sich in keiner Weise ähnelten.

Abrupt straffte sie sich und blickte zu Chadrik.

»Weiter?«, fragte er.

»Weiter«, bestätigte sie.

Yerad

Die restliche Zeit von Yerads Haareschneiden verbrachten sie schweigend. Begleitet vom Klackern der Schere und den flüchtigen Berührungen von Alias Fingerspitzen. Jedes Mal schoss Yerads Aufmerksamkeit dorthin, als sei es das alles, was wichtig war. Währenddessen geisterte permanent eine Frage durch seinen Kopf: *Wie soll das gut gehen?*

»Fertig«, rief Alia plötzlich, lief um Yerad herum und betrachtete kritisch ihr Werk. Ein zufriedenes Lächeln erstrahlte auf ihren Lippen. »Sieht gut aus.«

Durak streckte sich. »Wurde auch Zeit. Dann kümmer ich mich mal um die Ablöse.«

»Jetzt schon?«, fragte Yerad. Normalerweise dauerte Duraks Schicht deutlich länger.

»Wir haben noch was zu erledigen.«

»Alia und du?«

»Mäuschen und Feuerschopf ebenfalls.«

Yerad sparte sich die Frage, ob sie jemanden entführten. Das würden sie ihm gewiss nicht verraten. Und falls seine Befürchtung stimmte, hoffte er zumindest, dass es kein Greifenpfleger war. »Passt auf euch auf«, sagte er stattdessen.

Durak grinste, aber nicht so selbstsicher wie Yerad es von ihm gewohnt war. »Bis nächstes Mal, Prinzessin.« Er wandte sich um.

»Durak?«

Der Angesprochene blickte über seine Schulter.

»Werden du oder Chadrik morgen früh da sein?«

»Hast du denn außer uns nen anderen Verrückten, der bei deiner Selbstmordaktion mitmacht?«

Yerad schüttelte den Kopf.

»Dann ja. Wag es nur nicht, allein anzufangen, falls wir verschlafen.«

Erleichtert lehnte sich Yerad zurück, während Durak durch den Gang forteilte. Neben ihm spielte Alia mit der Schere.

»Kannst du damit aufhören?«, fragte er und deutete auf das hin- und herschwankende Schneidewerkzeug. »Das macht mich nervös.«

»Mich beruhigt es«, sagte sie entschuldigend, ließ die Schere aber in ihrem Hosenbund verschwinden. Sichtlich unbehaglich schob sie ihre Hände ineinander. Knetete und drückte auf ihnen herum, dass Yerad das Spiel mit der Schere fast lieber war. Alia wirkte angespannt, ebenso wie Durak zuvor.

»Eure Erledigung ist gefährlich, richtig?«, fragte Yerad.

Sie verzog die Lippen, nickte knapp. »Mehr will ich dazu nicht sagen.«

»Mehr will ich doch gar nicht wissen.«

Sie lächelte ein klägliches Lächeln.

»Wenn ihr zurück seid«, begann Yerad, »gebt mir bitte Bescheid.«

»Das ist mitten in der Nacht.«

»Trotzdem.«

»Gut. Dann wecken wir dich.«

Ob das überhaupt nötig war, würde sich zeigen. Yerad sorgte sich schon jetzt. Dabei waren die anderen noch gar nicht aufgebrochen. Wie sollte er so zur Ruhe kommen? »Falls du die ehrenvolle Aufgabe übernimmst, spiele bei der Greifin aber nicht so offen mit spitzen Gegenständen.«

»Wirst du sonst von ihrem Geschrei aus dem Schlaf gerissen?«

»Das macht dir vermutlich mehr aus als mir.«

»Vermutlich«, bestätigte sie, blickte zur Tür mit der Greifin und das Lächeln gefror auf ihren Lippen. »Wie lange machst du das schon?«

»Was? Auf der Bank herumsitzen? Eine halbe Stunde, schätze ich.«

»Nicht das.« Sie wandte sich Yerad zu. Ihre Gesichtszüge wurden weicher. »Mit Greifen arbeiten, meinte ich.«

»Auf die derzeitige irre Art, wie Chadrik und Durak es nennen, seit ich hier bin. Vorher war ich nur fürs Fliegen zuständig. Füttern, Stroh wechseln und selbst so etwas wie das Geschirr oder die Waren befestigen haben andere gemacht.«

»Wer denn?«

»Pfleger und Gepäckträger. Aber sag das nicht Rabe. Sonst entführt er von denen auch welche.«

»Versprochen«, entgegnete sie. Für heute stand wohl doch nicht die Entführung eines Greifenpflegers auf dem Programm. »Und seit wann fliegst du auf Greifen?«

»Mit der Ausbildung habe ich vor etwa sechs Jahren angefangen und die hat anderthalb Jahre gedauert. Während ich gelernt habe, bin ich nur unter Aufsicht geflogen. Alleine erst, nachdem ich fertig war. Beantwortet das deine Frage?«

»Fast. Wie alt warst du bei Beginn der Ausbildung?«

Er musste lächeln. »Interessiert dich das wirklich? Oder willst du nur wissen, wie alt ich jetzt bin?«

Sie erwiderte sein Lächeln. »Beides.«

»Zweiundzwanzig.«

»Damals oder jetzt?«

Yerad hob eine Augenbraue. Er war nicht sicher, ob das ein Scherz gewesen war oder ihm die letzten Wochen schlimmer zugesetzt hatten, als er sich vorstellen mochte. Ihr Lächeln verstärkte sich, woraus er schloss, dass sie ihn nicht auf fast dreißig schätzte. »Verrätst du mir dein Alter?«, fragte er.

»Zwanzig.«

»Warst du schon immer eine Rebellin oder hast du vorher eine Ausbildung gemacht?«

»Nein und nein«, antwortete Alia und ihre Augen wurden von einer Dunkelheit getrübt, die Yerad nie zuvor aufgefallen war. »Meine ersten zehn Jahre hab ich im Waisenhaus gelebt, danach auf der Straße, bis Rabe mich aufgesammelt hat.« Sie sagte nicht, wann sie eine Rebellin geworden war, und Yerad fragte nicht nach. Sie sah aus, als wolle sie etwas hinzufügen, da huschte ihr Blick hinter Yerad. »Die Ablöse kommt. Der hätt sich ruhig mehr Zeit lassen können.«

»Du weißt ja, wo du mich findest, wenn du weiterreden willst«, entgegnete Yerad, ehe der neue Aufpasser bei ihnen stoppte.

An Alia gerichtet sagte der Fremde: »Du kannst nun gehen.« Yerad ignorierte er. Der Mann war nicht der erste Aufpasser, der es für unnötig hielt, sich vorzustellen.

Mittlerweile nahm Yerad ein derartiges Verhalten wortlos hin. Die anderen wussten, dass sie ihm ihre Namen nicht nennen mussten. Spitzfindige Bemerkungen änderten das auch nicht.

Umständlich erhob sich Alia von der Bank. »Bis nächstes Mal, Yerad.« Sie senkte die Lider.

So kläglich, wie sie vor ihm stand, hätte er am liebsten ihre Hand genommen. Allerdings waren sie nicht allein. Er wünschte, er könnte ihr wenigstens versichern, dass alles gut ging. Aber was verstand er schon von dem, was sie da draußen machten? Wenn selbst jemand wie Durak nervös wurde, war es wohl wirklich gefährlich. »Bis morgen«, sagte er. »Oder heute Nacht.«

Nun sah sie ihm doch in die Augen. »Bis heute Nacht«, entgegnete sie mit einem winzigen Lächeln. Hastig drehte sich Alia um. Ihre Zöpfe wirbelten durch die Luft.

Yerad musste sich zwingen, sich abzuwenden. »Ich gehe erst einmal in meine Kammer«, teilte er dem neuen Aufpasser mit. Er wollte dringend die abgeschnittenen Haare loswerden, die in seinem Nacken juckten.

Der andere zuckte unbeeindruckt die Schultern und Yerad machte sich auf den Weg. In seiner Kammer zog er sich das Hemd aus und legte es direkt neben die Tür. Es dauerte eine Weile, bis Yerad die losen Haare von Hals und Kopf geschrubbt hatte. Als sich das Wasser in der Waschschüssel beruhigt hatte, blickte er hinein. Zum ersten Mal, seit er in den Höhlen war. Er konnte sich deutlich schlechter erkennen als in dem Spiegel zu Hause. Doch das, was er da sah, erschien ihm fremd. Er wirkte älter, wenn auch nicht wie nahezu dreißig. Noch dazu die neue Frisur: Früher hatte er die Haare mit dem Zopf im Nacken aus dem Gesicht verbannt. Nun rahmten sie es ein. Sie waren etwas länger, als er es bei den Arbeitern gesehen hatte, allerdings viel zu kurz für einen Noblen. Die längsten Strähnen reichten ihm bis zum Kinn, die kürzesten bis zur Nase. Was wohl seine Familienmitglieder sagen würden, wenn er so bei ihnen auftauchte? Und das in Arbeiterkleidung. Ob sie ihn überhaupt erkennen würden?

Yerad versuchte, die Gedanken von sich zu schieben. Dennoch ließ ihn das schlechte Gewissen nicht in Ruhe. Weil er so dumm gewesen war, die Brücke zu überqueren, mussten sie trauern. Und was tat er, während sie seinetwegen weinten? Sich um diejenigen sorgen, die ihm das eingebrockt hatten. Und damit nicht genug: Er wünschte sich an die Seite einer Rebellin.

Kraftlos stützte er die Stirn gegen die angewinkelten Knie. Die nassen Haare fielen ihm auf die Wangen. Wassertropfen rannen herab, seinen nackten Rücken hinunter, auf seine Hose und sogen sich in den Stoff. Es war Yerad gleich, denn irgendetwas lief offenbar ziemlich falsch in seinem Kopf. So ein Verhalten konnte doch nicht normal sein.

Und was würde ein anderes Benehmen bringen?, geisterte es durch seine Gedanken. Wenn er seiner Familie nachtrauerte und Chadrik, Durak und Alia so behandeln würde, wie es sich für einen Entführten gehörte?

Seiner Familie half das nicht. Er würde sich nur schlecht fühlen, weil er die letzten Menschen, die ihm blieben, von sich stieß. Dann wäre es lediglich die Aussicht, eines Tages wieder zu fliegen, die seinem Leben einen Sinn gab. Reichte das?

Er kannte die Antwort.

Seine Familie und Tarek waren fort. Vermutlich für immer. Instinktiv hatte er den einzigen Weg gewählt, der für ihn funktionierte. Jetzt musste er es nur hinbekommen, sich keine Vorwürfe zu machen.

Als Yerad zur Greifin zurückkehrte, pulsierte die Schuld nunmehr als dunkler Schatten in seinem Hinterkopf. Damit konnte er sich arrangieren. Ein weiterer Schatten in Form des neuen Aufpassers folgte ihm in die Greifenkammer. Yerad war versucht, dem Mann zu sagen, dass er nun schlafen wolle, in der Hoffnung, dass der andere dann draußen blieb. Aber bevor Rabe ihn am Ende löcherte, seit wann er mitten am Tag schlief, hielt Yerad besser den Mund.

Die Greifin hob den Kopf und gab einen Laut von sich, der ein wenig an das Miauen einer ziemlich großen Katze erinnerte. Dieses Geräusch hatte sie schon einige Male gemacht. Wenn Yerad nicht alles täuschte, immer sobald er den Raum betrat. Sie musterte Yerad mit schief gelegtem Haupt.

»Na, erkennst du mich noch, meine Liebe?«

Sie stieß »ik« aus, doch was das nun bedeuten mochte, wusste Yerad nicht. »Ist das ein Ja?«

Die Greifin reagierte nicht.

»Bedeutet ›ik‹ ja?«, versuchte er es ein weiteres Mal. Zur Verdeutlichung nickte er übertrieben mit dem Kopf.

Offenbar sah das ziemlich absurd aus, denn die Greifin verfiel wieder einmal in das keckernde Geräusch. Aber wenn Yerad sich nicht sehr verhört hatte, gab sie zum Ende ein zweites »Ik« von sich.

›Ik‹ könnte also ja bedeuten, das Keckern ein Lachen und das Miauen eine Begrüßung sein. Sicher war sich Yerad bei nichts von all dem, doch das würde sich hoffentlich bald ändern.

Entspannt legte die Greifin den Kopf auf die Vorderkrallen. »Soll ich dir vorlesen?« Yerad hielt das Buch in die Höhe. Die Greifin antwortete mit einem leisen »Ik«. So gesprächig wie heute war sie noch nie gewesen.

Als Yerad die Matratze dichter zur Greifin zerrte, verdrehte der Aufpasser die Augen. Sollte er vor die Tür gehen, wenn ihm das nicht gefiel. Irgendwie musste Yerad sich schließlich ablenken und die Greifin bei Laune halten. Er setzte sich auf seine Schlafstätte, die beinahe die Linie berührte. Die Greifin kam näher, während Yerad das Buch aufschlug. Weit war er mit *Magie voller Tücken* bislang nicht gekommen. Er suchte die Seite, bei der er aufgehört hatte.

Die Greifin stieß einen scharfen Ton aus.

Yerad warf ihr einen amüsierten Blick zu. »Nur weil du drängelst, finde ich die Stelle nicht schneller.« Er wusste nicht, ob das der Grund für ihr Gemecker war. Er wusste ja nicht einmal, ob das wirklich Gemecker war. Er fand es nur naheliegend. »Ich habe kein Lesezeichen«, erklärte er, »oder möchtest du mir eine Feder schenken?«

Sie wiederholte den Ton, wie zum Protest. Dann war sie so still, dass das Rascheln der Seiten das einzige Geräusch war.

»Hier waren wir.« Yerad begann zu lesen, die Greifin hörte schweigend zu. Zwischendurch lugte Yerad zu ihr, um festzustellen, ob sie eingeschlafen war, doch die dunkelroten Augen waren hellwach.

Ihr schien es zu gefallen, wenn Yerad vorlas. Den Eindruck hatte er bereits beim letzten Mal gehabt. Dennoch konnte er sich nicht vorstellen, dass ihre Kenntnisse der Menschensprache schon so gut waren, dass sie der Geschichte folgte. Vielleicht mochte sie den Klang seiner Stimme. Oder es gefiel ihr, dass er sich mit ihr beschäftigte. Immerhin waren Greifen soziale Geschöpfe.

Und so las Yerad weiter, Seite für Seite, Kapitel für Kapitel. »Koruk hätte schwören können, dass er etwas gehört hatte«, las er. »Aber nun, wo er in den Wald horchte, war da nur der Wind, der im welken Herbstlaub raschelte. ›Sollst du mich mitbringen, Neyla?‹«

Die Greifin hob den Kopf. War es Zufall, dass sie dies ausgerechnet an einer spannenden Stelle tat? *Bestimmt.*

Yerad zwang seine Konzentration zurück auf das Buch. »›Ich dachte, du möchtest mit‹«, fuhr er mit Neylas Antwort fort. »Sie klang harmlos. Nicht wie jemand, der einen in eine Falle führte.«

Ein schrilles »Rrrrr« ließ Yerad hochschrecken. Im ersten Moment glaubte er, das es ihm gegolten hatte. Dass der Greifin seine Nähe auf einmal zu viel geworden war, aber sie ruhte äußerlich entspannt auf ihrem Platz. Dennoch war das eindeutig ein Warnlaut gewesen.

Neben Yerad war zwar noch der Aufpasser anwesend, doch der hockte unscheinbar in seiner Ecke und wurde von der Greifin keines Blickes gewürdigt. Sollte sie etwa nicht Yerad, sondern Koruk aus der Geschichte gemeint haben? Verdattert murmelte Yerad: »Ich finde ebenfalls, dass Koruk umkehren sollte.« Er zwang sich, weiter vorzulesen, wenngleich seine Gedanken kreisten. Er wusste, dass Greifen intelligent waren. Einige seiner Lehrer damals hatten sogar vermutet, dass sie deutlich schneller lernten als Menschen. Aber dass dieses Tier in nur drei Wochen in der Lage sein sollte, die Menschensprache gut genug zu verstehen, dass es einer Geschichte folgte, überstieg Yerads Vorstellungskraft.

6

Mirella

»Können wir die Zeichen noch einmal durchgehen?«, fragte Mirella, als Chadrik sich erhob.

»Wozu?«

»Falls ich sie vergessen hab.«

Er stieß einen amüsierten Laut aus. »Du kannst die, Mira.«

Wie kam er darauf? Nur weil es die letzten fünf Male geklappt hatte, hieß das doch gar nichts. Vor allem, da das Erinnerungsvermögen in Stresssituationen deutlich unzuverlässiger reagierte. Mirellas Mutter hätte sich jedenfalls nicht mit einer derart überschaubaren Übungszeit zufriedengegeben.

Chadrik drückte die Klinke und bedeutete Mirella mit einer energischen Kopfbewegung, mitzukommen. Das war dann wohl der wahre Grund für die dürftige Übungszeit: Sie mussten los.

Missmutig fügte sie sich und folgte ihm.

Nachdem sie sich umgezogen und bewaffnet hatten, hielt ihr kleines Überfallkommando auf Rabes Kammer zu. Mirella beugte sich zu Alia, wobei sie Angst hatte, dass ihr die dunkelhaarige

Perücke verrutschte. »Warum müssen wir überhaupt vorher zu Rabe?«, wisperte sie. Sie war angespannt genug, da brauchte sie nicht noch diesen Kerl.

»Um uns abzumelden«, antwortete Alia. »Und falls es neue Anweisungen gibt.«

Sie brachte etwas hervor, das eigentlich »ach so« heißen sollte, aber nicht einmal in ihren Ohren so klang.

Alia stieß sie schmunzelnd an. »Er wird dir schon keinen Abschiedskuss aufdrücken.«

Mirella war bereits vorher unangenehm warm gewesen unter der Perücke, doch Alias Kommentar ließ die Hitze schlagartig ansteigen. Unwillkürlich griff sie sich ins fremde Haar. Dann fiel ihr ein, dass sie auf diese Weise möglicherweise eine ihrer roten Locken befreite, und sie zwang sich, damit aufzuhören. Als sie aufblickte, stand Rabe in seinem Türrahmen. Sie starrte ihn viel zu lange an, ehe sie den Blick senkte.

Die Männer wechselten ein paar Worte. Neue Anweisungen gab es nicht. So weit, so gut.

»Mirella?«, sagte Rabe plötzlich. Er hob eine Hand in Richtung ihres Gesichts und sie glaubte, er wolle sie berühren. Ein Schritt zurück wäre die richtige Reaktion, doch ihre Beine bewegten sich nicht. Zu groß war der Wunsch, seine Wärme auf ihrer Wange zu spüren.

Rabes Bewegung stoppte kurz vor ihr und er deutete zu ihrem Haaransatz. »Da gucken noch ein paar deiner Strähnen raus.«

»Danke für den Hinweis«, würgte sie hervor und kam sich schrecklich dämlich vor.

Alia wirbelte zu der Stelle und machte sich daran, den Fehler zu beheben. »Besser, du lässt die Finger davon«, flüsterte sie Mirella zu.

»Ich weiß«, erwiderte Mirella, während sie Rabe betrachtete. Seine blauen Augen richteten sich erneut auf sie. »Gutes Gelingen euch allen.« Selbst Mirella bemerkte, dass es ihm schwerfiel, den Blick von ihr zu lösen. »Und meldet euch sofort, wenn ihr zurück seid.«

Dann machten sie sich auf den Weg zum Aufstieg. Mirella griff nach Alias Hand, die sich prompt um ihre schloss. Sogar Durak und Chadrik waren für ihre Verhältnisse hektisch unterwegs.

»Wir schaffen das«, sagte die Freundin. Ob sie damit Mirella beruhigen wollte oder sich selbst, wusste vermutlich nicht einmal sie.

Als Mirella über die Kante auf die Ebene kroch, war das Sonnenlicht so gleißend, dass es in ihren Augen brannte. Die Umgebung verschwand unter der Helligkeit. Mirella kniff die Lider zusammen.

»Kann jemand genug erkennen?«, brummte Durak.

»Niemand da«, kam Chadriks Antwort.

Wie auch immer er das feststellte. Mirella war schon froh, dass sie wusste, in welcher Richtung sich die Klippe befand, über die sie nicht versehentlich stürzen wollte.

»Los«, wies Chadrik an.

Eine kräftige Hand zog Mirella auf die Beine und mit sich.

Wie damals auf dem Marktplatz, als Rabe sie hinter sich hergezerrt hatte. Durch den Pulk von Leibern, die sie zu ersticken gedroht hatten.

Das kommt gleich wieder, kicherte die Stimme.

Angestrengt öffnete Mirella ein zweites Mal die Augen. Die Farben waren dunkler als in ihrer Erinnerung, aber zumindest konnte sie die Umgebung grob wahrnehmen.

Alles war unwirklich. Als wäre das hier draußen ein Traum und die Realität da unten in den Höhlen.

Es war Chadrik, der Mirella zog. Alia und Durak brauchten diese Hilfe nicht.

Mirella murrte: »Kann es sein, dass ich grad die Blindeste bin?«

»Scheint so«, sagte Durak. Nach einem kurzen Zögern fuhr er fort: »Redest du mit dem Obervogel, Mäuschen, oder soll ich?«

»Hab ich gestern schon«, gab Chadrik zurück und klang enttäuscht. »Ich mach's morgen noch mal. So geht das nicht.«

Mirella wurde das Gefühl nicht los, dass sie etwas falsch gemacht hatte. »Was geht so nicht?«, fragte sie beklommen. Dass Chadrik leicht zusammenzuckte, wie sie an seiner Hand bemerkte, verstärkte den Eindruck.

»Mach dir keine Sorgen, Mira«, erklang nun Alias Stimme von der Seite und Mirella wurde immer mulmiger.

»Gibt's denn Anlass zur Sorge?« Außer dem Auftrag, auf den sie sich begaben? War der allein nicht schlimm genug?

Chadrik hielt an und ließ Mirella los. Er musterte sie. So viel konnte sie trotz der unnatürlichen Schatten auf seinem Gesicht ausmachen. »Nein, gibt's nicht«, entgegnete er bestimmt.

»Und warum musst du mit Rabe reden?«

»Das wirst du hoffentlich morgen wissen«, rang er sich ab.

»Es ist nichts Dramatisches«, ergänzte Durak. »Aber ... der Obervogel hat verboten, dass wir's dir sagen.«

Alias schmale Finger schlossen sich um Mirellas. »Reicht das zur Beruhigung?«

Mirella nickte. Was blieb ihr anderes übrig? Sie wollte die drei nicht in Schwierigkeiten bringen.

»Dann weiter«, entschied Chadrik.

Sie hielten auf das Pinienwäldchen zu. Nun war es Alia, die Mirella lotste. Langsam schwanden die Schatten aus den Farben und Mirella wagte es schließlich, Alias Hand loszulassen. Sie liefen nebeneinander wie ein paar Freunde auf einem Spaziergang. Wenn es doch nur so wäre. Mirella wunderte sich selbst, wie sehr sie die Normalität ihres alten Lebens vermisste.

Von der Seite sagte Durak plötzlich: »Sobald wir die Häuser erreichen, bilden wir Zweiergruppen. Du bleibst bei mir, Feuerschopf, und wir zwei gehen vor. Weiß jeder den Satz?«

»Ich hab die Tomaten vergessen«, antwortete Mirella. Wenigstens etwas, das sie sich merken konnte.

»Was bedeutet das, Mira?«, fragte Chadrik mit einer gewissen Belustigung.

Mirella war froh, dass er sich über ihr schlechtes Gedächtnis amüsieren konnte. Sie fand es ziemlich erschreckend. Vor allem, da sie sich nicht so kannte. »Dann müssen wir uns besprechen.«

Er nickte und warf ihr einen aufmunternden Blick zu.

Sie betraten das Pinienwäldchen. Nadeln und Tannenzapfen stachen in Mirellas Fußsohlen. Es tat gut, etwas anderes als nackten Fels unter sich zu spüren. Chadrik war von ihrer Entscheidung, barfuß zu gehen, nicht begeistert gewesen und hatte erst sein Einverständnis gegeben, als sie eingewilligt hatte, Schuhe im Rucksack mitzunehmen. Tagsüber würde sie die allerdings nicht brauchen, solange sie nicht wieder in die Chabolas flüchteten. Das Barfußlaufen war auch das einzige Zugeständnis, das sie Chadrik abgerungen hatte. Auf die Perücke und ein langärmeliges Oberteil, damit man ihre helle Haut nicht so gut sah, hatte er bestanden und sich trotz Bitten nicht davon abbringen lassen. Beides klebte jetzt schon unangenehm an ihr.

Mirella blickte zu Alia, die links von ihr ging. Die Fröhlichkeit, die sonst ihr Gesicht erhellte, war einer gewissen Anspannung gewichen.

»Wie war das Haareschneiden?«, fragte Mirella, um die Freundin auf andere Gedanken zu bringen. Und um sich daran zu gewöhnen, dass sie den Noblen ... Yerad nicht länger ignorieren durfte.

»Ich hab Yerad fast ein Ohr abgesäbelt.«

Irritiert riss Mirella die Augen auf. »Ich dachte, du hast das schon öfter gemacht. Also Haare schneiden. Nicht Ohren absäbeln.«

»Na ja«, druckste Alia herum. »Er hat sich plötzlich nach hinten gedreht.«

»Während du mit der Schere an seinem Kopf zugange warst?«

Alia wurde rot und presste die Lippen zusammen.

Von der anderen Seite machte Durak ein glucksendes Geräusch. Er grinste breit. »Das Elsterchen hat ihm verraten, dass sie ihn gern hat.«

»Während sie mit der Schere an seinem Kopf zugange war?«, wiederholte Mirella.

»Jup.«

»Oh.«

Alia senkte den Blick. »Das wird nicht noch mal passieren.«

»Nö«, sagte Durak. »Nun weiß er's ja.«

Mirella griff nach Alias Hand. Die Finger der Freundin waren trotz der Hitze eiskalt. »Wie hat er denn reagiert?«

»Mich drauf hingewiesen, dass er ein Gefangener ist.«

Womit er recht hatte. Dass ausgerechnet der Gefangene darauf achtete – und nicht seine Entführer – war schon verrückt. »Das war alles?«, fragte sie dennoch, da Alia aussah, als läge ihr noch etwas auf dem Herzen.

»Er hat nicht gesagt, dass er mich auch gern hat, falls du das meinst«, gab Alia zurück. Sie versuchte, nicht enttäuscht zu klingen. Es gelang ihr nicht.

Durak schnaubte. »Er hat dich aber gern.«

Mit einer Mischung aus Hoffnung und Unglauben schoss Alias Blick zu Durak. »Hat er dir das erzählt?«

»Das ist doch offensichtlich.« Durak hob den Daumen. »Erstens: Er macht sich Sorgen, dass du mit dem Obervogel Ärger kriegst.« Der Zeigefinger streckte sich in die Höhe. »Zweitens: Er will dich wiedersehen. Drittens: Wenn er nichts für dich übrig hätte, denkst du nicht, dass er dir das gesteckt hätte, Elsterchen? Auf den Mund gefallen ist die Prinzessin schließlich nicht. Und viertens ...« Er ließ die Hand sinken und sah Alia eindringlich an. »Hast du nicht gemerkt, wie er dich angesehen hat? Das ist ja sogar mir aufgefallen.«

»Also hat er nichts gesagt«, murmelte Alia.

»Wieso müsst ihr Frauen so was immer direkt gesagt bekommen?«

Alia verzog die Lippen. »Es hat ja sowieso keinen Sinn. Wie Yerad gemeint hat: Er ist ein Gefangener. Wenn ich nicht will, dass Rabe an meiner Loyalität zweifelt, wird da nie was draus.«

Die Freundin klang so unbeschreiblich traurig, dass Mirella sie trösten wollte. Ihr fiel nichts ein, was keine Lüge war.

Nachdenklich sagte Chadrik: »Ganz so sicher wäre ich mir da nicht.«

»Wieso das, Mäuschen?«

»Rabe weiß, dass wir zwei Yerad leiden können, und lässt uns trotzdem jeden Tag zu ihm. Er wird das mit Alia ebenso wissen ...«

»... und trotzdem lässt er sie zu ihm«, beendete Durak den Satz. »Glaubst du das wirklich?«

»Fällt dir ein anderer Grund ein?«, fragte Chadrik. »Es muss nämlich einen geben.«

»Hm. Einfach so erlaubt's der Obervogel definitiv nicht. Und reine Nettigkeit wird's nicht sein.«

Mirella und Alia tauschten einen ratlosen Blick aus. »Was denkt ihr denn?«, erkundigte sich Mirella.

Chadrik antwortete: »Er will, dass wir uns anfreunden. Um Yerad auf unsere Seite zu ziehen.«

7

Mirella

Sie erreichten die Häuser viel zu schnell. Mirella hätte gern länger mit den anderen geplaudert und die Sonne genossen, auch wenn sich zwischen ihrer Perücke und der Kopfhaut mittlerweile kleine Seen gebildet hatten.

Chadrik und Alia wurden langsamer und verschwanden aus Mirellas Blickfeld, Durak rückte dichter an ihre Seite. Jetzt wurde es ernst. Jeder Schritt trug sie dem Markt entgegen und Mirella hatte keine Ahnung, ob die Panik dann zurückkehrte.

Och, die wird ganz bestimmt kommen, stichelte die Stimme.

Sei still!, zischte Mirella in Gedanken. Zumindest hoffte sie, dass es in Gedanken war. Ein Seitenblick zu Durak ließ sie daran zweifeln.

»Schon nervös?«, fragte er.

Sie bejahte knapp und hatte Mühe, nicht nach den Küchenmessern zu greifen, die im Hosenbund steckten. Immerhin war ihre Armbrust in Duraks Rucksack und damit außer Reichweite. Dennoch ... der immense Drang, die Messergriffe zu umfassen, machte ihr Angst. Was sollte das erst auf dem Markt werden? Hier war es nur die Furcht vor dem Durchdrehen. Sobald die Menschenmassen dazukamen ...

Mirella sah sich bereits die Messer ziehen, um die Leiber von sich fernzuhalten. »Durak?«, flüsterte sie. Plötzlich hastete eine Frau mit ihren Einkäufen viel zu nah an Mirella vorbei. Allein das verstärkte das Bedürfnis nach den Messergriffen ins Unermessliche. Als die Fremde endlich weg war, gestand Mirella: »Wenn meine Messer im Hosenbund bleiben, gibt's ne Katastrophe.«

Durak drehte sich zurück und machte ein Zeichen, dessen Bedeutung Mirella nicht kannte. Dann griff er ihre Hand und zog sie in eine Seitengasse. Sie folgten ein paar Biegungen, bis zu einer Nische zwischen zwei Häusern, die lediglich vom schmalen Weg einsehbar war. Schnell schlüpften sie hinein.

Alia und Chadrik waren ihnen gefolgt. Durak gab ihnen ein weiteres unbekanntes Zeichen. Die beiden nickten, lehnten sich an eine Wand und behielten die Umgebung im Auge.

»Was stimmt nicht mit den Messern?«, fragte Durak.

»Ich bin hier schon kurz davor, sie zu ziehen. *Du* musst die nehmen.«

Zu Mirellas Entsetzen schüttelte er entschieden den Kopf. »Ganz ohne Waffen ist ne verdammt schlechte Idee. Und das sind ja nicht mal richtige Waffen.«

»Aber wie ...?« Die Angst vor dem, was sie womöglich anrichtete, schnürte ihr die Kehle zu.

»Ich hab nicht gesagt, dass wir dein Problem ignorieren, Feuerschopf«, beruhigte Durak sie. »Bind sie um deine Beine. Danach bleibst du an meiner Hand.«

Und die Messer unerreichbar, da sie sich nicht nach ihnen bücken konnte. Außer wenn Durak sie losließ, um die Einkäufe zu bezahlen und zu verstauen. Doch selbst in diesen Momenten wäre der Weg zu den Messern weiter und somit hätte Mirellas Verstand etwas länger Zeit, sie von Dummheiten abzuhalten. *Welcher Verstand?*, kicherte es. Die Stimme war in Höchstform. Verdammt schlechter Zeitpunkt.

»Willst du's erst mal so versuchen?«, hakte Durak nach, als sie nicht antwortete. »Wenn's dir auch zu unsicher ist, meldest du dich.«

Und dann? Als letzte Lösung blieb doch nur, Mirella die Messer wegzunehmen. Ihr wäre lieber, Durak würde es jetzt schon tun. Aber wollte sie sich wirklich erneut in die Situation bringen, unbewaffnet Kämpfern gegenüberzustehen? Sich zu dieser Hilflosigkeit verdammen? »Ich versuch's. Hast du ein Seil?«

Er öffnete den Rucksack und wühlte darin herum. Anschließend prüfte er seine Hosentaschen. »Das ist ja mal wieder typisch«, murrte er.

»Kein Seil?«

»Nein.«

»Also nimmst du die Messer?«

»Nein.« Er zog einen Dolch und betrachtete den Saum seines Hemdes.

»Das würd ich nicht abschneiden«, sagte Mirella. Sonst sah am Ende jemand Duraks Waffe.

Er verzog das Gesicht und schob den Dolch weg. Dann winkte er Chadrik näher. »Wir brauchen ein Seil«, erklärte er.

Die Prozedur des erfolglosen Durchwühlens von Hosentaschen und Rucksäcken wiederholte sich bei Chadrik und Alia, ehe die beiden auf ihre Wachposten zurückkehrten.

Durak blickte an sich hinab. »Und was zerschnippel ich nun?«

»Ich hab lange Ärmel«, merkte Mirella an, in der Hoffnung, dass sie etwas von dem Stoff loswurde. Vielleicht eigneten sich auch Perückensträhnen.

»Vergiss es. Du bist schon ohne Fledderklamotten auffälliger, als gut ist.«

Chadrik hatte ebenfalls lange Ärmel, aber das wusste Durak selbst und offenbar war das keine Option. Also hielt Mirella den Mund und sah Durak zu, wie er die unteren Enden seiner Hosenbeine in großen Streifen abschnitt. Die Haut, die nun zum Vorschein kam, war ebenso vernarbt, wie die an seinen Armen. Die Kaninchenfarmer hatten wirklich ganze Arbeit geleistet. Er drückte ihr die Stoffstücke in die Hand und erhob sich. »So bescheuert, wie das aussieht, starren die Leute hoffentlich mich an und übersehen dabei dich.«

»Wirst du nicht ebenfalls gesucht?«, fragte Mirella, während sie ihre Hose hochkrempelte und einen Stoffstreifen um die Wade wickelte.

»Seit Jahren. Irgendwann hatten die Wächter aber keine Lust mehr, neue Fahndungsplakate aufzuhängen. Oder sie dachten, ich bin tot.«

»Von mir gibt's hier auch keine Plakate. Nur im Barri-Al-Noble.« Mirella schob zwei Messer ins erste Band. Probehalber stand sie auf und bewegte ihr Bein. Nichts verrutschte oder behinderte sie. Ungünstig war nur, dass sie ihre Hose hochkrempeln musste, um an die Messer zu gelangen. Ein Kleid wäre praktisch gewesen, aber da keine andere Frau derartige Kleidungsstücke trug, wäre sie damit leider zu auffällig gewesen. Sie bückte sich für das zweite Bein. Da fiel ihr auf, dass Durak ihren Einwand nicht kommentiert hatte. Nicht einmal mit einem Geräusch. »Das stimmt doch mit den Plakaten von mir, oder?«, vergewisserte sie sich.

Er wich ihrem Blick aus.

Mirella schoss in die Höhe. »Durak?«, entfuhr es ihr alarmiert.

Nun kam sein Schnauben. »Ich hab eins gesehen.«

85

»Hier?«

»Ja, hier. Ich war noch nie auf der anderen Flussseite.«

In diesem Moment ertönte etwas, das wie Vogelgezwitscher klang.

»Versteck die Messer«, drängte Durak. Er positionierte sich so, dass er Mirella mit seinem Körper abschirmte.

Schnell krempelte sie die Hosenbeine herunter und prüfte, ob ihre Bluse die restlichen Messer verdeckte. *Kommt jemand?*, formte sie mit den Lippen.

Er nickte, während er scheinbar lässig an der Wand lehnte. *Bleib ruhig*, sagte er lautlos.

Wie denn?, schrie es in ihr. Sie wollte nach den verdammten Messern greifen. Dabei wusste sie, dass es damit nicht sicherer wurde. Die Stimme kreischte vor Vergnügen. Mirella wagte es kein zweites Mal, sie anzuranzen, verschränkte stattdessen die Finger ineinander, dass es schmerzte.

Da nahm Durak ihre Hände in seine. Hielt sie stumm fest, während hinter ihm Schritte erklangen.

»Ruhig«, flüsterte er kaum hörbar.

Mirella merkte, dass sie sich in seine Haut krallte und zwang sich, locker zu lassen.

Plötzlich war er es, dessen Finger sich anspannten. Im nächsten Moment erkannte Mirella den Grund dafür: Die Schritte waren nicht mehr zu hören. Dabei war zu wenig Zeit verstrichen, als dass die Leute schon vorbei sein könnten.

»Was gibt's da Spannendes?«, erklang eine Stimme.

»Was geht dich das an?«, gab Durak zurück und blickte über die Schulter. Er fuhr zusammen. »Mir war nicht klar, dass du ein Wächter bist. Tschuldige.« Er klang seltsam. Als müsse er sich zwingen, gefasst zu bleiben. Wie viele Wächter standen da hinter ihm?

Sachte drückte Mirella seine Hände, die ihre noch umschlossen, und betete, dass die Fremden gleich abzogen.

Die Stimme kicherte. *Das ist doch* die *Gelegenheit, die Messer einzusetzen.*

»Du hast meine Frage nicht beantwortet«, erinnerte der Mann ihn.

»Tschuldige«, sagte Durak erneut. Es war gar nicht seine Art, sich permanent zu entschuldigen. »Ich bin mit ner Frau zusammen.« Er trat so zur Seite, dass die Sicht auf Mirella frei wurde.

Drei Köpfe stierten durch die Öffnung.

Mirella rückte dichter an Durak, er strich mit den Daumen über ihre Hände. Es fühlte sich falsch an, aber half hoffentlich, damit sich die Kerle mit dem Schauspiel zufriedengaben. »Haben wir was verkehrt gemacht?«, fragte sie und musste sich nicht einmal Mühe geben, ängstlich zu klingen.

Die Wächter ließen sich Zeit mit der Antwort. Musterten Mirella, dann ihre mit Durak verschlungenen Hände.

Geht!, schrie Mirella innerlich, *bevor ich meine blöden Messer ziehe!* Vor allem, da sie sie nur in den Händen halten wollte. Allein die Vorstellung, sie einem der Kerle ins Auge zu rammen, jagte die Übelkeit in ihren Magen. Die Männer hatten ihr schließlich nichts getan.

Endlich schüttelte einer von ihnen den Kopf. »Das nicht, aber könnt ihr das nicht zu Haus machen?«

»Es ist kompliziert«, brachte Mirella hervor.

»Ihre Eltern können mich nicht ausstehen«, ergänzte Durak. »Und bei mir ist zu viel Trubel.«

Der Blick des Wächters blieb kurz an Duraks Gesicht hängen, dann straffte er sich. »Beeilt euch wenigstens«, sagte er und machte kehrt. Die anderen folgten ihm wortlos.

Augenblicklich verdeckte Durak den Zugang mit seinem Körper. Mirellas Hände lagen noch locker in seinen, aber er strich nicht mehr über sie. Dennoch wirkte er angespannt. Als lausche er auf etwas.

Abermals ertönte ein zwitscherndes Geräusch, das wie ein anderer Vogel klang. Abrupt gab Durak Mirellas Hände frei. »Weiter«, wies er sie an.

»Was war denn los mit dir?«, fragte sie, als sie ihr zweites Hosenbein hochkrempelte.

»Ich kannte den Wächter von früher. Den, der mit uns gesprochen hat.«

Überrascht blickte sie auf und zwang sich prompt, den Stoffstreifen hervorzuholen. »Er dich offenbar nicht.«

»Ich seh auch anders aus: weniger Haare auf'm Kopf, dafür mehr im Gesicht, etliche Narben und keine Wächterklamotten.« Es dauerte einen Moment, ehe er fortfuhr: »Ich wusst nur nicht, ob das reicht. Der Typ ist einer von den Guten. Dem hätt ich nichts tun wollen.«

Mirella schob die restlichen Messer ins zweite Band, prüfte dessen Sitz und zupfte ihr Hosenbein herunter. »Wir können weiter.«

Wieder schlossen sich Duraks Finger um ihre. »Wenn's mit den Messern brenzlig wird, drück dreimal hintereinander meine Hand.«

»In Ordnung.«

»Und mach dich nicht fertig, Feuerschopf. Du stellst dich gut an.«

»Ach ja? Weil ich mich so *gut* anstelle, sind wir erst auf deinen Wächterkumpel gestoßen.«

Durak schnaubte belustigt. Wie er sich so schnell beruhigen konnte, war Mirella ein Rätsel. »Er ist weg, nicht wahr? Das war nicht nur mein Verdienst.« Damit wandte er sich um und zog Mirella aus der Nische.

Chadrik und Alia lehnten noch an der Mauer. Sie wirkten ebenfalls erleichtert.

Aber wenn Durak den Kerl von früher kannte, traf das gewiss ebenso auf Chadrik zu. Wie leicht hätte ihr Zwischenstopp in einem Desaster enden können. Mirella musste sich wirklich besser beherrschen. Sie erwartete, das Kichern der Stimme zu hören. Dieses Mal blieb es still. Doch ihre Angst war auch ein wenig verblasst. Womöglich weil Mirella der ersten Gefahrensituation erfolgreich entkommen war. Oder wegen Durak, der nun ihre Absicherung war, dass sie nicht unnötig nach den Messern griff. Hoffentlich hielt dieser Zustand an, bis sie sich im Haus ausruhen konnten. Bevor der eigentliche Auftrag begann.

Yerad

»Ich brauche eine Pause«, erklärte Yerad mit kratziger Stimme und klappte das Buch zu.

Unerwartet schrillte ein Schrei in seinen Ohren.

Yerad fuhr zusammen, der Band polterte zu Boden. Zum Glück auf die Seite der Matratze, bei der nicht die Gefahr bestand, dass die Greifin Yerad den Arm abbiss, sobald er nach dem Buch langte. »Ich verstehe ja, dass du gerne vorgelesen bekommst«, sagte er zum Tier, »aber ich kann kaum mehr sprechen. Außerdem musst du nicht so laut kreischen, wenn ich direkt neben dir sitze. Ich bin nicht taub.« *Noch nicht zumindest.* Er klaubte das Buch vom Boden auf.

Die Greifin machte ein deutlich leiseres Geräusch. Es klang, als wolle sie sich entschuldigen.

»Schon gut«, murmelte er. »Ich lese dir später weiter vor.« Er trank die letzten Schlucke aus dem Wasserschlauch und blickte zur Tür. Sein Aufpasser wartete mittlerweile draußen. Wenn der Mann doch nur endlich abgelöst wurde. Am besten von Chadrik, Durak oder Alia. Da fiel Yerad ein, dass dies heute nicht mehr möglich war und die Nervosität kam zurück.

Aus Richtung der Greifin klang Geraschel und das Schaben ihrer Krallen, die über den Stein kratzten. Sie hatte eine Feder im Schnabel, die sie vor sich auf dem Boden platzierte.

Im ersten Moment verstand Yerad nicht, was das sollte, dann begriff er: »Du willst, dass ich deine Feder als Lesezeichen benutze?«

»Ik.«

Und wie nehme ich die, ohne meinen Arm zu riskieren? Zögerlich rückte Yerad zum Rand der Matratze und fixierte das Geschenk, das bestimmt doppelt so lang wie das Buch war. Das Tier machte auf ihn nicht den Eindruck, als hätte es einen Köder ausgelegt, um Yerad zu zerfleischen. Dennoch schlug ihm das Herz bis zum Hals. Schneller sogar als vor den morgendlichen Fütterungen, bei denen er sich ja genauso in Gefahr begab. *Aber dann ist sie abgelenkt.* Nun galt ihre gesamte Aufmerksamkeit Yerad.

Sie beobachtete ihn, als wäre sie gespannt, wie er reagierte. Als wolle sie austesten, ob er ihr vertraute. In dem Fall wäre es gewiss ein Fehler, die Feder mit dem Besen heranzuholen, wie Yerad es gerne machen würde. Außerdem könnte er so die empfindliche Fahne beschädigen. Er unterdrückte ein Seufzen und sah der Greifin in die Augen. »Bist du einverstanden, dass ich die Feder hole?«

»Ik.«

Beruhigend war das trotzdem nicht. Was, wenn ›ik‹ doch nicht ja bedeutete? So etwas wie vielleicht oder sie antwortete einfach nur immer damit, wenn sie zufrieden war, ohne wirklich zu begreifen, was Yerad sie fragte.

Aber warum sollte sie dann auf die Idee kommen, sich ihr Gefieder zu rupfen? Dunkel schimmernd lag die Feder auf dem Boden. Etwa zwei Meter entfernt. Und direkt dahinter befanden sich die Klauen und der Schnabel der Greifin.

Egal, wie Yerad es drehte, sein Kopf war beinahe sicher, dass die Greifin ihm die Feder schenken und nichts tun wollte. Doch er wusste auch, dass er es nicht überlebte, wenn er die Situation falsch einschätze. Oder falls etwas Unvorhergesehenes geschah.

Er blickte zur Tür. Es wäre nicht das erste Mal, dass jemand zu einer unpassenden Gelegenheit hereinplatzte. »Ich bin gleich zurück«, sagte er zur Greifin und kroch vor die Tür.

Der Aufpasser saß auf der Bank und schärfte seinen Dolch. Gelangweilt hob er den Blick.

»Ich muss etwas erledigen«, begann Yerad, »und in der Zeit darf niemand die Kammer betreten. Kannst du darauf achten?« Seine Stimme schabte. Ob das am Vorlesen lag oder die Angst sie verfärbte, konnte Yerad nicht sagen.

»Was soll das denn für eine Erledigung sein?«

»Ich muss über die Linie zur Greifin. Falls jemand dabei stört, kann das übel für mich enden.«

Der andere runzelte die Stirn. »Klingt für mich so oder so ziemlich riskant, aber gut. Wie lange?«

»Wenn ich es überlebe, melde ich mich anschließend. Ansonsten dürfen andere in einer halben Stunde in die Kammer. In Ordnung?«

»In Ordnung.« Der Mann wandte sich wieder seiner Beschäftigung zu.

Als Yerad sich zur Tür umdrehte, erklang die Stimme des anderen hinter ihm:»Viel Glück, Greifenreiter.«

Yerad murmelte einen Dank, auch wenn er den Eindruck hatte, dass er seinem Aufpasser egal war. Der Mann wollte nach der halben Stunde nur nicht Yerads blutige Überreste vorfinden. Er kehrte zurück zu seinem Platz vor der Greifin.

Sie hatte ihre Position nicht verändert und sah ihn an. Als wolle sie fragen, wie viel Vorbereitungszeit er eigentlich brauchte, um eine einzelne Feder aufzuheben.

Das wäre alles kein Problem, wenn ich mich darauf verlassen könnte, dass du mich nicht gleich umbringst. Yerad wagte es nicht, das laut zu sagen. Falls die Greifin ihn tatsächlich verstand, wäre sie womöglich beleidigt. Dennoch hatte er Angst, wie schon lange nicht mehr.

Du hast immer gewusst, dass dieser Tag kommt, erinnerte er sich. Nur, dass die Greifin den Zeitpunkt bestimmte, hatte er nicht erwartet. *Und ich schulde Chadrik noch drei Spiele*, ging ihm beschämt durch den Kopf. Sofern Yerad es überlebte, musste er Chadrik ja nichts von diesem Unterfangen verraten. Sofern sie beide die Nacht überlebten … Bei Chadrik war das ja auch alles andere als gewiss.

Yerad straffte sich, sog die Luft ein, blickte abermals zur Greifin.»Ich nehme jetzt die Feder. Wenn ich dir zu nahe komme, schrei bitte. Dann lasse ich dich sofort in Ruhe.«

»Ik.«

Ja, ik. Ein letzter zitternder Atemzug. Behutsam rutschte Yerad vom Rand der Matratze. Seine Knie ragten bereits über die Linie, die Greifin hielt still. Aber falls das hier eine List war, würde sie ohnehin warten, bis er dichter bei ihr war. Yerad zwang sich zu langsamen Bewegungen, auch wenn er das Ganze gerne so schnell wie möglich hinter sich gebracht hätte. Er beugte sich vor, setzte seine Handflächen auf den Boden und krabbelte allmählich Richtung Feder. Nun befand er sich vollständig innerhalb des Kreises und das in einer Position, in der er unmöglich rasch reagieren konnte. Die Feder war so nah, dass er die Hand danach ausstreckte.

Durch die Greifin ging ein Zucken.

Yerad erstarrte, die Hand in der Luft, kurz über der Feder. Sein Herz raste, der Atem war gepresst. Alles trieb ihn zur Flucht, doch dann würde sich die Greifin womöglich aus reinem Instinkt auf ihn stürzen. Das Schlaueste war es, zu warten, auch wenn sein Körper das anders sah. Er hob den Kopf.

Das Fell der Greifin war gesträubt, die Haltung sprungbereit.

Yerad schluckte.»Soll ich zurückgehen?«

Sie antwortete nicht, fixierte ihn mit ihren roten Augen.

8

Yerad

Yerad verharrte beängstigend nah vor der Greifin und fragte sich, wie viel Zeit eigentlich schon verstrichen war. Er hätte dem Aufpasser sagen sollen, dass er erst in einer Stunde hereinkommen durfte.

Nicht nachdenken, zwang er sich. »Möchtest du, dass ich zurückgehe, meine Liebe?«, versuchte er es ein zweites Mal, da die Greifin noch immer nichts entgegnet hatte.

Stumm wich sie selbst nach hinten. So weit fort von Yerad, wie es die Kette zuließ. Dabei gab sie eine Abfolge von Tönen von sich. Ein ›Ik‹ konnte Yerad nicht heraushören.

Hilflos murmelte er: »Ich verstehe dich nicht.«

Sie reckte den Kopf so, dass ihr Schnabel auf die Feder deutete.

»Ich soll die Feder nehmen?«

»Ik.« Das Geräusch klang gehetzt.

Bevor das Tier die Geduld verlor, überbrückte Yerad das letzte Stück und schloss die Finger um den Federschaft, darauf bedacht, das Geschenk nicht zu beschädigen. Nicht, dass die

Greifin auf die Idee kam, ihm ein weiteres Exemplar zu überreichen. Behutsam zog er sich zurück, Zentimeter um Zentimeter, während er bangte, dass die halbe Stunde jeden Moment verstrichen war.

Da stieß Yerad mit den Füßen gegen die Matratze und kroch rücklings hinauf. Er hatte den Gefahrenbereich verlassen und es überlebt. Jetzt erst merkte er, dass er zitterte. Er spürte den kalten Schweiß auf der Haut, die Luftnot, als sei er von seinem Haus zum Greifenhof gerannt, weil er wieder einmal zu spät dran war.

Er lugte zur Greifin, die noch in ihrer Ecke hockte. Es schien Yerad fast, als hätte sie ebenso große Angst wie er gehabt. Sie hatte das Ganze doch in Gang gesetzt.

»Danke für die Feder«, sagte er und ein Lächeln stahl sich auf seine Lippen.

Sie antwortete mit einem unbekannten Geräusch.

Yerad nahm das Buch. Mit fahrigen Fingern suchte er die Stelle, bei der er aufgehört hatte. Wenn die Greifin ihm schon ein Lesezeichen schenkte, sollte er es auch verwenden. Endlich hatte er die Seite gefunden und schob die Feder hinein. Sie war viel zu groß, aber er hütete sich, das zu sagen. So schnell wollte er das Unterfangen nicht wiederholen. Einen Moment saß er reglos da und wartete, bis sein Herz langsamer schlug und der Atem gemächlicher wurde.

Die durchgeschwitzte Kleidung klebte unangenehm an Yerads Haut. Außerdem hatte er Durst. Er legte das Buch neben sich, nahm den leeren Trinkschlauch und versprach der Greifin: »Ich bin bald zurück, dann lesen wir weiter.«

Sie machte ein miauendes Geräusch. Es klang wie ihre Begrüßung.

»Bis später.« Yerad kroch zur Tür, schlüpfte hinaus und fuhr zusammen, als er sah, wer dort wartete. »Rabe«, presste er hervor. Zum Glück war der Mann nicht hereingeplatzt, als Yerad im Gefahrenbereich gewesen war. Schlimmer hätte es kaum kommen können.

»Ihr lebt, Yerad«, sagte Rabe. »Wie erfreulich.«

So konnte man das auch sehen. Ein toter Greifenreiter bedeutete für Rabe schließlich Arbeit, da er einen neuen verschleppen musste. »Ich gehe in mein Zimmer«, entfuhr es Yerad. Ohne auf eine Antwort zu warten, wandte er sich um und stapfte los.

»Stehen bleiben!«, wies Rabe hinter ihm an. Nicht besonders laut, aber in einem Tonfall, dass Yerad instinktiv verharrte. Missmutig drehte er sich um und schluckte die Widerworte herunter.

Gemächlich kam Rabe näher. »Dass ich vor Eurer Tür ausharre, um Euch nicht unnötig in Lebensgefahr zu bringen, heißt nicht, dass Ihr mich warten lassen könnt, wie Ihr wollt.«

Yerad fröstelte in dem klammen Hemd. »Verstanden.«

Rabes Blick wanderte an ihm hinab. »Ihr seht schrecklich aus.«

Immerhin habe ich mir nicht in die Hosen gemacht. »Deshalb wollte ich in mein Zimmer.«

»Wie lang braucht Ihr?«

»Eine Viertelstunde vielleicht.«

»Dann zieht Euch um. Euer Aufpasser wird Euch anschließend zu mir bringen.« Damit machte Rabe kehrt. Unter seinem Arm hatte er ein Buch, wie Yerad bemerkte. Was der Mann auch wollte, dauerte offenbar länger als ein paar Minuten. Das hatte Yerad noch gefehlt. Eilig wusch er sich den Angstschweiß ab, schlüpfte in neue Kleidung, trank etwas und befüllte den Wasserschlauch, welchen er vor der Greifenkammer auf die Bank legte.

Als der Aufpasser ihn schließlich durch die Tunnel dirigierte, pochte das mulmige Gefühl hartnäckig in Yerads Magen. Die durchlittene Todesangst bei der Greifin und das bevorstehende Treffen mit Rabe waren eine unerträgliche Mischung. Rastlos glitt Yerads Blick über die neuartige Umgebung: von Fackeln beleuchtete breite Gänge, ein schmales Bächlein, Türen in Felsen, Bretterbuden, etliche davon bunt bemalt oder mit Tüchern behängt. Und überall waren Menschen, die ihn mit unverhohlener Neugier musterten. Die Höhlen mussten riesig sein bei den vielen Leuten, die sie beherbergten. Wie ein Traum rauschten die Bilder vorüber, bis Yerads Aufpasser ihn in eine Kammer schickte.

Rabe blickte von einem Tisch auf, räumte einige Papiere zusammen und drehte sie auf die Rückseite. »Das ging ja schneller, als ich erwartet hab.« Mit dem Kinn deutete er auf den Stuhl gegenüber und wies den Aufpasser an, draußen zu bleiben.

»Du hast auch ziemlich deutlich gesagt, dass du nicht gerne wartest«, konterte Yerad, während er sich setzte. Er biss sich auf die Zunge. Offenbar war sein Bedarf an Lebensgefahr für heute noch nicht gedeckt oder warum reizte er ausgerechnet den Mann, von dessen Wohlwollen sein Überleben abhing?

Rabe schmunzelte. »Freut mich, dass das jetzt klar ist.« Er füllte einen Becher und stellte ihn vor Yerad ab.

Yerad trank das Wasser und sah sich dabei um. Da hinter Rabe ein Bett stand, mussten sie in seinem Zimmer sein. Bei dem Ausmaß der Höhlen hätte Yerad erwartet, dass der Anführer der Rebellen sich mehr als diese winzige Kammer zugestand.

»Erklärt mir, weshalb Ihr die Linie überquert habt«, verlangte Rabe. Nachdem Yerad es ihm berichtet hatte, wirkte

Rabe nachdenklich. »Meint Ihr, sie würde jemand anderen in ihre Nähe lassen?«

»Ich bin mir nicht einmal sicher, ob das bei mir ein zweites Mal gut geht.«

»Warum?«

»Ich denke, sie war genauso nervös wie ich. Und das, obwohl sie mich dazu aufgefordert hat. Ohne dass sie die Initiative ergreift, wäre es um einiges riskanter.«

»Würdet Ihr Euch denn ohne solch eine Aufforderung der Greifin nähern?«

»Momentan? Auf keinen Fall.«

»Wenn Ihr das Stroh austauscht, betretet Ihr doch auch den Gefahrenbereich.«

»Dabei locken sie aber Chadrik oder Durak mit dem Futter weg von mir, sodass die Chance, dass sie mich erwischt, relativ klein ist.«

Rabe lehnte sich zurück. »Also ist es noch immer ein weiter Weg.«

»Richtig.«

»Schade. Ich hätte gedacht, das sei ein größerer Fortschritt.«

Größere Fortschritte wären in den drei Wochen gewiss auch machbar gewesen, wenn man die Greifin vorher nicht so lange in ihrem Mief angekettet hätte. Inzwischen hatte Yerad sich gut genug unter Kontrolle, um den Mund zu halten.

Rabes amüsiertem Blick nach zu urteilen, sah man ihm seine Gedanken dennoch an.

Wortlos erhob sich Rabe, ging zu einem unordentlichen Regal und zog ein Buch heraus. »Das war der Grund für meinen Besuch.« Er legte es vor Yerad auf den Tisch. »Ich dachte, dass Ihr es gebrauchen könnt, wenn Ihr schon keinen Greifenpfleger wollt.«

Lexikon aller bekannten Greifenarten stand mit goldenen Buchstaben auf dem Einband. Das war genau das Buch, das er in seiner Ausbildung gelesen hatte. Das Buch, das er von Alia angefordert hatte. Yerad schlug es auf.

»Alia hat erwähnt, dass sie es für Euch besorgen will«, erklärte er. »Also hab ich meine Beziehungen spielen lassen. Ich hab auch schon reingeschaut, aber es gibt so viele Greifen mit dieser Färbung. Zuerst dachte ich, die Greifin sei ein Schwarzgreif, doch anschließend hab ich bestimmt zehn weitere Tiere gefunden, die genauso aussehen.«

»Ein Schwarzgreif ist sie nicht«, sagte Yerad, während er blätterte. »Auf einem solchen Tier bin ich früher geflogen. Schwarzgreifen haben eine andere Flügelform, die Iris ist gelb statt rot und sie sind Grifftöter.«

»Grifftöter?«

Yerad blickte auf. »Grifftöter töten ihre Beute mit den Krallen. Bisstöter verwenden den Schnabel. Da unsere Greifin mit dem Schnabel nach anderen hackt, wenn sie sich bedroht fühlt, ist sie ein Bisstöter. Grifftöter machen so etwas nicht.« Er blätterte weiter. Plötzlich hielt er inne und überflog Zeichnung und Daten. »Graphitgreif«, las er. Auf den ersten Blick passten die Beschreibungen, allerdings hatte er noch ein anderes Bild im Kopf.

Holz schrammte über Stein, als Rabe einen Stuhl neben Yerad zog und sich setzte. »Ist sie das?«

»Vielleicht«, sagte Yerad, doch es klang wie eine Frage. Erneut ging er die Beschreibungen durch, dann betrachtete er die Zeichnung des Flügels und schüttelte den Kopf. »Das ist sie nicht.«

»Warum?«

Er wies auf die Flügelspitze. »Die hier ist runder als bei unserer Greifin.«

Rabe runzelte die Stirn. »Wenn Ihr das sagt.«

Am Ende stand der Verweis zu einer Art, mit welcher der Graphitgreif leicht verwechselt wurde: der Felsengreif. Rasch blätterte Yerad zu der Seite und dort prangte das Bild von dem Greifenweibchen, an das er sich erinnert hatte. *Ein Felsengreif also*, dachte er, woraufhin er sicherheitshalber den Text las sowie sämtliche Daten und Zeichnungen abglich. Dann schob er das Buch zu Rabe. »Das ist sie.«

»Sieht für mich genauso aus wie der Graphitgreif.« Mit einem halben Lächeln fügte er hinzu: »Und der Schwarzgreif.«

»Glaubst du mir? Oder wollen wir zu ihr, damit du alle Merkmale abgleichen kannst?«

»Ich glaube Euch.«

Wenn für Rabe sogar Schwarzgreif und Felsengreif identisch aussahen, blieb ihm wohl auch nichts anderes übrig.

Der Mann deutete auf den Text. »Stand da irgendwas Interessantes drin?«

Yerad nickte. »Felsengreifen beherrschen den Rüttelflug.« Bevor Rabe nachfragte, schob er eine Erklärung hinterher: »Das heißt, sie können in der Luft auf der Stelle fliegen.«

»Und das ist was Besonderes?«

»Ist es. Die meisten Zuchtgreifen können das nicht.«

»Könnte in der Tat nützlich sein.« Rabe klappte das Buch zu und reichte es Yerad. »Behaltet es. Ihr dürft nun gehen.«

Yerad erhob sich und wandte sich mit dem Buch unterm Arm zur Tür um, als Rabe noch etwas fragte: »Was macht eigentlich Eure Hüfte?«

»Die ist fast in Ordnung.«

»Gut«, sagte Rabe und widmete sich seinen Papieren. Nun, da er sich keine Sorgen mehr machen musste, dass sein Greifenreiter fußlahm wurde.

Mirella

Überall drängten sich Menschen. Mirellas Finger krallten sich fester um Duraks.

Er drückte seinerseits kurz stärker zu, was wohl so viel bedeuten sollte, dass alles in Ordnung sei.

Nichts war in Ordnung. Ihr Herz raste und unter der Perücke war es so heiß, dass es sich anfühlte, als rutschte das vermaledeite Ding gleich von Mirellas Kopf. Wenn das geschah, dürften nicht einmal Duraks unsauber abgeschnittene Hosenbeine von ihr ablenken.

»Wir sind fast da«, sagte er leise.

Mirella brachte nur ein Nicken zustande, als sie auch schon stehen blieben, und Durak Mirella losließ. Augenblicklich gingen ihre Finger an die Hüften, wo die Messer zum Glück nicht mehr waren.

Duraks Augenbrauen verengten sich. »Du hältst die Taschen auf«, verlangte er und drückte Mirella die Beutel in die Hand. Er tat es nur deshalb, um Mirella von Dummheiten abzuhalten, wie ihr sehr wohl bewusst war.

Dankbar schlossen sich ihre Finger um den Stoff.

Nach einem letzten prüfenden Blick zu Mirella trat Durak an den Marktstand und gab eine ziemlich große Bestellung auf. Als die ersten Stücke in die Beutel plumpsten, fiel Mirella auf, dass dies alles Gebäck war. »Wollten wir nicht zum Fleischer?«

»Später. Das hier dürfte auch viele glücklich machen.«

Das glaubte Mirella sofort. Endlich mal Backwerk, das nicht nach Pilzen schmeckte. Noch dazu etwas Süßes. Davon hatte es, seit Mirella in den Höhlen war, lediglich einmal einen Keks für jeden gegeben.

»Willst du was Bestimmtes?«, fragte Durak, als der dritte Beutel fast voll war.

Mirella reckte den Hals. »Gibt's was mit Mandelpudding?« Durak grinste breit. »Jup.« In Tücher eingeschlagene Teilchen wanderten in den Beutel.

Den kurzen Weg zum Fleischer ließ Durak Mirella die schweren Taschen schleppen. Dort füllte er ihre beiden Rucksäcke und die restlichen Taschen mit jeder Menge Trockenwurst und etwas frischem Fleisch. Und schon befanden sie sich auf dem Rückweg. »War doch gar nicht so schlimm, oder?«, fragte Durak.

»Nicht so schlimm wie erwartet.« Weil sie Durak an ihrer Seite gehabt hatte. Ohne ihn hätte die Situation sich definitiv anders entwickelt.

»Gib's zu: Die Vorfreude auf die Törtchen hat geholfen.«

»Bestimmt.«

»Dann haben sie ja ihren Zweck erfüllt und ich kann alle alleine essen.«

»Untersteh dich«, empörte sich Mirella, woraufhin Durak lauthals lachte.

Mirella und Durak waren vor den anderen im Haus. Doch da Alia und Chadrik sich – im Gegensatz zu ihnen – richtig auf den Markt begeben hatten, war das nicht überraschend. Sie schafften sämtliche Taschen neben den Tisch, wo Durak einiges auspackte.

Mirella war froh, dass sie sich die Perücke herunterreißen konnte, und noch glücklicher, dass sie das Ding bei dem eigentlichen Auftrag nicht tragen musste. Ihre Haare waren so nass, als hätte sie ein Bad hinter sich. Sie fuhr sich mit der Hand über die Kopfhaut und roch an den Fingerspitzen. *Igitt.* »Hier gibt's nicht zufällig die Möglichkeit, dass ich mir die Haare wasche?«

Durak schüttelte schmunzelnd den Kopf. »Dafür haben wir nicht genug Wasser da. Außerdem wär's sinnlos.«

Zunächst begriff Mirella nicht, aber dann erinnerte sie sich, dass es bei den Kaninchenfarmern entsetzlich stinken sollte.

Durak machte sich derweil am Beutel mit den Törtchen zu schaffen und holte neun von ihnen hervor.

»Wieso denn neun?«, fragte Mirella.

Durak war schon beim Brot und blinzelte verwirrt. »Von den Törtchen.«

»Für dich gibt's eins extra, weil du so nett warst, niemanden mit Messern zu bewerfen.«

»Das hast dann doch wohl eher *du* verdient.«

Durak zuckte mit den Schultern. »Wir können's auch durch vier teilen, wenn du's nicht allein willst. In die Höhlen kann es nämlich nicht. Das zermatscht.«

»Wir teilen«, entschied Mirella.

Sie schafften den Rest in den Keller und warfen alles ins Loch. Anschließend deckten sie den Tisch und setzten sich. Die anderen waren immer noch nicht da und langsam wurde Mirella nervös. Ihre Finger trommelten auf der Tischplatte.

»Entspann dich, Feuerschopf. Der Markt ist voll und die beiden werden nicht solche Riesenbestellungen aufgeben wie wir.«

»Warum nicht?« Sie brauchten doch in erster Linie Fleisch. Dafür musste man nicht so viele verschiedene Stände ansteuern.

»Kannst du dir das nicht denken?«

»Weil normalerweise niemand zwanzig Laibe Brot kauft.«
Ganz zu schweigen von all den Keksen und dergleichen. »Das
fällt auf und so was sollten wir bestimmt vermeiden.«

»Ist trotzdem weniger problematisch, als wenn du wahllos
Leute mit Messern spickst.«

Schuldbewusst senkte Mirella den Kopf, Durak schnaubte
belustigt. Dann fiel ihr etwas auf: »Haben wir denn überhaupt
genug Wurst und Fleisch?« Das war Rabes Hauptanliegen gewesen und lediglich die Hälfte ihres Einkaufs bestand daraus.
Vermutlich weil Durak sich mit einer größeren Bestellung beim
Fleischer nicht hatte verdächtig machen wollen.

»Die anderen bringen ja auch was mit. Außerdem werd ich
nach dem Essen noch mal mit Mäuschen los.«

Mirella kam sich vor, als würde sie ihre Freunde nur aufhalten.

Durak zerschnitt eins der Törtchen und hielt Mirella ein
Viertel vor die Nase. »Iss lieber, bevor du weiter so gries-
gnaddelig guckst. Nicht, dass du die anderen vergraulst, wenn
die hier aufschlagen.«

9

Mirella

Die Zeit bis zur Nacht verflog regelrecht. Zwischen Geplauder und köstlichem Essen kam die Dunkelheit so unvermittelt, dass Mirella sie erst bemerkte, als es zunehmend schwerer wurde, die Freunde zu erkennen. Die angenehmen Gespräche wichen dem erneuten Durchgehen des Plans, die gelöste Stimmung verschwand.

Nun kam das Schlimmste: das Warten, bis es finster genug war, um den Auftrag zu beginnen. Begleitet vom metallischen Ratschen, weil Durak und Chadrik die ohnehin tadellosen Dolche schärften, und von Alias Beteuerungen, dass sie es alle wohlbehalten überstanden. Letzteres machte Mirella umso nervöser. Keiner von ihnen hatte die Garantie, den Ausflug zu überleben. Vielleicht schafften sie es wirklich alle, vielleicht niemand. Morgen hatten sie Klarheit und bis dahin wollte Mirella nichts darüber hören. Dennoch schwieg sie. Weil sie das Gefühl hatte, dass Alia sich selbst Mut zusprach.

Dann erklärten Durak und Chadrik die Warterei für beendet. Stumm bewaffneten sie sich, prüften ein letztes Mal Armbrüste,

Säbel, Dolche und Messer und versteckten sie schließlich unter ihrer Kleidung und in Rucksäcken. Nachts waren in den Gassen des Barri-Al-Obrero zwar weniger Wächter unterwegs als tagsüber, aber sie mussten das Schicksal ja nicht herausfordern, indem sie die Waffen offen trugen.

Sie verließen die Sicherheit des Hauses und liefen wortlos ihrem Ziel entgegen, Mirella und Durak vorneweg, Alia und Chadrik folgten in einigem Abstand. Sie bahnten sich ihren Weg zwischen den Hütten des Barri-Al-Obrero hindurch. Ab und an erkannte Mirella ein paar schattenhafte Gestalten, die durch die unbeleuchteten Gassen huschten, doch niemand hielt sie auf.

»Jetzt wird's ernst«, sagte Durak leise. »Da hast du ja ne schöne Feuerprobe aufgehalst gekriegt.«

Mirella vermied es, ihn darauf hinzuweisen, dass dies nicht ihr erster Auftrag war: Sie hatte schließlich bei der Entführung von dem Noblen mitgewirkt. Aber offenbar zählte das für Durak nicht. Warum sollte es auch? Verglichen mit dem, was ihnen bevorstand, war das eine Lappalie gewesen.

Die Dunkelheit wurde so undurchdringlich, dass sie gleichermaßen Freund und Feind war, da man nicht wusste, wer sich noch in ihr verbarg. Mirella war regelrecht erleichtert, als sie vor sich die raue Mauer ertastete. »Einfach rüber?«, flüsterte sie. »Oder können wir gesehen werden?«

»Jup und unwahrscheinlich«, war Duraks Antwort.

Mirella tastete nach Vertiefungen in der Mauer, zog und schob sich empor. Das Gewicht vom Rucksack und den Messern war dabei zwar lästig, aber die Steinwand hatte dermaßen tiefe Einkerbungen, dass Mirella trotzdem problemlos kletterte.

Mirella war als Erste auf der anderen Seite. In den Schatten der Mauer gedrückt, wartete sie mit rasendem Herzen, bis der

Rest sich einfand. Dann liefen sie weiter, unter Obstbäumen hindurch und an Feldern vorbei. Selbst hier waren keine Wachen auszumachen, was Mirella wunderte, obwohl die anderen es ihr im Vorfeld bereits gesagt hatten. Den Bewohnern des Barri-Al-Obrero ging es überwiegend nicht so schlecht, dass sie das Risiko auf sich nahmen, sich bei einem Diebstahl erwischen zu lassen. Denn falls das geschah, erwartete sie die Todesstrafe.

Lediglich die Mauer hinter den Chabolas sowie die Tore wurden bewacht. Und einige reichere Plantagen- und Farmbesitzer hatten eigene Wachleute, was in diesem Bereich nach Rabes Informationen jedoch nur auf die Kaninchenfarm zutraf.

Nur, dachte Mirella missmutig. Da waren schon kaum Wachleute unterwegs und sie mussten trotzdem auf welche treffen. Mirella wünschte, sie könnten woanders einbrechen. Doch nach Rabes Aussage war das die beste Option, an große Mengen von Kaninchen zu gelangen.

Auf ihrem Weg überprüften sie, ob sich der Ochsenkarren wie vereinbart an seinem Platz im Schuppen einer Orangenplantage befand. Durak kletterte auf den Wagen und hob die ersten Transportkäfige herunter. Der Geruch von frischem Gras umwehte sie.

Sie liefen weiter, die Männer beladen mit Käfigen, in die sie die Kaninchen später stecken wollten, die Frauen mit ihren Armbrüsten im Anschlag. Dann kam das breite Gebäude ihres Ziels in Sichtweite. Niemand von ihnen wollte da rein. Selbst Durak und Chadrik, die sich bislang gut unter Kontrolle gehabt hatten, verlangsamten das Tempo. Schließlich hielten sie an.

Eine Weile warteten sie unter Aprikosenbäumen und beobachteten.

»Sieht ruhig aus«, murmelte Durak.

»Täuscht bestimmt«, brummte Chadrik.

»Hm.« Sie blieben ein wenig länger, doch nichts regte sich. Dann fragte Durak:»Wollen wir loslegen?« Er sagte es in einem Tonfall, als wäre Kehrtmachen eher nach seinem Geschmack.

»Wir müssen wohl«, gab Chadrik zurück, was Mirellas Zuversicht, sofern überhaupt welche vorhanden war, endgültig schwinden ließ.

Alia murrte:»Ihr seid wirklich spitze darin, einem Mut zu machen, Männer.«

Dass die Angesprochenen daraufhin nicht einmal ein belustigtes Geräusch von sich gaben, zeigte umso deutlicher, wie ernst die Lage war.

Schweigend holten sie die restlichen Käfige, die sie im Schatten der Aprikosenbäume abstellten. Es waren zwanzig Stück. In jedes Exemplar passten vier Kaninchen. Wie sie das hinbekommen sollten, ohne dass den Leuten von der Farm etwas auffiel, war Mirella ein Rätsel.

»Mira, zieh deine Schuhe an«, wies Chadrik leise an.»Und an alle: Tücher über die Nase.«

Mirella arbeitete sich in der Finsternis ins unbequeme Leder. Anschließend band sie ein Tuch über Nase und Mund.

Als sie fertig waren, rückten sie mit gezogenen Armbrüsten näher an das Gebäude und schlichen bis zu einer unscheinbaren Tür. Schemenhaft erkannte Mirella, wie sich Alia davor hinhockte. Ein Klicken ertönte, die Freundin erhob sich und die Männer öffneten die Tür.

Unerträglicher Gestank schlug ihnen entgegen. Trotz des Stoffs, der Mirellas Nase und Mund verdeckte. *Das ist ja fast wie in den Chabolas.*

Sie warteten an die Wand gedrückt, bevor sie eintraten. Nur das Scharren und Rascheln der Tiere war zu hören. Durak und

Chadrik wagten sich zuerst hinein, Mirella und Alia folgten kurz darauf. Niemand störte sich an ihrem Eintreten.

Ein leises Quietschen ertönte, als vermutlich einer der Männer einen Verschlag öffnete. Dann ein Fauchen.

»Ruhig, Kleiner«, brummte Durak. »Der Käfig, den wir für dich haben, ist viel schöner als das Dreckloch hier.«

Zumindest bis der Kleine an die Greifin verfüttert wird, dachte Mirella, während sie sich angespannt bemühte, in der Dunkelheit etwas zu erkennen oder Geräusche auszumachen, die auf Gefahren hindeuteten. Aber sie hörte nur das Fauchen und Quietschen der Kaninchen sowie die leisen Stimmen der Männer, mit denen sie die Tiere einzulullen versuchten.

»Zurück«, gab Chadrik schließlich den ersehnten Befehl.

Lautlos wie Schatten huschten sie ins Freie und lehnten die Tür hinter sich an.

Die Männer liefen mit den Kaninchen im Arm vorneweg. Mirella und Alia folgten mit schussbereiten Armbrüsten.

»Wie viele habt ihr?«, fragte Alia, als sie die Käfige erreichten.

»Drei«, sagte Chadrik.

»Vier«, antwortete Durak. »War allerdings ne schlechte Idee. Das letzte Vieh konnte ich nicht so gut halten, und jetzt hat's mir den Arm zerkratzt.«

Also waren nicht einmal zwei der zwanzig Käfige voll. Ihnen standen noch etliche Wege bevor und jeder davon war ein Risiko.

Mirella hätte sich gewünscht, sie und Alia könnten sich ebenfalls ein paar Tiere schnappen, aber Durak und Chadrik hatten darauf bestanden, dass sie die Wache übernahmen. Falls sie Gesellschaft bekamen, wären sie sonst vermutlich alle tot, ehe sie die Waffen in den Händen hätten. Das war zwar einleuchtend, doch trotzdem wäre Mirella lieber, sie könnte das Unterfangen irgendwie beschleunigen.

Bei der zweiten Diebesrunde nahmen Durak und Chadrik die Käfige gleich mit, nun da sie wussten, dass sie zumindest eben nicht auf Widerstand gestoßen waren. Alles verlief reibungslos.

So ging es weiter. Mit zwei Käfigen hin zum Gebäude, Kaninchen einsammeln, zurück zum Ochsenkarren und das Ganze wieder von vorne. Es war ein elendes Gelaufe. Permanent mit der Angst im Nacken, dass sie entdeckt würden. Von den Kerlen, die Durak und Chadrik derart gequält hatten, dass die beiden selbst Jahre später nicht unbefangen darüber sprechen konnten.

Irgendwann wusste Mirella nicht mehr, wie oft sie schon gelaufen waren, aber Alia hatte mitgezählt, dass sich fünfzehn volle Käfige und einer mit drei Tieren auf dem Ochsenkarren befanden.

Wenn das stimmte, hieß es immerhin, dass sie in zwei Runden die miesen Kaninchenzüchter um neunundsiebzig Tiere erleichtert hatten. Hoffentlich kamen Durak und Chadrik nicht auf die Idee, eine dritte Runde zu drehen, um das fehlende Kaninchen aus der ersten Runde zu holen. Mirella klammerte sich an die Hoffnung, dass dies nicht passieren würde. Dass ihnen lediglich zwei weitere Wege bevorstanden und sie es danach geschafft hatten.

Doch wie so oft, wenn Mirella ein neues Kunststück einstudiert und sich dem Durchbruch nahe gesehen hatte, wandelte sich eine Kleinigkeit und auf einmal war der Erfolg in die Ferne gerückt.

Früher war dies ihre Mutter gewesen, die den Ablauf geringfügig geändert oder Mirella unverhofft abgelenkt hatte. Um ihr zu zeigen, dass zusätzliche Übungsstunden nötig waren.

Nur dass es heute weder um ein Kunststück ging, noch, dass dies eine Übung war. Und dass weitaus mehr auf dem Spiel stand, als sich vor ein paar Noblen zu blamieren.

10

Mirella

Die Kleinigkeit, die ihren Erfolgskurs störte, war ein Kaninchen, das im Gegensatz zu seinen Artgenossen nicht nur leise quietschte oder fauchte. Das Tier gab ein Geschrei von sich, wie Mirella es diesen Geschöpfen niemals zugetraut hätte. Es klang mehr nach einem Menschen als einem Tier, wie ein Kind, das von Angst zerrissen war. *Wie die Todesschreie damals in der Alcazaba ...*

Mirella würgte den Gedanken ab. Sie zwang sich, die Umgebung im Blick zu behalten, als das Kichern der Stimme in ihrem Kopf erklang.

Chadrik fluchte, das Geschrei verstummte. Von einer Sekunde auf die nächste. Als wäre es nie ertönt. »Raus hier«, drängte er. Sie strebten der Tür entgegen.

Vielleicht war es nicht so schlimm. Vielleicht hatte sie niemand gehört.

»He!«, schrie jemand. Von draußen! Ihrem Fluchtweg.

Sie hechteten zwischen die Kaninchenverschläge, die Männer in die eine Richtung, Mirella und Alia in die andere und hockten sich auf den dreckigen Boden. In dem schmalen Gang spürte Mirella Alias Körper gegen ihren gepresst, den hektischen Atem der Freundin.

Schritte dröhnten in der Dunkelheit. Von mehreren Personen.

»Kannst du Licht machen?«, forderte eine genervte Männerstimme. »Ich kann nicht glauben, dass jemand so blöd ist, hier einzubrechen.«

»Oder jemand hat vergessen, die Tür zu schließen.«

»Ausgeschlossen. Solche Fehltritte treibt der Boss den Leuten doch in der ersten Woche aus und wir haben grad keine Neuen. Was ist denn nun mit dem Licht?«

Helligkeit flackerte auf.

Durak und Chadrik waren ihnen direkt gegenüber. Chadrik machte ein Zeichen: Er deutete zunächst auf Alia und Mirella, dann hob er die linke Hand. Er wollte, dass sie warten.

Und was sollte das bringen? Die Kerle würden kaum abhauen, bevor sie alles abgesucht hatten. Und so viele Möglichkeiten, sich zu verstecken, gab es hier nicht. Da, wo sie gerade kauerten, flogen sie auf, sobald die Fremden sie passierten.

Die Schritte kamen näher. Mirella vermutete zwei Personen. Gegenüber verständigten sich Durak und Chadrik mit einer raschen Zeichenabfolge, die Mirella nur in Bruchstücken verstand. Doch so viel begriff sie: Die beiden wollten angreifen, während sie Alia und Mirella zum Warten verdammt hatten.

Sie waren gemeinsam in die Falle gelaufen, sie sollten sich gemeinsam befreien. Aber bei dieser Mission hatten die zwei Männer das Sagen. Mirella als die Unerfahrenste hatte nun wirklich nicht das Recht, auf eigene Faust zu handeln. Sie konnte nur hoffen, dass sie sich etwas dabei gedacht hatten, und das Ganze nicht nur ein Versuch war, sie und Alia zu beschützen. Mirella wollte kein weiteres Mal lieb gewonnenen Menschen beim Sterben zusehen.

Die Schritte waren fast bei ihnen. Da schossen Durak und Chadrik in die Höhe, feuerten die Armbrustbolzen ab. Ächzen und dumpfes Aufschlagen folgten.

Durak wandte sich in Alias und Mirellas Richtung um, als wolle er etwas sagen, als eine Stimme von der anderen Seite erklang: »Waffen runter!«

Durak und Chadrik lugten über die Schulter. Für einen Moment hoffte Mirella, dass sie die Fremden niederstreckten. Doch stattdessen hoben sie beide die freie Hand, legten ihre Waffen auf die Käfige und streckten den zweiten Arm in die Höhe.

»Und nun?«, fragte Durak herausfordernd.

»Herkommen! Es sind grad ein paar Stellen für Wachleute frei geworden. Vielleicht könnt ihr den Boss ja von euren Qualitäten überzeugen. Ansonsten ...« Er redete nicht weiter.

Mirella klammerte sich an ihrer Armbrust fest, wollte, sie könnte aufspringen und die Situation umreißen. Aber da selbst Durak und Chadrik keinen Versuch unternahmen, wie sollte sie das schaffen?

Versuch's, kicherte die Stimme. *Womöglich bist du ja eine Meisterschützin. Oder du bist hin. Wird sowieso langsam Zeit.*

Mirella presste die Zähne aufeinander, dass sie schmerzten, rang mit der Unvernunft in sich. Wenn Durak und Chadrik nun doch wollten, dass Alia und sie eingriffen ... Zum ersten Mal blickte sie zu der Freundin. Sie schüttelte den Kopf und hob die linke Hand, um Mirella zu signalisieren, dass sie warten solle.

Worauf denn?, schrie sie innerlich.

Dann erinnerte Mirella sich, dass Durak und Chadrik ebenfalls zunächst die linke Hand gehoben hatten. Also wollten die beiden wirklich nicht, dass sie sich jetzt einmischten.

Die Freunde liefen an ihrem Versteck vorbei. Mirella starrte auf die Narben, die unter Duraks zerschnittenen Hosenbeinen hervorlugten.

»Keine Mätzchen«, drang die Stimme des Fremden zu ihnen. »Sonst seid ihr tot.«

»Was ist mit den Leichen?«, fragte ein anderer.

»Die werden schon nicht weglaufen. Erst mal bringen wir unsere Gäste zum Boss. Dann kümmern wir uns um den Rest.« Schritte entfernten sich. Mirella konnte bei all dem Getrampel nicht ausmachen, von wie vielen Leuten sie stammten. Kein Wunder, dass Durak und Chadrik gewollt hatten, dass Mirella und Alia verborgen blieben. Sie hätten gar nichts ausgerichtet, wären nur mit ihnen fortgebracht worden. So konnten sie die Freunde vielleicht retten.

Als die Geräusche zunehmend leiser wurden, streckte Mirella kurz den Kopf aus dem Versteck. *Scheiße.* »Es sind neun«, wisperte sie tonlos. Und da, wo man sie hinbrachte, waren bestimmt noch mehr. »Wir müssen sie da rausholen«, flüsterte Mirella und wagte es nicht, Alia anzusehen. Aus Angst, sie könnte anderer Meinung sein.

»Hast du ne Idee, wie?«

Erleichtert atmete Mirella aus. Sie war nicht die Einzige mit wahnwitzigen Rettungsambitionen. Angestrengt dachte sie nach. Zunächst mussten sie den Männern folgen, und zwar so, dass man sie nicht entdeckte. Mirellas Blick ging zur Decke, wo sich Holzbalken unter dem Dach über das gesamte Gebäude erstreckten, soweit das von dieser Position einsehbar war. »Da hoch und ihnen nach.« Mirella deutete zu den Balken. »Sobald ein paar weniger da sind, die Kerle niederstrecken.«

»Da kann ja fast nichts schiefgehen.« Alia lugte den Männern hinterher und entriegelte ein Gatter. »Hilf mir mal.«

Mirella gehorchte.»Und was soll das?«

»Wenn die Kerle ihre Kaninchen einfangen, können sie sich nicht mit uns befassen.«

»Schlau.«

Rasch öffneten sie einen Großteil der Verschläge, sodass die Tiere herausspringen konnten. Die ersten Kaninchen wuselten bereits über den Boden, als Mirella und Alia die Balken zum Dach erklommen. Oben angekommen balancierten sie lautlos bis zum nächsten Raum. Schnell huschten sie durch das breite Tor, wieder die Dachbalken hinauf und folgten dem einzig möglichen Weg. Hier war niemand, nur Kaninchenkäfige, aus denen es raschelte und bis zu ihnen stank.

»Wir bleiben dicht zusammen«, flüsterte Alia.»Das verringert die Gefahr, entdeckt zu werden.« Und sie konnten sich gegenseitig besser den Rücken freihalten.

Es war nahezu dunkel, aber vor ihnen ging der Raum zur Seite weg und hinter der Biegung war Licht. Auch Stimmen waren zu vernehmen. Ob sie Durak und Chadrik dorthin gebracht hatten?

Behutsam balancierten sie weiter, Alia vorneweg, Mirella hinter der Freundin. Als sie die Ecke erreicht hatten, lugte Alia vorsichtig vorbei, verharrte. Wortwechsel wehten herüber, sehen konnte Mirella die Sprechenden nicht.

»Gut, dass du uns geholt hast, Kumpel. Sonst wärste womöglich auch hin.«

»Ich? Blödsinn. Ich bin doch nicht so'n Anfänger wie die andern.«

Gelächter, das sich in Mirellas Magen wühlte. *Wie damals ...* Sie presste die Lippen aufeinander, während sie die Szenerie unter sich beobachtete. Ein Schatten erregte ihre Aufmerksamkeit. Sie kniff die Augen zusammen, sah genauer hin: Eines der

Kaninchen war bereits hier. Deutlich schneller, als Mirella erwartet hatte. Aber vermutlich war alles gut, was die Wachsamkeit der Kerle von ihnen ablenkte.

Alia zog sich zurück und nahm ihre Spannwippe. »Du auch«, flüsterte sie kaum hörbar. »Nur laden, nicht schießen.«

Mirella nickte und holte ihr Exemplar ebenfalls hervor. Sie spannten, während erneutes Gelächter erklang, und legten die Bolzen ein. Die Wippe hakte Mirella so am Gürtel ein, dass sie noch an ihre Messer kam. Zitternd sog sie die Luft ein, dann folgte sie Alia um die Ecke. Schritt für Schritt balancierte sie der Freundin nach, darauf bedacht, kein Geräusch zu verursachen. Sie sah die fremden Männer unter sich, bewaffnet mit Säbeln, Armbrüsten und Messern. Durak und Chadrik erspähte sie nicht. Vermutlich da die beiden von Alia verdeckt wurden. Es dauerte eine Weile, bis sie in Mirellas Sichtfeld kamen.

Sie waren jeweils an einen Stuhl gefesselt, sahen aber unversehrt aus. Die Tücher waren ihnen vom Gesicht gerissen worden.

»Bin gespannt, was der Boss mit denen anstellt«, sagte einer der Kerle.

»Da biste nicht der Einzige.« Ein anderer lachte. »So oft kommt's schließlich nicht vor, dass hier jemand einbricht.«

»Ist, seit ich hier bin, noch nie passiert.«

Zustimmende Laute erklangen. Insgesamt waren da acht Kerle. Zu viele. Wenn Alia und Mirella jetzt zuschlugen, hätten sie nicht den Hauch einer Chance. Sie mussten sich gedulden. So schwer es ihnen auch fiel, wenn jeden Moment die Gefahr bestand, entdeckt zu werden. Oder dass die Kerle mit der Folter von Durak und Chadrik begannen.

Mirella sah kurz zu Alia, die sich neben ihr hinter einen Balken, der senkrecht zum Dach verlief, drückte. Aus dem

Gesicht der Freundin war jegliche Emotion gewichen. Mit starrem Blick beobachtete sie die Situation unter sich.

Hastig lenkte Mirella ihre Konzentration auf die Männer am Boden. Wann das Kaninchen wohl auftauchte? Oder war das Tier umgekehrt, als es den Lärm vernommen hatte?

Plötzlich verstummten die Gespräche. Vier neue Männer eilten mit langen Schritten herbei. Zwei von ihnen waren der Kleidung und Haltung nach dem Rest überstellt.

»Das sind die beiden?«, fragte einer.

Die anderen bestätigten. Sie wirkten auf einmal ziemlich kleinlaut.

Durak reckte trotzig das Kinn, Chadrik starrte zu Boden.

Der Fremde grinste Durak an und musterte ihn von oben bis unten. Sein Blick blieb an Duraks Narben hängen. »Hatten wir vielleicht schon mal das Vergnügen?«

»Soll das ein Witz sein?«, entfuhr es Durak.

Der Fremde neigte den Kopf. »Offenbar kennen wir uns doch nicht. Sonst wüsstest du, dass ich nicht der Typ für Witze bin.«

»Das wusste ich. Mir ist nur neu, dass du an Erinnerungslücken leidest.«

Mirella wünschte, Durak würde mit der Stichelei aufhören. Sie bezweifelte, dass der andere sich das lange anhörte.

Wie befürchtet trat der Kerl näher und verpasste Durak einen Schlag in die Magengrube. Mirella bekam schon vom Zusehen Bauchschmerzen. Durak krümmte sich, soweit es seine Fesseln zuließen. »*Das* ist allerdings nicht neu«, zischte er.

»Zu deiner Information ...« Der Mann lockerte seine Hand. »Ich dulde keine Respektlosigkeit. Du hast nicht das Recht, mich derart formlos anzusprechen. Ab sofort sagst du ›Ihr‹ und ›werter Herr‹. Verstanden?«

»Ernsthaft?« Trotz der Situation klang Durak, als müsste er mühsam ein Lachen unterdrücken.

Der Kerl sah bereits aus, als würde er gleich zum nächsten Schlag ausholen. Warum konnte Durak nicht still sein? Nun regte sich Chadrik. Er wandte den Kopf zu Durak und raunte laut genug, dass selbst Mirella es hörte: »Dem sind die Ausdünstungen der Karnickel ins Hirn gestiegen.« Damit fing er sich den Hieb ein. Vermutlich war genau das seine Absicht gewesen, um Durak eine Atempause zu gönnen. Dennoch ... wie lange wollten die zwei das durchziehen?

Der Kerl, der offensichtlich der Boss war, stand breitbeinig vor Durak und Chadrik. »Woher kennen wir uns? Verratet's mir.« Wenn der Mann sich wirklich nicht erinnerte, hieß das, dass er bereits eine Menge Leute in der Mangel gehabt hatte.

Weder Durak noch Chadrik antworteten, aber der andere Höherrangige grinste und flüsterte ins Ohr vom Boss.

»Hm«, machte der Mann freudig. »Dein Gedächtnis ist beeindruckend.« Mit geneigtem Kopf trat er auf Durak und Chadrik zu. »Mein Bruder hat euch erkannt.«

»Schön für ihn«, frotzelte Durak. »Ich kann mich auch an seine Fratze erinnern.« Der Schlag kam als schallende Ohrfeige. Merkte Durak nicht, dass er es so schlimmer machte?

»Ihr seid die beiden Wächter. Die Dummköpfe, die glaubten, mich ungestraft verhaften zu können. Wie waren doch gleich eure Namen?«

Sein Bruder half ihm: »Der vorlaute Glatzkopf ist Durak Raham und der andere Chadrik Saad, wenn ich mich richtig entsinne.«

»Natürlich tust du das. Du kannst dir schließlich alles merken.« Sein Zeigefinger schoss zu Chadrik. »Du hattest ne Frau, Saad, nicht wahr?«

Chadrik zuckte zusammen, woraufhin der Boss dreckig grinste. »Ja, hattest du. Ich erinner mich an sie.« Er machte eine Pause und weidete sich an Chadriks Leid. »Sie hatte eine schöne Stimme«, fuhr er fort. »Keine andere hat so bezaubernd geschrien wie dein Weib.«

Selbst Mirella konnte von ihrer Position aus erkennen, dass Chadrik am liebsten aufgesprungen und dem Kerl an die Gurgel gegangen wäre. Seine Arme spannten sich unter den Fesseln.

Sie wünschte, sie könnte ihm helfen. Aber Alia und Mirella waren nur zu zweit und die anderen zu zwölft. Ungeduldig krallten sich Mirellas Finger um die Armbrust.

Da entdeckte sie das vorwitzige Kaninchen. Es schnüffelte am Hosenbein eines Mannes, der es seinerseits nicht bemerkte. Dann hoppelte es weiter, mitten zwischen den Kerlen hindurch. Niemand nahm Notiz.

So blind, wie die Kerle waren, konnten sie vielleicht doch das Feuer eröffnen. Die wären um die Hälfte dezimiert, ehe sie kapierten, was los war.

»Es ist eins entwischt!«, rief plötzlich jemand.

Der Boss gab ein genervtes Geräusch von sich. »Hat von euch Schlauköpfen etwa niemand überprüft, ob unsere Gäste irgendwelche Käfige geöffnet haben?«

Unverständliches Gedrucke war die Antwort.

Kopfschüttelnd wies der Boss an: »Dann erledigt es jetzt, verflucht. Und schaut nach, ob noch mehr ungebetene Besucher da sind, falls ihr das auch verdusselt habt.«

»Jawohl, werter Herr.« Zwei Männer lösten sich von den anderen.

»Ihr wollt zu zweit gehen?«, herrschte der Boss sie an. »Geht zu sechst.«

Alia und Mirella sahen sich an. Womöglich bekamen sie nun eine Chance, die nicht an glatten Selbstmord grenzte.

Als die Schritte leiser wurden, sagte der Boss zu seinem Bruder:»Die Männer sind schwach.«

»Eher aus der Übung.«

»Da haben unsere Gäste also ein Dankeschön verdient.«

»Gern geschehen«, plapperte Durak los.»Allerdings haben wir heut noch was vor. Wenn's nichts ausmacht, möchten wir jetzt gehen. *Werter Herr.*« Die letzten zwei Wörter würgte er regelrecht hervor. Immerhin bewahrte ihn das vor einem Schlag.

Doch der Boss betrachtete ihn, als würde er auf eine neue Unverschämtheit warten. Zumindest kam er so nicht auf die Idee, die Augen nach oben zu richten.

Die Schritte der Fortgegangenen waren verhallt, Mirella und Alia nickten sich zu und nahmen zwei Männer ins Visier. Der miese Boss und sein Bruder standen leider zu nah an Durak und Chadrik. Auf ein weiteres Nicken betätigten Alia und Mirella den Abzug. Die Bolzen surrten, trafen perfekt. Sie spannten rasch und noch während Mirella den neuen Bolzen einlegte, brach das Chaos los: Geschrei ertönte, hektisches Getrampel, eine Armbrust, die auf Mirella zielte. Hastig drückte sie den Abzug, sprang zur Seite, hinter den senkrechten Balken und hielt sich nur mühsam auf den Beinen.

Sie wagte einen Blick zurück, da sauste ein Bolzen direkt an ihrem Gesicht vorbei. Dennoch wusste sie nun, dass Alia sich ebenfalls in Sicherheit gebracht hatte und der Boss an der Schulter blutete. Was mit Durak und Chadrik war, hatte sie nicht sehen können.»Geht's euch gut, Männer?«, rief sie. In diesem Moment fiel ihr auf, dass ihre Armbrust weg war.

Zu blöd, die Waffe festzuhalten, freute sich die Stimme.

»Bestens«, entgegnete Durak. »Ihr wart zu ungedul–« Er verstummte abrupt, als ein dumpfes Geräusch erklang. Vermutlich der nächste Hieb.

»Schluss mit dem Geplauder«, zischte der Boss.

Mirella tastete nach den ersten beiden Messern, sechs weitere steckten in ihrem Gürtel. Für die Kerle unter ihr würde es reichen, aber dem Getrampel nach zu urteilen kamen die anderen bereits angerannt. Das hatten sie ja wundervoll hinbekommen. Sie mussten sich beeilen. Irgendwie Durak und Chadrik befreien, bevor der Rest hier war.

Die Messergriffe in Mirellas Händen gaben ihr Kraft. *Es ist nur eine Kür*, beschwor sie sich und fixierte den Boden. Ein letzter Atemzug, ein Sprung in die Tiefe, sie kam auf, rollte ab, warf die Messer. Ein Gegner fiel, der Boss wich zu rasch aus.

Die nächsten Messer landeten in Mirellas Fingern. Sie riss die Hände zurück, bereit für einen neuen Wurf.

Der Boss war schneller, hatte einen Dolch an Chadriks Kehle gedrückt, während sein Bruder Alia mit einer Armbrust in Schach hielt.

Mirella hockte auf dem Boden, ein Messer in jeder Hand. Eines war auf den Boss gerichtet, das zweite auf einen anderen Kerl. Wenn sie warf, war Chadrik womöglich tot. Tat sie es nicht, war sie gleich eine Gefangene. Die Stimme in ihrem Kopf kicherte.

Der Boss grinste. »Jetzt fällt dir nichts mehr ein, was, Kleine?«

Reglos verharrte Mirella. Sie erhaschte Chadriks Blick.

Wirf, formte er mit den Lippen.

Sie konnte nicht.

Da spürte sie etwas Kühles an der Kehle. »Messer fallen lassen!«, dröhnte eine Stimme neben ihrem Ohr.

Mirellas Finger öffneten sich. Es klapperte unnatürlich laut, als die Klingen auf den Steinen aufschlugen. Irgendwo kreischte ein Kaninchen. Es war dasselbe entsetzliche Geräusch, das sie ins Verderben gestürzt hatte.

Jemand riss Mirella hoch, ihre Handgelenke wurden wie von Schraubstöcken zusammengepresst, ihr Tuch rutschte von Mund und Nase.

Der Boss fluchte. »Sie ist weg.«

Alia war entkommen? Hoffentlich schaffte sie es zurück in die Höhlen.

Ein Mann tastete Mirella gründlich von Kopf bis Fuß ab und nahm ihr sämtliche Messer weg, selbst die Exemplare aus ihren Schuhen. »Ich glaub's nicht. Das sind bloß Küchenmesser.«

»Warum so überrascht?«, entfuhr es dem Boss. »Was sich zum Zerlegen von Kaninchen eignet, ist auch für Menschen gefährlich.«

»Das hab ich gesehen«, brummte der Mann mit einem Seitenblick zu einem toten Kameraden, in dessen Hals eines von Mirellas Messern steckte. »Soll ich das Weib an einen Stuhl fesseln?«, wandte er sich an den Boss.

Der Angesprochene schüttelte mit dem Kopf und Mirellas Herz setzte kurz aus.

Er will dich gleich beseitigen, spottete die Stimme. Bestimmt war es besser so. Auf diese Weise musste Mirella nicht leiden, bevor das Unvermeidliche geschah.

»Und was soll ich mit ihr machen?«, fragte der Kerl weiter. »Sofort umbringen?«

Der Boss lachte. »Wir hatten wirklich schon zu lange keinen Besuch mehr.« Dass Blut aus seiner linken Schulter tropfte, schien ihn nicht zu interessieren. Er klopfte seinem Bruder auf den Rücken. »Kümmer *du* dich darum.« Anschließend winkte er vier Männer zu sich. »Ihr kommt mit. Wir müssen das zweite Miststück suchen.«

»Die ist längst weg«, stichelte Durak. »Und wenn du nicht willst, dass unsere Freunde deine Farm in Schutt und Asche legen, lässt du uns sofort laufen.«

»Freunde, ja?«, wiederholte der Boss wenig beeindruckt und verpasste Durak eine Ohrfeige. »Du hast wieder die förmliche Anrede vergessen, Raham. Dennoch danke für die Warnung. Jetzt weiß ich, dass ich mich schnellstens um neue Wachmänner kümmern muss.« Er umfasste seine Armbrust und zog mit einigen Männern davon. Um Jagd auf Alia zu machen, die sich hoffentlich längst außerhalb von der Farm befand.

Der Bruder baute sich vor ihnen auf. »Die drei kommen in das Denkzimmer.« Das klang harmlos, aber so, wie der Kerl, in dessen Richtung Mirella zufällig blickte, auf einmal aussah, war es das gewiss nicht. Der Bruder kniete sich vor Chadrik hin. »Saad, ich schneide jetzt die Fußfesseln von dir und Raham durch, damit ihr laufen könnt. Wenn einer von euch Dummheiten macht, baden das der andere und eure kleine Messerwerferin aus. Verstanden?«

»Ja.« Chadriks Fußfesseln fielen zu Boden.

Der Bruder trat vor Durak. »Hast du es ebenfalls kapiert, Raham?«

Durak zog ein Gesicht, als wolle er den Kerl mit seinem Starren erdolchen. »Hm.«

»Wie bitte?«

»Ja, verdammt!«

Auch Duraks Fußfesseln wurden zerschnitten. »Hinstellen!«, wies der Bruder an.

Durak und Chadrik tauschten einen irritierten Blick, bis Letzterer anmerkte: »Wir sind noch an die Stühle gefesselt.«

Der Bruder lächelte dünn. »Ich weiß. Ich bin sicher, dass ihr es trotzdem schafft, zu gehen. Falls nicht, finden die Männer bestimmt einen Weg, euch anderweitig ins Denkzimmer zu befördern.«

Die beiden erhoben sich. Durak vor sich hingrummelnd, Chadrik mit zusammengekniffenen Lippen. Krumm und unbeholfen standen sie mit jeweils an den Oberkörper gefesselten Stühlen da.

»Dort entlang.« Der Bruder wies tiefer in das Gebäude. »Ihr geht vor.«

Durak und Chadrik gehorchten. Mit winzigen Schritten, da ihnen die Fesseln nicht mehr Bewegungsspielraum ließen.

Plötzlich fixierte der Bruder Mirella. »Das gilt auch für dich, Messerwerferin.«

Bevor der Kerl handgreiflich wurde, folgte Mirella ihren Freunden. Hintereinander passierten sie weitere Kaninchenverschläge. Mirella versuchte, sich die Umgebung einzuprägen, doch es war überall gleich: Ställe, Geraschel, Gestank, sonst nichts.

Bei den Ausmaßen und der Menge an Tieren wäre ihr Diebstahl überhaupt nicht ins Gewicht gefallen. Wenn er denn geglückt wäre.

Als sie eine weitere Tür durchquerten, veränderte sich auf einmal alles: keine Ställe mehr, dafür ein Raum, bei dem Mirella nicht sicher war, ob er zum Wohnen oder Arbeiten gedacht war. Es roch sogar weniger streng, aber dennoch muffig. Vom Lüften hielten die Kerle offenbar genauso viel wie vom Putzen.

Eine stabil wirkende Holztür wurde geöffnet. Dahinter offenbarte sich ein Gang, auf den eine weitere massive Holztür folgte. Die Kammer danach lag in völliger Dunkelheit. Feuchter

Moder schlug ihnen entgegen. Das war schlimmer als der Gestank bei den Kaninchen.

»Dieses Loch existiert also auch noch«, brummte Durak.

»Selbstverständlich. Und nun rein mit euch.«

Mirella tappte hinter den Männern hinein. Selbst durch die Sohlen spürte sie, dass der Boden in einem Ausmaß verdreckt war, dass alles andere in diesem Gebäude vergleichsweise sauber wirkte. Es fühlte sich an, als liefe sie auf einem feuchten Schwamm, in den allerlei harte Überraschungen gespickt worden waren. Nun war sie froh, dass Chadrik sie gezwungen hatte, die unbequemen Schuhe zu tragen.

Jemand folgte ihnen mit einer Fackel, Ratten huschten davon. Weißer pelziger Schimmel benetzte den Boden.

Mirella atmete flach.

»An die Wand!«, wurden sie angewiesen. Dort waren sieben Ketten befestigt. Ähnlich wie die, mit der die Greifin gefesselt war. Widerwillig lief Mirella dorthin. Die Eisenfessel schnappte um ihr Handgelenk zu. Durak und Chadrik stellten sich an ihre Seiten. Mirella fürchtete schon, dass man sie zu den weiter entfernten Ketten dirigierte, aber offenbar interessierte es niemanden, dass sie so nah beieinander waren, dass Mirella die Stricke ihrer Freunde lösen könnte. Man fesselte auch die beiden Männer, ohne sie von den Stühlen zu befreien.

Der Bruder überprüfte sämtliche Eisenketten. Anschließend sagte er mit einem fiesen Lächeln: »Viel Spaß beim Nachdenken.« Damit verschwand der Kerl. Und mit ihm das Licht.

11

Mirella

Zunächst war es vollkommen still, dann folgte vereinzeltes Rascheln, Getrippel.

Ratten!

Allein die Vorstellung, gebissen zu werden, ließ Mirellas Herz rasen. Um die Geräusche zu übertönen und ihre Fantasie zu bändigen, fragte sie ihre Mitgefangenen:»Seid ihr in Ordnung?«

»Jup, bin ich«, kam von Durak.

»Ich ebenfalls«, sagte Chadrik.

Wenigstens etwas. Mit ihrer freien Hand schob Mirella das Tuch zurück über die Nase. Der Gestank war damit nicht erträglicher, da der Mief mittlerweile bestimmt auch in den Stoff eingedrungen war. Kurzerhand warf sie das Tuch weg.

»Hören die, was wir hier sagen?«

»Wenn's so ist wie früher«, entgegnete Durak,»dann nicht.«

Von der anderen Seite fragte Chadrik:»Mira, du hast keine Fesseln, oder?«

»Außer der Eisenkette? Nein. Soll ich versuchen, euch loszubinden?«

Durak antwortete:»Deshalb rücken wir dir so auf die Pelle.«

»Wer zuerst?«

»Mäuschen. Den einen Knoten krieg ich gleich selbst auf.«

»Ich hab schon zwei auf«, verkündete Chadrik, als sei das ein Wettbewerb.

»Wenn das so ist, fang mit mir an, Feuerschopf.«

Mirella unterdrückte ein Kopfschütteln, als sie mit der freien Hand nach Durak tastete.»Ist das dein Arm?«

»Jup. Ein Strick ist weiter oben und der andere etwas tiefer. Mir egal, womit du loslegst.«

»Du wurdest nur an zwei Stellen gefesselt?«

»Am Arm. Also an diesem Arm.«

Mirella fand das grobe Seil und gleich darauf den Knoten. Mühsam brachte sie ihre zweite Hand, an der die schwere Kette hing, in Position und machte sich daran, das Geflecht zu entwirren. In völliger Dunkelheit kein leichtes Unterfangen. Die Kette klirrte und wenn sie es nicht tat, raschelten die Ratten.

»Die Geräusche machen mich wahnsinnig.«

»Man gewöhnt sich dran«, sagte Durak.

»An den Gestank auch?«

»Jup.«

»Wie lang wart ihr damals hier eingesperrt?«

»Keine Ahnung.«

Konnte Durak sich wirklich nicht erinnern oder wollte er es nicht sagen? Damit Mirella nicht jeden Mut verlor.»Chadrik?«

»Ein paar Tage«, entgegnete er.»Ob es jetzt drei, vier oder fünf waren ...«

Mirella konzentrierte sich auf den Knoten. Das Ding schien sich zu lockern.

»Versuch, ruhig zu bleiben«, sagte Durak. Wie schaffte er es, keine Angst zu haben? Zumindest hörte sie keinerlei Anzeichen davon. Bevor sie eingebrochen waren, war das anders gewesen. Doch nun war das Schlimmste bereits eingetreten. Beinahe jedenfalls. Alia war den Männern schließlich entkommen. Vorerst.

»Ist nicht so leicht«, gab Mirella zu. Endlich lösten sich die Bänder. Sie tastete zum nächsten Knoten, während die Ketten klirrten.

»Ich glaub nicht, dass wir den Kerl heut noch sehen. Es sei denn, das Elsterchen fällt ihm in die Hände.«

»Wird sie nicht«, warf Chadrik ein. »Sie kann sich gut verstecken.«

Und war hoffentlich nicht so verrückt, ein weiteres Mal zu versuchen, woran sie zu zweit gescheitert waren.

»Siehst du, Feuerschopf«, fuhr Durak fort und es klang, als schmunzelte er. »Für den Rest der Nacht haben wir Ruhe.«

Mirella verstand nicht, wie sie das trösten sollte. »Angekettet in einem verschimmelten Gefängnis. Wo es nur ne Frage der Zeit ist, bis wir von Ratten angenagt werden.«

»Einfach zutreten«, sagte Chadrik. »Dann hauen die ab.«

»Und wenn ich einschlafe?«

»Du wachst auf, sobald die beißen.«

Das war bestimmt auch überhaupt nicht gefährlich, sich in diesem Dreck eine derartige Verletzung einzufangen. Mirella zwängte die Lippen aufeinander. Warum machte sie sich darüber Gedanken? Es war schließlich nicht so, dass sie gute Chancen hatten, sich zu befreien. War es da nicht egal, wenn die Ratten sie vorher anknabberten?

»Außerdem sollst du nicht schlafen«, merkte Durak an. »Sondern Mäuschen und mich von den Stühlen losbinden.«

Ach? Was dachte er eigentlich, was sie hier tat? Sie zog und zerrte an dem vermaledeiten Knoten. Eben hatte sich das blöde Ding doch angefühlt, als würde es gleich aufgehen.

»Aua«, beschwerte sich Durak. »Nur weil der Arsch mich grad nicht quält, musst *du* das jetzt nicht übernehmen.«

»Tut mir leid.« Mirella zwang sich, sorgsamer an dem Band zu fummeln.

»Schon gut, aber werd ruhig. Panik hilft keinem.«

Er hatte recht, das wusste sie. Sie hielt inne, sog die Luft ein, was sie augenblicklich bereute, und atmete langsam und gleichmäßig aus. *Es ist ein Auftritt*, beschwor sie sich. *Ein ziemlich großer, doch trotzdem nur ein Auftritt.* Und vor einem Auftritt brauchte man sich nicht zu fürchten. Vorsichtig widmete sie sich dem Knoten. Auf einmal löste er sich ganz leicht. Der Strick fiel zu Boden.

Durak lachte leise. »Geht alles besser, wenn man nicht durchdreht, was?«

Unwillkürlich formten sich auch Mirellas Lippen zu einem kleinen Lächeln. »Danke.«

»Übertreib nicht gleich. Wir haben dich hergebracht. Kein Grund, sich dafür zu bedanken.«

»Dass sie mich erwischt haben, war meine eigene Blödheit.«

»Deine Worte, nicht meine.«

»Wieso wolltet ihr eigentlich, dass Alia und ich uns verstecken, als die ersten Kerle kamen?«

»Weil wir mit zwei Gegnern allein fertigwerden. Da braucht ihr nicht eure Deckung aufgeben.«

Erneut lösten sich die Bänder zwischen Mirellas Fingern. »Wo ist der nächste Knoten?«

»Ein Stück höher. An meinem Rücken.«

»Und wie viele kommen noch?«

»Drei oder vier.«

Mirella entwich ein Seufzen.

»Wirst du schon müde, Feuerschopf?«

Das nicht, aber mittlerweile schmerzten ihre Finger von dem Geknibbel an den rauen Seilen. »Warum hast du den Kerl vorhin eigentlich die ganze Zeit gereizt?«, stellte sie die nächste Frage, um sich von den Schmerzen abzulenken.

»Hab ich doch gar nicht. Das war meine übliche freundliche Art.«

Von der Seite sagte Chadrik: »Das macht Durak fast immer, wenn wir mal geschnappt werden.«

»Und weshalb?« Sie wusste nicht, wie viele Schläge er sich deshalb eingehandelt hatte. Hätte er sich anders verhalten, wäre es vermutlich kein einziger gewesen. Als die beiden Männer keine Erklärung gaben, fuhr sie fort: »Ich kann mir jedenfalls nicht vorstellen, dass das bloßer Trotz war.«

»Um ihn zu triezen«, erklärte Durak schließlich.

»Ist es nicht ziemlich riskant, jemanden zu ärgern, der einen gefangen hat?«

»Der will uns doch sowieso umbringen. Nachdem er uns tagelang gefoltert hat. Was für nen Vorteil bringt's da, höflich zu sein? Außerdem machen Leute Fehler, wenn sie wütend sind, und wenn sie Fehler machen, können wir vielleicht entkommen.«

»Meinst du?« Mirella hatte ihre Zweifel, dass sie diesem Kerl entwischten, nur weil ihn die Wut übermannte.

»Hat schon mal geklappt. Bei ihm.«

»Na dann. Reiz ihn nur nicht so sehr, dass er dir den Kopf kaputthaut.«

»Du meinst, bevor er mich absichtlich tötet?« Mirella hörte Duraks Belustigung. »Keine Sorge. Ich hab nen Dickschädel.«

Erneut stahl sich ein kleines Lächeln auf Mirellas Lippen. Auch wenn sie die Situation in mancher Hinsicht an die Tragödie in der Alcazaba erinnerte, so war es heute anders: Sie war nicht allein, sondern zusammen mit zwei Menschen, die sie mochte und denen sie vertraute. Egal, wie das hier weiterging: Sie würden es gemeinsam durchstehen.

Oder gemeinsam untergehen. Selbst das war ein tröstlicher Gedanke.

Erneut wurde es so still, dass nur das Trippeln und Rascheln der Ratten zu hören war. Dieses Mal ertrug Mirella es und zwang die Konzentration auf den Knoten. Es dauerte ewig, bis sie Durak von sämtlichen Stricken befreit hatte. Ihre Fingerspitzen schmerzten derart, dass sie vermutlich blutig waren.

Erleichtert sagte Durak: »Endlich aufrecht stehen.«

»Freut mich für dich«, kommentierte Chadrik trocken, während Mirella sich durch die Finsternis in seine Richtung tastete.

»Deine Schuld, Mäuschen. Du hättst ja nicht so angeben müssen, dass du die Fesseln selbst aufkriegst.«

»Das hat man davon, wenn man nett ist«, murmelte Chadrik.

»Ein Stück höher, Mira«, wies er sie an, als sie gegen ihn stieß.

Hoffnungsvoll fragte sie: »Wie viele Knoten hast du denn alleine aufbekommen?«

»Insgesamt drei.«

»Ach so.« Mirella hatte auf mehr gehofft.

Sie hörte Chadriks amüsiertes Schnauben, während Durak hinter ihr sagte: »So enttäuscht? Ich dachte, deshalb hast du dich fangen lassen. Damit du unsere Entfesselungskünstlerin bist. Das lernt man doch bestimmt als Artistin.«

»Ich nicht«, gab Mirella zurück.

»Das erklärt einiges.«

»Was soll das denn heißen?«

»Dass du ganz schön langsam warst, Feuerschopf.«

»Solche Frechheiten erlaubst du dir nur, weil ich dich bereits von dem blöden Stuhl befreit hab.« Auf Duraks Lachen fügte sie hinzu: »Nächstes Mal bind ich Chadrik zuerst los.«

»Ich hab nicht vor, das zu wiederholen.«

Sofern sie hier überhaupt rauskamen. Doch das sprach Mirella nicht aus. Zumindest die Männer benahmen sich gerade so, wie Mirella sie kannte. Selbst Chadrik, dem die Kommentare über seine Frau ganz schön zugesetzt hatten.

Mühsam knibbelte Mirella mit ihren wunden Fingerspitzen die nächsten Knoten auf, als plötzlich in der Stille Geräusche erklangen, als wenn sich etwas bewegte. Und zu allem Überfluss hörte es sich an, als sei es sehr viel größer als gewöhnliche Ratten. »Hier ist was«, wisperte sie panisch und wandte sich um. Die Eisenglieder klirrten, erkennen konnte Mirella nichts.

»Bin bloß ich«, antwortete Durak. Er klang, als stünde er direkt vor ihr. Offenbar setzte die Dunkelheit Mirellas Sinnen zu. »Nicht erschrecken«, fuhr er fort. »Ich bin die Kette los. Erst mal befreien wir dich, Feuerschopf, dann helf ich dir mit Mäuschen.«

Jemand berührte ihren Arm. Es musste Durak sein. Dennoch zuckte Mirella zusammen.

»Hab ich nicht gesagt, du sollst dich nicht erschrecken? Wozu sag ich das immer, wenn's doch keinen interessiert ...« Duraks Finger bewegten sich zu ihrem Handgelenk. »Stillhalten, Feuerschopf.«

Zumindest das sollte sie schaffen. »Wie konntest du dich befreien?«

Es war Chadrik, der antwortete: »Weil wir erwartet haben, dass wir geschnappt werden, und uns vorbereitet haben.«

»Genau«, bestätigte Durak, wobei er ziemlich abwesend klang.

»Und wie?«, bohrte Mirella nach.

»Wir haben Draht in unsere Schuhe nähen lassen«, erklärte Chadrik. »Mit etwas Übung kriegt man damit Schlösser auf.«

»Also war Alias und meine Rettungsaktion vollkommen sinnlos.«

»Rettungsaktion?«, fragte Chadrik amüsiert, woraufhin Mirella ihm am liebsten geantwortet hätte, dass er sich auch gern allein befreien durfte. Nur war das ja kein Druckmittel mehr, jetzt, da Durak das notfalls übernehmen konnte.

»Fertig«, sagte Durak und Mirella war tatsächlich die schwere Eisenkette los. »Sinnlos war's nicht«, fuhr er fort. »So, wie die Kerle uns eingewickelt haben, wär es ziemlich mühsam geworden, an den Draht zu kommen.«

»Unmöglich, solang wir an den Stühlen sind«, ergänzte Chadrik. »Apropos ...«

Duraks Schritte ertönten. »Keine Sorge, wir lassen dich nicht angebunden.«

Auch Mirella tastete sich zu dem Knoten, an dem sie eben noch zugange gewesen war. »Also war es eine Rettungsaktion«, beharrte sie. »Ohne mich wärt ihr schließlich nicht an eure Drähte gekommen.«

»Gewissermaßen«, gab Chadrik zu. »Trotzdem wär's uns lieber gewesen, du hättest dich versteckt.«

»Und euch eurem Schicksal überlassen? Vergiss es. Ich wusste doch nicht, dass ihr euch selbst befreien könnt.« Sie stockte. »Wusste Alia es?«

»Nein.«

»Warum habt ihr es ihr nicht gesagt?«

Nun war es Durak, der antwortete: »Wärst du dann im Versteck geblieben?«

Nein, wär ich nicht.

»Deshalb haben wir nichts gesagt«, entgegnete Durak, als hätte er ihre Gedanken gelesen. »Außerdem ...«

»Außerdem was?«

»Manchmal ist's besser, wenn nicht jeder eingeweiht ist. Ist jemand zu entspannt, weil sein Kumpel das rettende Werkzeug im Stiefel hat, macht das die Gegner misstrauisch.«

»Bei mir versteh ich das ja. Das ist immerhin unser erster gemeinsamer Auftrag. Aber warum habt ihr Alia nichts gesagt?« Sie hätte doch bestimmt von dem Rettungsversuch abgesehen, wenn sie das geahnt hätte.

Durak druckste etwas Unverständliches, Chadrik erbarmte sich mit einer Begründung: »Alia kann sich nicht besonders gut verstellen.«

12

Mirella

Es dauerte lange, bis sie auch Chadrik losgebunden hatten, was vor allem daran lag, dass Mirellas Fingerspitzen mittlerweile so lädiert waren, dass sie kaum mehr etwas spürte.

»Endlich«, seufzte sie erleichtert auf, als der letzte Knoten entwirrt war.

Chadrik amüsierte sich: »Warst du am Stuhl fest oder ich?«

»Was jetzt?«, fragte sie, weil sie den Männern nicht erklären wollte, wie es um ihre Finger stand. Sofern sie sich nicht ein weiteres Mal fesseln ließen, um sich anschließend entfesseln zu müssen, sollte das nicht von Belang sein.

»Wir bewaffnen uns«, sagte Durak. »Und dann schauen wir mal, ob sich das Türschloss ebenfalls knacken lässt.«

Na, das klang ja verheißungsvoll. »Womit denn bewaffnen? Habt ihr euch Messer oder so was in die Stiefel nähen lassen?«

»Auf so ne Idee kann nur ne Messerwerferin kommen.«

»Was ist daran so abwegig?«

»Die haben Mäuschen und mich abgetastet. Sogar die Schuhe. Wie hätten wir da ein Messer verstecken sollen?«

»Den Draht habt ihr da doch auch versteckt.«

»Der ist dünn und biegsam. Das Messer nicht.«

Plötzlich knackte etwas hinter Mirella. Sie fuhr zusammen. »Was war das denn schon wieder?«

Chadrik antwortete: »Unsere Waffen. Stuhlbeine.« Umständlich nahm sie in der Finsternis ihr Exemplar entgegen und tastete es ab. Das eine Ende war ziemlich spitz und bestimmt recht schmerzhaft, wenn man damit auf jemanden einstach. Dennoch ... »Ein Messer wär mir lieber.«

»Mir auch«, entgegnete Durak. »Sobald wir zu Hause sind, kannst du dir gern was einfallen lassen, wie man Waffen versteckt, die einem bei ner Gefangennahme nicht weggenommen werden.«

Erneut krachte Holz und Mirella wurde ein weiteres Stuhlbein in die Hand gedrückt. »Noch eins?«

»Klemm's dir in den Gürtel, falls du nicht mit beiden Händen kämpfen willst«, wies Chadrik an. »Besonders stabil ist das nämlich nicht.«

»Vor allem, wenn man damit nen Säbel abfängt«, warf Durak ein.

Verdrossen nahm Mirella das Stuhlbein in die freie Hand. Immerhin hatte es etwas Beruhigendes, das Holz zu umklammern. Vermutlich weil es sie an Messergriffe erinnerte. Hoffentlich kam sie im Eifer des Gefechts nicht auf die Idee, die Dinger zu werfen. Sie bezweifelte, dass sie auf diese Weise viel ausrichten könnte. Außer vielleicht den Gegner zu verwirren.

Wieder und wieder ertönte das Krachen und zwischendurch das leise Fluchen von Durak, der mit dem Draht im Türschloss stocherte. Irgendwann fragte er entnervt: »Willst du mal dein Glück versuchen, Mäuschen?«

»Wozu, wenn du's nicht mal hinkriegst?«

»Tolle Ausrede, sich vor der Arbeit zu drücken.« Dem klackernden Geräusch nach zu urteilen machte Durak weiter.

Mirella war froh, dass er nicht sie um Ablösung bat und ihre schmerzenden Fingerspitzen hielten sie davon ab, es von sich aus vorzuschlagen. Erneut krachte es und etwas Hölzernes berührte ihren Arm. »Noch ein Stuhlbein?« Gab Chadrik die etwa alle Mirella? In ihrem Gürtel steckten bereits drei, zusätzlich zu den beiden in der Hand.

»Ist ein Stück Lehne. Stuhlbeine sind aus.«

»Die lassen bestimmt nie wieder jemanden an nem Stuhl gefesselt zurück.«

»Die sind sich ihrer Sache zu sicher.«

»Stimmt«, pflichtete Durak bei. »Die dachten, die Eisenfesseln reichen. Haben sie ja damals auch.«

Für einen Moment war es still, bis es abermals krachte und Mirella das nächste Lehnenstück bekam. »Langsam wird's eng in meinem Gürtel.«

»Dann nehmen Durak und ich den Rest. Wie weit bist du mit dem Schloss?«

Duraks Antwort war ein unwirsches Brummen. »Gib mir erst mal die Stöcker, Mäuschen.« In der Finsternis erklangen Schritte und die Stimmen der beiden Männer. Schließlich wieder Schritte und Durak murrte: »Ich bin kurz davor, zu warten, bis wir Gesellschaft bekommen.«

Chadrik und Mirella entgegneten nichts.

»Jetzt wär der richtige Moment, zu sagen: *Kein Problem, Durak, lass mich mal ran.*«

Entschuldigend gab Mirella zu: »Ich hab so was noch nie gemacht.«

»Vielleicht bist du ja ein Naturtalent. Mäuschen scheint ja keinen Ansporn zu haben, das Rattenloch zu verlassen.«

Chadrik schnaubte. »Ich mach's, bevor du Mira quälst. Gib mir den Draht!«

»Du hast deinen nicht mal rausgeholt?«

»Einer reicht doch.«

»Ich glaub's nicht. Hast du ihn?«

»Ja.« Im Gegensatz zu Durak war Chadrik vollkommen still, während er sein Glück versuchte. Es gelang ihm tatsächlich nicht. »Wenn deine Pause lang genug war, darfst du wieder, Durak. Mit dem Ding komm ich auch nicht besser zurecht als mit den Übungsschlössern zu Haus.«

»Einen Versuch war's wert«, sagte Durak deutlich versöhnlicher.

Erfreulicherweise kam er nicht erneut auf die Idee, Mirella einzubinden. Sie bezweifelte, dass sie mehr Erfolg hätte als Chadrik, der das wenigstens schon geübt hatte. Dennoch zeigte ihr dieser Auftrag überdeutlich, wie viel sie noch zu lernen hatte. Angefangen mit den Zeichen, von denen sie nur einen Bruchteil beherrschte, über die Kenntnis des Schlösserknackens hin zum Nahkampf mit Stuhlbeinen.

Sofern sie überlebten.

Mit zunehmender Nervosität wartete sie. Darauf, dass Durak endlich Erfolg hatte. Oder dass jemand in ihr Gefängnis stürmte.

»Ich hab's«, sagte Durak plötzlich. »Bereit?«

»Mira«, kam von Chadrik neben ihr. »Du hältst dich im Hintergrund.«

»In Ordnung.«

Chadrik machte ein Geräusch, als sog er die Luft ein. »Weiter, Durak.«

»Drei, zwei«, zählte Durak.

Mirella umklammerte die beiden Stuhlbeine und hielt den Atem an. Fixierte die schwarze Fläche, wo sich die Tür befinden musste.

»Eins.«

Ein leises Klacken, fahles Licht, die riesenhaften Silhouetten der Männer, die durch die Öffnung preschten. Ein dumpfer Schlag. Stille.

Vorsichtig folgte Mirella den Freunden.

»Nur *eine* Wache«, sagte Durak. Und die lag bereits niedergeschlagen am Boden. »Die sind wirklich nachlässig.« Er schnallte dem Mann den Gürtel mit dem Säbel ab.

»Passt auf, dass wir's nicht ebenfalls werden«, flüsterte Chadrik, während er den Gang im Blick behielt.

»Mäuschen?« Durak reichte Chadrik den Gürtel samt Säbel, den dieser ohne Diskussion umlegte. Die Stöcker ließ er zurück.

Ohne die Augen vom Flur abzuwenden, fragte Chadrik: »Sind auch Waffen für euch da?«

»Ich hoffe.« Duraks Finger tasteten den Kerl ab. »Ein Dolch.« Er legte ihn neben sich auf den Boden und suchte weiter. In den Stiefeln des Mannes fanden sich zwei kleine Messer. Letztere reichte er Mirella. Er stockte. »Deine Finger.«

»Wenn ich nicht wieder Knoten auffummeln muss, wird's schon gehen.«

Den Blick nach vorne gerichtet fragte Chadrik: »Was ist mit Mira?«

Durak übernahm das Antworten: »Blutige Finger.«

Nun sah Chadrik über die Schulter zu Mirella. »Nächstes Mal sagst du Bescheid.«

»Gut«, murrte sie. »Darf ich jetzt die Messer haben?«

Durak gab sie ihr. »Eignen die sich zum Werfen?«

Sie wog das Gewicht. »Schon, aber Chadrik hat mal gesagt, ich soll meine Waffen nicht wegwerfen.«

»Ohne Übung wirst du mit den mickrigen Dingern im Nahkampf sowieso nichts ausrichten.«

»Außerdem«, mischte sich Chadrik ein, »sollst du dich im Hintergrund halten. Wenn du mit Messerwerfen ein oder zwei Leute ausschalten kannst, tu das. Geht das mit deinen Fingern überhaupt?«

»Bestimmt.« Als Artistin hatte sie oft genug unter Schmerzen Kunststücke aufgeführt. Nur waren die Messer ziemlich dürftig. »Lasst mich ein paar Testwürfe machen.«

»Beeil dich.«

Während Durak sich den Dolch in den Gürtel klemmte und den Bewusstlosen ins vermoderte Loch zerrte, hielt Mirella die fremden Messer in der Hand und versuchte, sich an deren Eigenarten zu gewöhnen. Gut war, dass es identische Exemplare waren. Aber das war schon das einzig Positive. Sie waren zu klein und der Schwerpunkt lag nicht ganz mittig. Schaden konnte sie dennoch damit anrichten, nur leider nicht präzise und bloß auf geringe Entfernung. Sie fixierte eine Stelle in einem Stuhl, der in einer Ecke stand, und warf. Dann ein zweites Mal. Beide Male hatte sie etwas zu tief getroffen.

Ein neuer Versuch, der besser klappte, und zur Sicherheit ein weiterer.

»Fertig?«, drängte Chadrik.

»Ja. Allerdings kann ich damit nicht so exakt werfen, dass ich jemandem ein Auge aussteche.« Zumindest nicht mit Absicht. »Und das liegt an den Messern, nicht an meinen Fingern.«

»Aber das Gesicht triffst du?«, fragte Durak.

»Ja.«

»Ich schätze, das reicht, um uns die Idioten vom Leib zu halten.«

»Weiter«, entschied Chadrik. Vorsichtig folgte er dem Gang, Durak lief neben ihm, Mirella hinterher. Die fünf Holzstöcker im Gürtel drückten ihr bei jedem Schritt in den Bauch. Dennoch zog sie es vor, sie zu behalten, bis sie eine bessere Waffe hatte.

Sie gingen zur nächsten Tür, hinter welcher der Raum war, bei dem Mirella nicht sicher gewesen war, ob es ein Arbeits- oder Wohnraum war. Stimmengewirr drang durch das Holz.

Chadrik hob die linke Hand – das Zeichen, zu warten. Beide Männer wirkten konzentriert, während sie auf die Stimmen lauschten.

Mirella zwang sich ebenfalls, darauf zu hören, auch wenn sie keine einzelnen Wörter verstand. Aber vielleicht erfuhren sie so zumindest, wie viele Kerle hinter der Tür lauerten. Genauer gesagt, deren Mindestzahl. Es konnte schließlich sein, dass manch einer gar nichts von sich gab.

Nach einiger Zeit war Mirella überzeugt, dass es wenigstens vier Gegner sein mussten.

Dann machte Durak ein Zeichen, dass Mirella nicht kannte. Es sah aus, als rührte er die Luft durch, anschließend hob er vier Finger. Chadrik streckte alle Finger der rechten Hand in die Höhe. Erwartungsvoll blickten beide Männer zu Mirella.

Sie zuckte mit den Schultern.

Wie viele sind es?, formte Durak mit den Lippen, während er mit dem Daumen auf die Tür deutete.

Das bedeutete das Gerühre also. Mirella hob vier Finger, woraufhin Durak grinste. Vermutlich weil sie seine Einschätzung teilte.

Erneut begannen die Männer, sich rasch mit den Händen zu verständigen. Mirella zwang sich, dabei zuzusehen, in der Hoffnung zumindest ein wenig mitzubekommen. Chadrik wollte angreifen, Durak warten, soweit begriff Mirella die Zeichen. Sie wusste nicht, was besser wäre. Vom Gefühl her würde sie das Vorpreschen vorziehen, aber damit stürmten sie vielleicht ins Verderben. Allerdings hatte der Boss auch gesagt, dass er sich um neue Wachleute kümmern wollte. Womöglich tat er das bereits heute Nacht und dann wäre jede Minute des Wartens zu viel.

Plötzlich sagte jemand: »Ich hol ihn.« Derart laut, als stünde er direkt hinter der Tür.

Zeitgleich stoben Durak, Chadrik und Mirella an die Wand, die im Zweifel vom Türblatt verborgen wäre. Mit gezückten Waffen verharrten sie, doch nichts regte sich.

Durak hob eine Hand. *Warten.*

»Verstanden«, dröhnte die Stimme hinter der Tür, was Mirella gar nicht behagte. Womöglich nahm der Kerl gerade einen Befehl entgegen, was bedeutete, dass der Boss oder sein Bruder anwesend waren. Schlimmstenfalls beide.

Angespannt fixierte sie die Tür. Starrte so lange auf das unheilvolle Ding, dass der flackernde Feuerschein von der Fackel weiter hinten ihr Bewegungen vorgaukelte, wo keine waren. Sie klammerte sich an die winzigen Messer.

»Keine Angst«, flüsterte Durak ihr zu.

Sie nickte. Der erste Kerl machte ihr keine Sorgen. Nur jeder, der nach ihm kam. Je nachdem, wie schnell die Situation eskalierte, konnte das schon in Sekunden passieren.

Plötzlich bewegte sich das Türblatt und verdeckte sie alle. Schritte schlurften auf der anderen Seite von dem Holz an ihnen vorbei. Die Männer regten sich nicht, weshalb Mirella sich ebenfalls zum Stillhalten zwang.

Der Gegner passierte sie, ohne sie zu sehen. Die Tür ließ er einfach offen. Es war Durak, der der Tür einen vorsichtigen Tritt gab, sodass sie quälend langsam zuglitt.

Der andere spazierte weiter, schien sich nicht einmal zu wundern, was da hinter ihm geschah, während Durak behutsam die Hand nach dem Griff ausstreckte. Vermutlich dachte der Kerl, er hätte die Tür instinktiv zugeschlagen. Oder er dachte gar nichts. Plötzlich ein Klicken, als das Schloss einrastete.

Abrupt wandte der Kerl sich um, die Hand ging zum Säbel, da hatte Chadrik sich schon auf ihn gestürzt. Mit einem dumpfen Schlag fiel der andere zu Boden. Chadrik hielt ihn mit seinem Körpergewicht unten, umklammerte dessen Kampfhand und presste seinen Mund zu. Hoffentlich hatte der Aufprall niemanden angelockt.

Durak deutete energisch erst auf Mirella und anschließend auf den Kämpfer, während er selbst die Tür im Blick behielt.

Hastig huschte Mirella zu Chadrik, hockte sich hinter den Kopf des Fremden und drückte ihm ein Messer gegen die Kehle.

Ohne die Augen vom Gegner abzuwenden, flüsterte Chadrik: »Mira, sobald er laut wird, stichst du zu.«

»Mach ich.«

Chadrik taxierte den Mann unter sich auf eine Weise, die selbst Mirella Angst machte. »Ich nehm die Hand von deinem Mund, damit du meine Fragen beantwortest. Du redest nur im Flüsterton, kapiert?«

Der andere presste einen Ton hervor, der wie ein Ja klang.

»Wie viele Leute sind hinter der Tür?« Chadrik zog die Hand ein Stück zurück.

Schweigen.

Mirella achtete auf die Atmung des Kerls. Sobald er tief Luft holte, würde sie zustechen.

Er schrie nicht um Hilfe. Er sagte überhaupt nichts.

»Antworte«, knurrte Chadrik.

»Wozu? Du bringst mich doch sowieso um.«

»Ich bin nicht dein Boss.«

»Das heißt, ich kann leben?«

»Sprich!«, befahl Chadrik, ohne die Frage zu beantworten.

Der Mann kaute auf der Unterlippe. »Im Versammlungsraum sind fünf Männer«, gab er schließlich zu.

»Der Boss auch?«

»Nein. Der sucht die Frau.«

Mirella zwang sich, wachsam zu bleiben, wenngleich sie vor Erleichterung am liebsten irgendjemandem um den Hals gefallen wäre.

»Sein Bruder?«, fragte Chadrik.

»Der ist da.«

»Sind alle fünf bewaffnet?«

Der Kerl bejahte.

»Du gehst jetzt ins Rattenloch dahinten. Hände vom Körper, während du aufstehst. Mira, nimm das Messer ein Stück zurück.«

Sie entfernte die Klinge zwei Fingerbreit vom Hals und der Kerl erhob sich umständlich.

Eilig nahm Chadrik ihm den Säbel und ein weiteres Messer ab. »Komm mit, Mira«, wies Chadrik an und dirigierte den Fremden den Gang hinunter.

Mirella folgte ihnen, die Messer zwischen den Fingern, auch wenn sie sich momentan nicht trauen würde, sie auf den Gegner zu schleudern. Dafür waren die Dinger zu unpräzise und Chadrik zu nah.

Ohne Gegenwehr ließ der Fremde sich ins Rattenloch lotsen, da traf sein Blick den auf dem Boden Liegenden. Mirella hatte angenommen, Durak hätte den Kerl angekettet, doch das war nicht der Fall. Wenn der Fremde wirklich nur bewusstlos war, hätte Durak ihn nicht einfach liegen lassen.

Dasselbe schien der Neuankömmling auch zu denken, denn plötzlich ging ein Ruck durch seinen Körper. Seine Hand fuhr zum Säbel, der nicht mehr da war, als Chadrik ihm die Waffe in den Unterleib trieb.

Ein Gurgeln entwich dem Sterbenden, dann ein krächzender Laut. Es war, als wolle er etwas sagen, doch das Blut ertränkte seine Worte.

Reglos stand Chadrik über ihm. Ein weiteres Mal hieb er auf den Mann ein, woraufhin jedes Geräusch erstarb. Die Stille dröhnte. Selbst die Ratten waren verstummt, warteten geduldig, bis der Weg zu ihrem Futter frei wurde. Chadrik wischte den Säbel an der Kleidung des Mannes sauber und verließ den Raum.

»Hat Durak den anderen erledigt?«, erkundigte Mirella sich, als sie Chadrik folgte.

»Ja«, war alles, was Chadrik sagte. Er gab Mirella das Messer, das er dem Getöteten zuvor abgenommen hatte. Dann winkte er Durak dichter. »Was ist da los?«, fragte er mit einem Nicken zur Tür, während er dem Freund den erbeuteten Säbel gab.

Durak lächelte, als sei die Waffe ein Geschenk. »Nichts Besonderes.« Den Dolch reichte er an Mirella weiter. »Was hat der Kerl gesagt?«

Mirella entfernte sämtliche Holzstöcker aus ihrem Gürtel, nun da sie eine richtige Waffe hatte, und schob das dritte Messer sowie den Dolch hinein.

»Fünf Männer hinter der Tür«, antwortete Chadrik. »Darunter der Bruder. Der Boss sucht Alia.«

Erleichterung erhellte Duraks Gesicht. »Und jetzt? Wir drei gegen fünf Gegner ist ein bisschen waghalsig. So ganz ohne Fernwaffen.« Entschuldigend blickte er Mirella an. »Also ohne gescheite.«

Sie winkte ab. Die winzigen Messerchen verdienten die Bezeichnung ›Fernwaffen‹ ohnehin nicht. Da waren die Küchenmesser aus den Höhlen um Längen besser gewesen.

»Wenn wir hierbleiben, kommen die irgendwann«, gab Chadrik zu bedenken. »Und dann sind sie bestimmt vorsichtiger.«

»Vielleicht sind's bis dahin sogar mehr als fünf«, merkte Mirella an. Sie konnte nicht behaupten, dass sie Lust hatte, durch diese Tür zu stürmen, aber Abwarten verbesserte die Situation gewiss nicht. Und eine andere Möglichkeit sah sie leider nicht, denn in diesem Bereich gab es weder weitere Ausgänge noch Fenster, durch die sie entkommen könnten.

Durak hob eine Augenbraue. »Du willst dich mit deinen kleinen Messerchen in den Kampf stürzen, Feuerschopf?«

»Den Dolch hab ich doch auch.«

»Du weißt, was ich meine.«

Mirella presste die Lippen zusammen. »Das find ich jedenfalls besser, als hinter der Tür zu hocken, bis die gesamte Meute über uns herfällt. Oder dieser Idiot von einem Boss anfängt, uns zu foltern.«

Durak und Chadrik tauschten nachdenkliche Blicke aus.

Schließlich nickte Durak. »Wie ihr wollt. Ist eh beides scheiße. Irgendwelche Vorschläge, die uns nicht sofort umbringen?«

Mirella

Nachdem Durak und Chadrik in Windeseile eine Strategie abgestimmt hatten, mit der sie entweder entkamen oder den Boss so richtig in Rage versetzten, positionierten sie sich hinter der Tür.

Mirella umklammerte die kleinen Messer und zwang sich, ruhig zu atmen. Ihre Rolle verlangte nun mehr Einsatz, als es den Männern lieb war. Sie betete, dass sie die beiden nicht enttäuschte.

Durak, der bereits die Hand an der Klinke hatte, blickte zu ihnen zurück. *Los?*, formten seine Lippen.

Mirella nickte, Chadrik ebenfalls.

Blitzschnell riss Durak die Tür auf, er und Chadrik preschten hindurch. Die ersten zwei Gegner lagen schon am Boden, als Mirella hinter den Männern herjagte. Jemand zielte mit einer Armbrust, ein Messer sauste aus Mirellas Hand, traf den Kerl an der Wange. Er wandte sich schreiend ab.

Mirella rannte Durak und Chadrik nach, die einen Tisch umgeworfen hatten, um sich dahinter zu verschanzen, griff im

Sprung ein Ersatzmesser, ging bei den Freunden in Deckung. Ein Toter lag bei ihnen. Armbrust und Spannwippe hatte Durak ihm bereits entwendet, während Chadrik sich abmühte, an den Köcher mit den Bolzen, auf dem der Tote lag, zu gelangen.

Jemand näherte sich mit einem Säbel, erneut warf Mirella. Dieses Mal traf sie richtig. Mit der Klinge im Hals sackte der Kerl in sich zusammen.

»Ich hab nur noch ein Messer«, wisperte sie Chadrik zu, der neben ihr hockte.

»Moment.«

Ob die Kerle sich auch daran hielten? Vorsichtig lugte Mirella am Tisch vorbei. Drei Gegner konnte sie erkennen, die sich hinter Möbelstücken verbargen. Da begriff sie, dass es mehr als fünf Personen gewesen sein mussten. Immerhin hatten Durak und Chadrik mindestens drei von denen erwischt und sie einen. Womöglich waren ein paar Leute zufällig dazugestoßen. Oder sie hatten sich in die nächste Katastrophe manövriert. Und wo war überhaupt der Bruder? Der Typ würde während eines Kampfes bestimmt nicht irgendwo im Schrank hocken und den Mund halten. Bei Alias und Mirellas Rettungsversuch hatte er doch auch eingegriffen.

Da sagte Durak: »Na endlich.« Aus den Augenwinkeln sah sie ihn die Armbrust spannen. Also war zumindest einer von ihnen mit einer vernünftigen Fernkampfwaffe ausgestattet.

»Gibt's Messer für mich?«, fragte Mirella, da sie sich langsam ziemlich unwohl fühlte mit nur einem einzigen Exemplar.

»Zwei.« Chadrik legte die Messer neben Mirella auf den Boden. »Scheinen alles identische zu sein.«

»Besser wär's. Sonst treff ich gleich gar nicht mehr.« Sie schob eines in den Gürtel und nahm das andere in die freie Hand, ohne die Aufmerksamkeit von den Gegnern abzuwenden. *Nur drei Messer.* Mit einer äußerst unpräzisen Flugbahn. Hoffentlich bekamen sie bald zwei weitere Armbrüste. Andernfalls wusste Mirella nicht, wie das hier gut ausgehen sollte. Sie spähte kurz zu einem der Fenster und biss sich vor Enttäuschung auf die Lippen. »Die Fenster sind vergittert.«

»Jup, alle«, murmelte Durak. »War früher schon so.«

Nun hob auch Chadrik den Kopf aus dem Versteck. »Habt ihr den Bruder gesehen?«

Durak und Mirella verneinten.

»Vielleicht holt er den Boss«, entfuhr es ihm. »Durak?«

»Ich geb Feuerschutz. Lauft vor.«

Chadrik zog Mirella zurück hinter den Tisch und deutete auf einen wuchtigen Schrank, der kurz vor der Ausgangstür stand. »Auf ›los‹ rennst du dahin. Verstanden?«

»Ja.«

Mirella hielt sich bereit, fixierte den Schrank, wartete auf Chadriks Signal.

»Los!«

Sie preschte auf das Möbelstück zu, Bolzen zischten, jemand fluchte. Dann war sie in Deckung, Chadrik ebenfalls.

Chadrik versicherte sich kurz, dass es ihr gut ging, ehe er fortfuhr: »Jetzt musst du sie mit den Messern in Schach halten, damit Durak nachkommt.«

Mirella beherrschte sich, ihn darauf hinzuweisen, dass sie nur drei Messerchen hatte. Schließlich konnte Durak kaum bleiben, wo er war. Vorsichtig schob sich Mirella ein Stück aus dem Versteck. Weit genug, dass ein Bolzen direkt vor ihr einschlug, und sie zurückschreckte. Zumindest bedeutete das, dass sie die Aufmerksamkeit von einem Gegner hatte, der Durak dann in Ruhe ließ. Das war gut. *Vermutlich …*

»Bereit?«, fragte Chadrik hinter ihr.

Nein!, schrie ihr Innerstes. »Ja«, presste sie hervor.

»Drei, zwei, ...«

Mirella ignorierte ihr rasendes Herz und konzentrierte sich auf die Bewegung, die sie gleich vollführen würde.

»... eins.«

Ruckartig beugte sie sich vor, warf ein Messer, zuckte zurück als der nächste Bolzen in ihre Richtung raste. In dem Moment sprang Durak in Deckung.

»Weiter«, flüsterte Chadrik atemlos. »Ich zuerst, dann Mira, Durak sichert hinter uns.«

Sie liefen auf die rettende Tür zu. Chadriks Hand umschloss die Klinke, Mirella hielt sich bereit, notfalls die letzten beiden Messer zu werfen.

Abrupt riss Chadrik die Tür auf, doch dahinter war niemand, der sie beschoss. Nur Dunkelheit und der Gestank aus den Ställen. Mirella behagte es nicht, die Finsternis zu betreten, aber wenn sie eine Fackel aus dem Aufenthaltsraum mitnahmen, konnten sie sich auch gleich Zielscheiben auf die Köpfe malen.

»Geht!«, knurrte Durak. »Die Heinis hier sind Meister darin, in Deckung zu gehen, und ich verschwende Bolzen.«

Chadrik und Mirella liefen in die Dunkelheit. Hinter ihnen knallte Durak die Tür zu. Ein Geräusch erklang, als würde er abschließen.

»Wo hast du den Schlüssel her?«, fragte Chadrik.

»Hing neben der Tür. War leider nur der eine.« Plötzlich schabte etwas Schweres über den Boden. »Das ist ein Kaninchenstall, falls es jemanden interessiert. Und jetzt weg hier.«

»Mira, nimm unsere Hände«, sagte Chadrik. »Schnell.«

Rasch steckte Mirella beide Messer weg und tastete nach den Händen der Männer, dann stolperten sie durch die Dunkelheit.

In ihren Rücken krachte und polterte es. Sie stießen gegen Kaninchenkäfige und trampelten sich gegenseitig auf die Füße, aber zumindest beschoss sie niemand. Die blockierte Tür hielt die Kerle hinter ihnen davon ab, Hilfe zu holen oder ihnen nachzustellen.

Da der Boss und sein Bruder sich allerdings bereits irgendwo anders befanden, war das vielleicht auch gar nicht nötig, und unvergitterte Fenster gab es hier ebenfalls nirgends. Nur die vier Ausgänge, die insgesamt in diesem riesigen Gebäude existierten. »Die erwarten uns doch bestimmt an den Türen«, mutmaßte Mirella.

»Wenn sie gemerkt haben, dass wir ausgebüxt sind«, antwortete Durak.

Mirellas Herz zog sich zusammen. War ihr Bemühen, zu entkommen, von Anfang an zum Scheitern verurteilt gewesen?

Das war der Moment, in dem die Stimme sich mit einem gehässigen Lachen bemerkbar machte. *Versuch nur, wegzulaufen*, rief sie amüsiert. *Am Ende kriegen sie dich doch.*

Mirella ignorierte das Geschrei in ihrem Kopf.

Plötzlich blieb Chadrik so abrupt stehen, dass Mirella ihn anrempelte und Durak sie. Sie unterdrückte einen Schmerzenslaut, als sie zur Seite und gen Boden gezerrt wurde. Gesprächsfetzen erklangen, dann breitete sich ein Lichtschein auf den Fliesen vor ihr aus. Anfangs sanft wie ein Hirngespinst, bald jedoch deutlicher.

Sie löste die Hände von den Männern und tippte Chadrik, von dem sie nur die Umrisse erkannte, an. Natürlich wusste sie die benötigten Geheimzeichen nicht und sie wagte es auch nicht, zu reden. So deutete sie nach oben. Sie konnte nicht sagen, ob er sie verstanden hatte, doch er hielt sie nicht zurück, als sie sich zur Wand entfernte und einen Balken erklomm.

Das Licht, das zu ihnen floss, war schwach. Hoffentlich derart schwach, dass man nicht bemerkte, was sie tat. Oben angekommen verbarg sie sich hinter einem Balken und blickte nach vorne, wo die Stimmen lauter wurden und die Helligkeit zunahm. Personen waren bislang nicht in ihr Blickfeld getreten. Dann sah sie zu Durak und Chadrik, die sich ebenfalls getrennt hatten und nun auf beiden Seiten des Ganges hinter den Verschlägen kauerten.

Die Fremden kamen näher. Mirella versuchte, herauszuhören, ob der Boss oder sein Bruder darunter war. Sie konnte keinen der zwei erkennen. Erleichtert war sie trotzdem nicht, denn einerseits konnten der Boss und sein Bruder dennoch in ihre Richtung marschieren. Und selbst falls sie es nicht taten, würde man die Kerle auf der Stelle holen, sobald man sie schnappte.

Das Licht wurde heller, Mirellas Unruhe wuchs. Die ersten Gestalten kamen in ihr Blickfeld. Es waren drei. Der mittlere Mann trug eine flackernde Laterne, die anderen beiden hatten geladene Armbrüste. Weder der Boss noch sein Bruder waren unter ihnen. Vermutlich suchte das Dreiergespann nach Alia und glaubte, es lediglich mit einer Person aufnehmen zu müssen.

Ein kurzer Blick zu Durak und Chadrik, die still in ihren Verstecken hockten. Die Gegner rückten vor, als Durak plötzlich aufsprang, den ersten Bolzen abfeuerte und hastig in Deckung ging.

Ein Fremder sackte leblos zusammen, die anderen retteten sich hinter Käfige. Die Laterne, die sie fallen gelassen hatten, flackerte protestierend auf dem Boden. Im zuckenden Licht erspähte Mirella die zwei lebenden Gegner. Zu weit entfernt, als dass sie sie mit ihren Messerchen erreichen konnte.

Fieberhaft überlegte sie, wie sie den Freunden helfen konnte. Doch die beiden kümmerten sich schon selbst um ihre Rettung.

Den Säbel kampfbereit kroch Durak durch den Mittelgang auf das Versteck der Männer zu, während sich Chadrik irgendwie hinter den Käfigen entlangquetschte. Durak verharrte, kurz bevor er die Fremden erreichte, die ihn offenbar nicht bemerkten.

Plötzlich ein Pfiff und Durak stürzte ins Versteck, Chadrik zeitgleich von der anderen Seite. Innerhalb von Sekunden war der Kampf vorbei.

Als Durak und Chadrik sich unversehrt erhoben, stieß Mirella erleichtert die Luft aus.

»Jetzt haben wir endlich genug Armbrüste, Mäuschen«, freute sich Durak. »Und jede Menge Bolzen.«

Unvermittelt applaudierte jemand.

Mirella fuhr zusammen und schob sich hinter den Balken.

»Ich gratuliere«, rief die verhasste Stimme vom Boss aus der Finsternis. »Ihr zwei habt schon wieder meine Leute überwältigt. Aber sie waren auch schon wieder so dumm, euch zu unterschätzen. Und sogar hell erleuchtet.«

Rücklings gingen Durak und Chadrik weg von dem Kerl. Durak hielt seine Armbrust in Richtung der Stimme, während Chadrik mit der frisch erbeuteten Fernwaffe die andere Seite sicherte.

»Warum so eilig?«, fragte der Boss. »Ihr wollt doch nicht eure Freundin zum Sterben zurücklassen.«

Mirellas Magen zog sich zusammen. Hatte er sie entdeckt?

Abrupt verharrten Durak und Chadrik.

Ein Schatten trat dicht genug an den Lichtkreis der am Boden flackernden Laterne. Ein Schatten, der aus zwei Personen bestand: dem Boss und Alia, die er von hinten umklammerte und ihr einen Dolch an die Kehle drückte.

14

»Na?«, höhnte der Boss. »Bleibt ihr noch ein wenig?«

Sein Bruder und drei weitere Kerle kamen aus der Dunkelheit. Duraks Armbrust zielte unverändert auf den Boss. Er wagte es nicht, zu schießen. Genau wie Mirella zuvor, als Chadriks Leben auf dem Spiel gestanden hatte.

Der Boss schien die auf sich gerichtete Waffe inzwischen als störend zu empfinden. »Armbrust runter, Raham!«, knurrte er.

»Erst wenn *Ihr* sie gehen lasst«, entgegnete Durak tonlos.

»Werter Herr.«

Dem Boss entfuhr ein amüsierter Laut. »Du lernst also doch. Ich bin beeindruckt. Dennoch müsstest selbst du begriffen haben, dass du nicht in der Position bist, irgendwas zu fordern.« Er lachte ein kurzes hässliches Lachen. »Du und Saad legen die Waffen ab oder ich schneide eurer kleinen Freundin die Kehle durch. Ihr habt drei Sekunden. Eins.«

Durak und Chadrik rührten sich nicht und Mirella war zu weit entfernt, um eingreifen zu können.

»Zwei.«

Wenn sie dichter balancierte, könnte sie ... *Unmöglich.* Sie hätten sie entdeckt, bevor sie auch nur in deren Nähe käme.

»Drei.«

Zeitgleich ließen Durak und Chadrik die Waffen fallen. Als hätten sie sich abgesprochen. Schallend polterten erst die Armbrüste auf den Boden und dann die Säbel.

»So kooperativ gefallt ihr mir.« Das Messer nahm der Boss dennoch nicht von Alias Kehle. »Und nun verratet mir, wo eure andere Freundin ist. So fürsorglich, wie ihr beide seid, habt ihr die Kleine bestimmt nicht im Denkzimmer gelassen.«

»Wir haben uns getrennt«, log Durak. »Wer immer es rausschafft, holt die anderen.«

»Um meine Farm in Schutt und Asche zu legen, jaja ... Netter Versuch. Allerdings ... wo wollt ihr das getan haben? Zwischen dem Denkzimmer und diesem Raum gibt es keine Abzweigungen. Es sei denn, ihr habt meinen Schlüsselbund entwendet. Doch das habt ihr nicht.«

»Oh, da kennst du ...« Durak stockte. »... da kennt *Ihr* Eure Farm aber schlecht. Feuerschopf findet Wege, die sonst niemand findet.«

»Besonders haben es ihr die Dachbalken angetan, nicht wahr?«, säuselte der Boss, bevor seine Stimme in einen Befehlston umschlug: »Männer! Überprüft das!«

Verdammt, verdammt, verdammt. Mirella ergriff die erste Lösung, die ihr einfiel: Sie schleuderte eines der Messer in die Dunkelheit, weit weg vom Lichtkegel und den fünf Kerlen, denen sie entkommen mussten. Die Zweifel kamen, ehe die Klinge aufschlug. Die würden doch nicht so blöd sein, auf ein solches Ablenkungsmanöver hereinzufallen.

Aber eine bessere Alternative wusste sie auch jetzt nicht und die Männer rückten näher.

Das Licht nahm zu, die Schatten wurden schärfer. *Gleich ist es vorbei.*

Dann kam der Aufprall. Nicht so scheppernd, wie Mirella erwartet hätte, sondern dumpf. Womöglich war das Messer zwischen den Gitterstäben hindurch auf das stinkende Stroh gefallen. Oder es hatte ein Kaninchen getroffen, was Mirella seltsamerweise sogar leidtat. Die Biester waren doch sowieso nur für den Zweck gezüchtet worden, getötet zu werden. Und gut ging es ihnen in diesem Dreck auch nicht.

Dennoch veränderten die Schatten sich nicht.

»Nun geht!«, polterte der Boss. »Erzählt mir nicht, dass ihr das nicht gehört habt!«

Zu Mirellas Überraschung entfernte sich das Licht tatsächlich.

»Lasst die Laterne hier«, donnerte der Boss. »Die Kleine ist doch bestimmt bewaffnet und damit gebt ihr wunderbare Ziele ab.«

Das traf zwar auch auf den Boss selbst zu, aber so dicht, wie er das Messer an Alias Kehle drückte, wagte sowieso niemand, ihn mit Armbrustbolzen oder Messern zu attackieren.

Schritte entfernten sich, Mirella riskierte einen Blick aus ihrem Versteck. Nur der Boss und sein Bruder waren geblieben. Alia war noch immer in der Mangel vom Boss, allerdings hatte sich die Messerspitze ein wenig von ihrem Hals gelöst. Der Bruder hielt eine Armbrust in den Händen, blickte überwiegend zu Durak und Chadrik. Gelegentlich streiften seine Augen die Balken unter dem Dach und die Finsternis hinter ihm. Dennoch sah er Mirella nicht. Der Bereich, in dem sie stand, war zu dunkel. Sie fixierte den nächsten Balken, der sich näher an den beiden Kerlen und leider auch am Licht befand. Dort würde der Bruder sie bestimmt entdecken.

Unbehaglich verharrte sie, beobachtete. Die drei Männer waren noch auf dem Hinweg zu dem Ort, wo sie Mirella vermuteten. Und da sie keine Laterne hatten, dauerte es hoffentlich etwas länger, bis sie das einsame Messer fanden und ihre Schlüsse zogen.

Mirellas Aufmerksamkeit jagte zurück zum Boss und dessen Bruder. Sie zwang sich, zu beobachten, ehe sie unvorbereitet in die nächste Katastrophe stolperte, auch wenn ihr sowieso zu wenig Zeit für einen ausgetüftelten Plan blieb. Früher oder später würde man sie hier entdecken. Angestrengt versuchte sie, in dem Umherblicken des Bruders eine Regelmäßigkeit zu erkennen, aber wann der Kerl in welche Richtung guckte, folgte keinem Muster. Es war zum Verrücktwerden. Mittlerweile hatten die anderen bestimmt das Ablenkungsmanöver durchschaut oder waren zumindest kurz davor. Der Boss redete, Durak antwortete. Mirella hörte die Stimmen, ohne den Inhalt zu erfassen.

Sie würde so ihr Glück versuchen. Alles war besser, als sämtliche Gelegenheiten verstreichen zu lassen, um am Ende doch entdeckt zu werden. Sie holte tief Luft, umfasste das letzte Messer, als ihr plötzlich etwas auffiel: Die Reihenfolge der Richtungen, in die der Kerl blickte, folgte keinem Muster. Bei den Zeiten sah es allerdings anders aus: Zwei Sekunden, in denen er Durak und Chadrik fixierte, wechselten sich mit vier Sekunden Kontrolle einer Richtung ab.

Mirella tauschte das Messer gegen den Dolch, wartete bis zu dem Moment, in dem der Bruder einen von ihr abgewandten Bereich inspizierte, und huschte los. *Sechs.* Ein Blick zu den Kerlen in der Ferne. *Fünf.* Die Dunkelheit verschluckte die Männer. *Vier.* Mirellas Füße flogen über den Balken. *Drei.*

Alia, die den Kopf leicht nach oben geneigt hielt, entdeckte sie.

Zwei. Mirella war genau oberhalb vom Boss. Sie stierte auf seinen Arm, der das Messer umklammerte, betete, dass ihr Plan aufging und weder sie noch Alia aufgeschlitzt wurden. *Eins.*

Mirella trat in den Abgrund, bekam den Arm vom Boss zu fassen, zerrte ihn mit dem Schwung ihres Sprungs herunter. Alia entschlüpfte. Unverletzt, wie es schien. Jemand packte Mirella, sie hieb mit dem Dolch hinter sich. Ein Schrei, viele Schreie. Körper, die sie berührten. *Zu nah.* Sie stach um sich, wollte weg von der Enge, die sie erstickte. Plötzlich kam sie frei, rettete sich zwischen die Kaninchenkäfige, als sie erneut von kräftigen Armen zurückgezogen wurde. Sie strampelte sich los. Jemand rief etwas. Laut, dröhnend. Sie wirbelte herum, schwang blindlings den Dolch.

Jäh wurde ihr Handgelenk umklammert. »Feuerschopf, ich bin's.«

Durak. Es war nur Durak. Der Dolch fiel aus ihren Händen. Hallte in der plötzlichen Stille wie ein Donnern in der Nacht. Warum war es so leise? Lautlos wie im Leichenwagen. Panik kroch in Mirellas Eingeweide. »Die anderen?«, presste sie hervor und versuchte, an Durak vorbeizublicken.

»Alle wohlauf dank deiner Selbstmordaktion.« Er zog sie auf die Beine und zurück auf den Gang, wo Chadrik stoisch auf etwas auf dem Boden starrte: den Leichnam vom Boss. Eine riesige Blutlache breitete sich unter ihm aus, sein helles Hemd war rot gefärbt. Da sah Mirella den Dolch, den Chadrik umklammerte. Die dunklen Tropfen, die sich von der Spitze lösten. Das Blut an der Kleidung des Freundes. »Ist Chadrik wirklich unversehrt?«

»Ja«, murmelte Durak. Das Wort hing in der Luft, als wenn er selbst nicht sicher war. »Äußerlich.« Aber innerlich nicht. Wie niemand von ihnen. »Elsterchen?«, rief Durak.

Alia tauchte neben Mirella auf. Woher sie plötzlich kam, konnte Mirella nicht sagen. Die Freundin nahm Mirellas Hand und zog sie mit sich. Im flackernden Licht der Laterne blitzte etwas in ihrer anderen Hand auf. Das Messer vom Boss. Dieselbe Klinge, die vor Minuten an ihrer Kehle gewesen war.

Weitere Körper lagen reglos auf dem Boden; weitere Blutlachen, die Erinnerungen hervorzerrten.

Mirella drehte sich um, wo Chadriks Blick an den Leichnam geheftet war. Durak war bei ihm, redete auf ihn ein, aber Chadrik reagierte nicht.

»Alia, warte!« Sie mussten zusammenbleiben. Falls noch mehr Gegner kamen.

»Bis zur nächsten Tür«, drängte Alia. »Damit uns niemand von dort überrascht.«

»Und die andere Seite?«

»Das macht Durak.«

Hatte er nicht gerade mit Chadrik genug zu tun?

»Augen nach vorne, Mira. Ich brauch dich jetzt.«

Mirella zwang sich zur Konzentration. Zumindest aufpassen konnte sie. Das war aber auch schon alles. Der Dolch war nämlich fort. Sie hatte ihn fallen gelassen, erinnerte sie sich schuldbewusst. *Das Messer?* Ihre Hand ging ins Leere. Vermutlich war das winzige Ding im Gerangel verloren gegangen. »Ich bin unbewaffnet.«

»Gleich nicht mehr.«

Sie erreichten den Türrahmen, Alia drückte Mirella nacheinander sechs Messer in die Hand.

Vier davon steckte Mirella in den Gürtel, die letzten zwei umklammerte sie. Dann positionierten sie sich links und rechts vom Durchgang.

Hinter ihnen erklangen Schritte. Durak und Chadrik. Da sie die Laterne zurückgelassen hatten, waren ihre Gesichter von

Dunkelheit verborgen, aber zumindest bewegte sich Chadrik ziemlich zielstrebig.

»Im übernächsten Raum ist eine Tür ins Freie«, sagte Chadrik. Er klang seltsam beherrscht.

»Stimmt, ich erinner mich«, entgegnete Durak. »Dann nichts wie hin.«

Gemeinsam durchquerten sie die Dunkelheit. Erneut mit weggesteckten Waffen, während sie sich an den Händen hielten. Wieder bescherte Mirella der Gang blaue Flecken und platt getretene Füße, aber das war alles unbedeutend, solange ihnen niemand begegnete. So, wie Chadrik drauf war, wusste sie nicht, ob er einsatzbereit war. Sich selbst traute sie erst recht nicht.

Schließlich flüsterte Alia: »Wir sind im übernächsten Raum. Wohin jetzt?«

»Lass mich vor«, entgegnete Chadrik und eine Hand löste sich von Mirellas. Er klang gefasster.

Die nächste Männerhand schloss sich um Mirellas Finger. Durak. Mirella wandte sich nach hinten. »Geht's Chadrik besser?«, wisperte sie.

»Nein«, antwortete Durak genauso leise. »Er reißt sich zusammen.«

Etwas in seinem Tonfall sagte Mirella, dass das nicht nur auf Chadrik zutraf. »So wie du.«

Duraks Finger zuckten kaum merklich. »Und du«, gab er zurück. »Oder warum wolltest du mich abstechen?«

Sie presste die Lippen aufeinander. Offenbar war Alia momentan die Einzige mit klarem Kopf.

Abrupt stoppte die Freundin, Mirella lief ihr in die Hacken. Dieses Mal kam Durak rechtzeitig zum Stehen.

Ein Klappern erklang, wie von einem Schlüsselbund. Da fiel Mirella ein, dass der Boss ja Schlüssel besessen hatte, welche die anderen ihm bestimmt abgenommen hatten. Das Klappern zog sich, doch es ging nicht weiter.

»Brauchst du Hilfe, Mäuschen?«

»Nein«, schnappte Chadrik. »Du bist auch nicht schneller beim Schlüssel durchprobieren.«

Offenbar handelte es sich um einen ziemlich dicken Schlüsselbund, denn das Geklapper und Geklirre dauerte eine ganze Weile an.

Endlich schwang die Tür auf. Blasses Mondlicht floss in den Raum und Mirella konnte die anderen zumindest schemenhaft erkennen.

»Alia und Mira, ihr nehmt die Armbrüste«, wies Chadrik an.

»Was?«, entfuhr es Durak. »Wieso das denn?«

»Wir tragen Kaninchen, Durak.«

»Du hast sie ja nicht alle.« Dennoch drückte Durak Mirella seine Armbrust samt Spannwippe und Bolzen in die Hände und machte sich an einem der Käfige zu schaffen. »Ich hab drei Viecher.«

»Ich auch. Dann raus.«

»Ich hoff, du hast nicht vor, zurückzukommen, um die restlichen Biester zu holen.«

»Nein.«

Lautlos schlüpften sie ins Freie, Alia schloss die Tür hinter ihnen ab. Mirella hatte nicht mitbekommen, dass Chadrik ihr den Schlüssel gegeben hatte. Ihre Aufmerksamkeit war wirklich miserabel. So zwang sie ihren Blick in die Umgebung, doch wenn dort jemand war, hielt ihn die Nacht verborgen. Die Gegend erschien ihr fremd. »Wisst ihr, wo wir hinmüssen?«, flüsterte sie.

»Ich glaub, auf die andere Seite von der Farm«, sagte Chadrik.

»Schätze ich auch«, entgegnete Alia und übernahm die Führung. Die Männer folgten ihr und Mirella ihnen.

Glücklicherweise huschte Alia im Schatten einiger hoher Bäume zum gegenüberliegenden Gebäude und brachte etwas Abstand zu etwaigen Verfolgern. Das verlängerte zwar den Rückweg, aber niemand beschwerte sich. Gut möglich, dass die Bewaffneten von der Farm ihnen nichts mehr taten, nun da der Boss und sein Bruder tot waren. Dennoch hegte keiner von ihnen den Wunsch, das zu überprüfen.

Immer wieder blickte Mirella sich um. Das fahle Mondlicht, wankende Zweige und Palmwedel formten Schatten, die sie nervös machten. Permanent richtete sie die geladene Armbrust auf einen vermeintlichen Gegner, der sich als Trugbild entpuppte. Sie war froh, dass sie die Letzte in der Reihe war. So bekamen die anderen ihre Nervosität nicht mit.

Unvermittelt raunte Durak über die Schulter:»Versuchst du's nun mit der Armbrust, nachdem du mich mit dem Dolch nicht umgebracht hast?«

»Klappt vielleicht besser«, flüsterte sie.

Sein Schnauben klang fast ein wenig amüsiert.»Wir haben's gleich geschafft.«

Das hatte Mirella auch schon einmal gedacht und anschließend wären sie alle beinahe draufgegangen.

Lautlos umrundeten sie das Gebäude, bis Mirella den Weg erkannte, über den sie etliche Male gelaufen waren, als die Männer die Kaninchen transportiert hatten. Die Umgebung blieb ruhig. Sollte es ab jetzt etwa reibungslos verlaufen?

In der Dunkelheit des Schuppens stopften die Männer die letzten Kaninchen in die Käfige und eine Weile erklangen nur Geraschel und leise Schritte. Zu sehen war fast nichts.»Scheint alles da zu sein«, verkündete Durak. »Lasst uns den Scheiß zu Ende bringen.«

Chadrik sagte: »Wir können nicht den geplanten Rückweg nehmen.«

»Weil du dich vollgesaut hast? Wirf nen Umhang um, dann merkt das keiner.«

»Jemand von der Farm könnte die Wächter am Tor verständigt haben. Wir sind schließlich aufgeflogen.«

»Wenn der Kerl einige Wächter geschmiert hat ...«

»So, wie damals«, ergänzte Chadrik.

»Verdammter Bockmist«, entfuhr es Durak. »Sollen wir jetzt etwa die ganzen Käfige über die Mauer hieven und alle einzeln in die Höhlen schleppen?«

Missmutig fragte Chadrik: »Fällt jemandem was Besseres ein?«

Schweigen. Mirella war froh, dass niemand vorschlug, die Wächter am Tor zu töten. Einerseits weil unter denen vielleicht auch welche von den Guten waren, andererseits da ihr Bedarf an Kämpfen für heute gedeckt war.

Schließlich erkundigte Alia sich: »Wo wollen wir denn über die Mauer?«

»Auf jeden Fall dichter am Meer als vorhin«, gab Durak zurück. »Wir können ja schlecht zig Mal mit den Käfigen unterm Arm durch die Taifa spazieren.«

Chadrik sagte: »Wir kommen nicht dicht genug.«

»Warum nicht?«, fragte Mirella.

»Der Wald vor der Mauer wurde abgeholzt und dort patrouillieren Wächter. Die Stelle war zu beliebt bei Dieben. Das Dichteste, was mir einfällt, ist bei dieser Taverne. *Spelunke* oder wie die heißt.«

Nach einem Moment der Stille bestätigte Alia: »Das ist richtig.«

Schließlich schlug Mirella vor: »Können wir den Wagen nicht irgendwo verstecken? Und morgen kommt jemand und holt ihn?«

»Lieber nicht«, sagte Durak. »Mit den Kerlen von der Kaninchenfarm will sich keiner anlegen. Die Käfige müssen verschwinden. Heute Nacht.«

»Die beiden Anführer von der Farm sind doch tot.«

»Nur zwei. Der dritte Arsch war nicht da.«

Stimmt, es gibt noch einen. Nicht einmal diese Information von der Besprechung mit Rabe hatte sie sich gemerkt.

Wieder schwiegen sie.

Mirella betete, dass jemandem etwas einfiel. Dass all die Angst nicht umsonst gewesen war.

»Wir nehmen die andere Seite«, entschied Chadrik plötzlich.

»Der Obervogel hat aber –«

»Ist mir egal«, unterbrach Chadrik. »Wir können die Karnickel nicht hierlassen und auch nicht große Strecken durch die Taifa schleppen. Dahinten kommt uns niemand in die Quere. Rabe wird das verstehen.«

»Meinst du?«

»Ich hoff's.«

Erneut breitete sich unbehagliche Stille aus, die Mirella zögernd durchbrach: »Was meint ihr mit ›dahinten‹?«

»Die Äußere Mauer«, antwortete Chadrik. »Wir brauchen Seile.«

Geschäftige Geräusche erklangen, bis Mirella in der Finsternis Seile in einer Kiste ertastete. »Reichen drei?«

»Wie lang sind sie?«, fragte Chadrik.

Mirella gab ihm die Seile, was angesichts der Dunkelheit ein recht umständliches Unterfangen war.

Dann sagte Chadrik: »Kommt. Bevor's hell wird.«

Sie öffneten die Tür des Schuppens und führten den Ochsen hinaus. Es musste ein äußerst gutmütiges Tier sein, denn es machte gehorsam, was von ihm verlangt wurde. Nicht so wie das vermaledeite Kaninchen.

15

Mirella

Dunkel erstreckte sich die Mauer in die Höhe. Die Grenze, wo der nachtschwarze Himmel begann, war nur schwer auszumachen. »Ist es denn sicher, da rüberzuklettern?«, erkundigte sich Mirella.

»Sicherer als in der Farm allemal«, entgegnete Durak.

»Aber was ist mit den Waldgeistern?«, stellte sie die Frage, die schon die ganze Zeit in ihrem Hinterkopf nagte.

»So dicht an der Mauer waren noch nie welche. Und jetzt hoch mit dir, Feuerschopf.«

Vorsichtig machte sich Mirella an den Aufstieg. Von dieser Seite aus war die Mauer leicht zu erklimmen. Nicht einmal die blutigen Fingerspitzen behinderten sie nennenswert.

Oben wartete Alia bereits auf sie. »Du weißt, was du zu tun hast, Mira?«

»Die Käfige hochziehen und zu dir runterlassen.«

»Perfekt.« Jetzt klang sogar Alia, als würde sie lächeln. Dann war das hier vermutlich wirklich harmlos. »Vorher brauch ich deine Hilfe beim Abstieg.«

»Was soll ich machen?«

Alia gab ihr ein Seil, von dem sie sich ein Ende um die Hüften gebunden hatte.»Mich abseilen. Auf der anderen Seite kann man nicht klettern. Das ist zu glatt. Lass das Seil zu den Männern runter. Du allein kriegst mich bestimmt nicht gehalten.«

Mirella klemmte ihre Beine links und rechts gegen die Mauer, auf der sie saß.»Wie kommt denn der Letzte nach unten?«, erkundigte sie sich, während sie das Seilende zu den Männern hinabließ. Zum Springen sah das zu hoch aus und befestigen konnte man auch nirgends etwas.

»Wir haben ne Leiter versteckt.«

»Echt? Das hier war doch gar nicht geplant.«

»Die Leiter ist immer da. Kann's losgehen?«

»Haltet ihr fest, Männer?«, fragte Mirella ein wenig lauter. Sie wagte es nicht, zu schreien.

»Jup«, rief Durak, der offenbar kein Problem mit der Lautstärke hatte.

Mit beiden Händen umfasste Mirella das Seil. Dann begab sich die Freundin in die Tiefe. Das Gewicht nahm zu, der Strick spannte sich schmerzhaft zwischen Mirellas Handinnenflächen. Sie ertrug es stumm, konzentrierte sich darauf, ordentlich festzuhalten. Als es schließlich überstanden war, stieß sie erleichtert die Luft aus.»Alia ist unten«, teilte sie den Männern mit, woraufhin Chadrik begann, einen Käfig festzuknoten.

»Fang an, Feuerschopf!«, rief Durak. Wieder einmal viel zu laut nach Mirellas Geschmack.

Sie zog den Käfig hoch. Leicht war das Ding nicht, aber es war machbar. Als das Exemplar endlich bei ihr war, schob sie es vorsichtig über die Kante, darauf bedacht, das Seil kurz zu halten, um zu verhindern, dass die Kaninchen in den Tod stürzten. Die sollten schließlich lebendig bleiben.

Chadrik kam auch auf der Mauer an und zog seinerseits einen Käfig hinauf.

Mirellas Kaninchen waren inzwischen bei Alia. Die Freundin löste schnell das Seil, damit Mirella es hochziehen und zu Durak runterlassen konnte. Der Freund befestigte den nächsten Käfig und die Prozedur begann von Neuem. Achtzehn Käfige gab es insgesamt, da zwei Exemplare in der Farm geblieben waren, als Durak und Chadrik geschnappt worden waren. Eine Menge Arbeit also. Besser, sie schafften das, bevor die Dämmerung einsetzte. Hier oben auf der Mauer gaben sie nämlich wunderbare Ziele ab.

Irgendwann waren auf Duraks Seite nur mehr zwei Käfige.

»Geh zu Alia«, sagte Chadrik zu Mirella. »Und holt die Leiter.«

Mirella ließ sich von den Männern abseilen. Erst als sie unten ankam, merkte sie, wie heftig ihr Hintern und ihre Unterschenkel schmerzten von dem vielen Sitzen und Beine um die Mauer zwängen, damit weder sie noch die Käfige abstürzten.

Doch Alia gönnte ihr nicht einmal einen Moment des Streckens. »Schnapp dir nen Käfig und folg mir.«

Mirella gehorchte und stapfte der Freundin über den unebenen Boden hinterher. Ihr Weg führte sie ein Stück an der Mauer entlang, bis vor ihnen das Rauschen des Meeres ertönte. Dann begaben sie sich in den Wald. So dicht an der Klippe standen die Bäume glücklicherweise nur vereinzelt und waren recht klein, sonst hätte Mirella Alia bestimmt aus den Augen verloren. Sie liefen und liefen und entfernten sich dabei immer mehr von der Mauer. Angesichts der Tatsache, wie lange sie schon in die falsche Richtung unterwegs waren, wurde Mirella unbehaglich. »Wann sind wir da?«

»Ein bisschen ist's noch.«

Bald führte ihr Weg sie zum Meer, wo sie auf einem steilen Weg in die Tiefe gingen. Unten angekommen war der Untergrund von Steinen übersät, die das Vorankommen erschwerten. Gischt spritzte zu ihnen, die Wellen grollten. So nah war Mirella dem Meer nie zuvor gewesen.

»Bleib lieber weiter weg vom Wasser«, rief Alia über die Schulter. »Manchmal krachen Wellen hier rüber.«

Sicherheitshalber brachte Mirella etwas Abstand zwischen sich und die schwarze Fläche, auf der es im Sternenlicht vereinzelt hell aufblitzte.

Der Weg über die losen Steine war beschwerlich. Ständig rutschte ein Fuß weg oder knickte ab. Da hatte Mirella die Sadisten aus der Kaninchenfarm überlebt und brach sich am Ende ein Bein am Felsenstrand. Und noch immer entfernten sie sich von der Taifa, in die sie doch eigentlich zurückkehren mussten.

Es dauerte eine ganze Weile, bis Alia schließlich abrupt die Richtung änderte, auf die Felsen zuhielt und sich in die Dunkelheit drückte. »Jetzt sind wir da.«

Mirella folgte der Freundin in die undurchdringliche Schwärze. Permanent stieß sie sich in der Finsternis und ratschte sich an den scharfkantigen Felsen. Hatte Alia nicht gerade verkündet, dass sie da waren? Plötzlich rempelte sie mit dem Käfig gegen die Freundin.

»Warte kurz. Ich muss erst das Schloss knacken.«

»Was für ein Schloss?«

»Denkst du, Rabe würde einen Tunnel zu den Höhlen unversperrt lassen?«

»Habt ihr keinen Schlüssel?«

»Heute nicht. Es war ja nicht geplant, dass wir herkommen.« Einen Moment war Alia still, bis sie freudig verkündete: »Es ist offen.« Ein protestierendes Quietschen erklang. »Zwölf Schritte geradeaus, scharf links und noch mal so um die zwanzig Schritte. Da kannst du den Käfig lassen. Ich hol gleich die Leiter und wir treffen uns draußen.«

Mirella tappte in die Dunkelheit. Sie war nicht einmal um die Ecke gebogen, da hörte sie bereits, wie Alia ihren Käfig abstellte und anschließend etwas über den Boden schrammte. Irgendwie dauerte das alles ganz schön lange. Hoffentlich waren die Männer nicht zwischenzeitlich in Schwierigkeiten geraten.

Auf dem Rückweg gingen sie hintereinander mit der Leiter unter dem Arm. Das Ding war ziemlich schwer. Sehr viel schwerer als der Käfig. Und dass Alia ein beachtliches Tempo vorlegte, machte es umso anstrengender.

Endlich erreichten sie die Stelle mit den Käfigen. Durak und Chadrik drückten sich flach auf die Mauer. Dennoch zeichneten sie sich deutlich vor dem heller werdenden Himmel ab. Eilig lehnten Alia und Mirella die Leiter an die Mauer und die Männer kletterten herab.

»Mäuschen und ich nehmen die Leiter, ihr die Käfige.«

Da beschwerte sich Mirella nicht. Nach einer Weile des stummen Laufens fragte sie Durak: »Was habt ihr mit dem Ochsenkarren gemacht?«

»Hab das Tier weggetrieben.«

Abermals führte ihr Weg sie etliche Male hin und her. Doch jetzt bestand zum Glück nicht die Gefahr, dass ihnen die Männer von der Kaninchenfarm in die Quere kamen. Allerdings war es gut möglich, dass ein Wächter das Gebiet vor der Mauer kontrollierte und sie mitsamt den restlichen Käfigen erspähte. Mit jedem Zurückkehren an die Mauer war es heller, die Wahrscheinlichkeit, entdeckt zu werden, größer.

»Vielleicht sollten wir Hilfe holen«, schlug Mirella vor. Ein paar zusätzliche Hände waren sicher nicht verkehrt.

»Geht nicht«, schnaufte Durak, der sich mit zwei Käfigen gleichzeitig abmühte. »Oben ist die Tür mit einem Vorhängeschloss gesichert, sodass da selbst das Elsterchen nicht reinkommt.« Jetzt erinnerte sich Mirella an die geheimnisvolle Tür. »Ich würd nicht drauf wetten, dass wir da um diese Zeit mit Geschrei so schnell jemanden auf uns aufmerksam machen.«

Endlich nahmen sie die letzten Käfige. Die Erleichterung war grenzenlos.

Als sie dieses Mal an den steinernen Strand zurückkehrten, war es so hell, dass die kargen Inseln in der Ferne als solche zu erkennen waren. Wild und tosend klatschten die Wellen gegen die Felsen, Seevögel kreischten und stießen mit waghalsigen Manövern hinab ins Meer.

Chadrik schrubbte sich in einer Pfütze das Blut von den Händen. Bald darauf wurden sie vom finsteren Eingang der Höhlen verschluckt und zogen das eiserne Tor hinter sich zu. Nun ging es durch den stockdunklen Tunnel die Treppen hinauf. Mirella wusste nicht, wie oft sie stolperte oder mit dem Käfig irgendwo gegen stieß.

»Normalerweise nehmen wir drinnen Fackeln«, sagte Alia und es klang wie eine Entschuldigung. »Aber ... nun ja.«

»Es war nicht geplant. Schon klar«, gab Mirella zurück und lief abermals gegen ein Hindernis. Ein Schmerzenslaut drang über ihre Lippen und sie biss die Zähne zusammen.

»Am besten, Feuerschopf übernimmt gleich die Aufgabe, auf uns aufmerksam zu machen. Nicht, dass sie noch die Käfige runterschmeißt und unsere wertvolle Fracht umbringt.«

»Das heißt? Ich soll an der Tür oben stehen und rumbrüllen?«

»Genau.«

»Gut, das krieg ich hin.«

Wie sich später herausstellte, war dies eine äußerst langwierige Angelegenheit. Mirella klopfte und rief über die gesamte Zeit, welche die anderen benötigten, um die restlichen Käfige nach oben zu schaffen. Und das war ziemlich lange. So lange, dass ihre Stimme heiser geworden war.

Zu ihrer Erleichterung löste Durak sie ab. Erschöpft sank Mirella an einer Wand auf den Boden. »Wenn nicht bald jemand kommt, schlaf ich hier ein«, krächzte sie.

»Ich auch«, flüsterte Alia.

Als hätte man die Beschwerden gehört, antwortete in diesem Augenblick ein Mann von der anderen Seite der Tür: »Durak? Bist du das?«

»Jup. Die anderen sind ebenfalls hier. Alle unverletzt. Kannst du den Ober...« Er unterbrach sich. »Kannst du Rabe holen?«

»Mach ich«, versprach der Mann.

Bald darauf erklang das Schließen eines Schlüssels und endlich öffnete sich die Holztür. Licht strahlte in den Tunnel, Mirella blinzelte.

Im Türrahmen ragte Rabes Silhouette auf. Für einen Moment war er still. »Sind wirklich alle unverletzt?«

»Jup«, sagte Durak.

»Aber es gab Probleme?«

»Ein paar.« Das war die Untertreibung der Woche.

»Ist das Tor unten verschlossen?«, fragte Rabe dann.

»Ist es«, entgegnete Alia, was Mirella überraschte. Ihr war nicht bewusst gewesen, dass man Schlösser nicht nur ohne Schlüssel öffnen, sondern sogar verschließen konnte.

Rabe gab an jemanden neben sich die Anweisung, einen Mann zu holen, von dem Mirella wusste, dass er einer der Kaninchenpfleger war. Anschließend richtete er sich erneut an sie: »Ihr kommt mit in mein Zimmer.«

Schwerfällig erhob sich Mirella und zog Alia auf die Beine. Sie folgten den Männern durch die Gänge.

Mirella war in einem seltsamen Zustand. Einerseits tat ihr alles weh, andererseits war sie so erschöpft, dass sie ihren Körper nicht richtig spürte. Fast als schwebte sie zu Rabes Kammer, während zeitgleich Nadeln diverse Stellen zerstachen. Als sie zu schwungvoll auf einen von Rabes Stühlen sackte, ließ allein die Erschütterung sie vor Schmerzen das Gesicht verziehen. Hastig verbarg sie die Emotionen, aber Rabe musterte sie bereits.

Er füllte fünf Becher mit Wasser.

Mirella begann aus Verlegenheit zu trinken, leerte dann jedoch den gesamten Inhalt. Sie hatte gar nicht bemerkt, wie durstig sie gewesen war.

Rabe schenkte jedem nach. Offenbar war Mirella nicht die Einzige gewesen, die halb verdurstet gewesen war. »Also«, sagte Rabe schließlich. »Wer will berichten?«

Mit knappen Worten schilderte Chadrik, was geschehen war.

Rabe hörte sich alles geduldig an, hakte nur gelegentlich nach.

Erst jetzt sah Mirella seine tiefen Augenringe. Er hatte zwar ständig welche, aber gerade waren sie besonders ausgeprägt. Als hätte er die ganze Nacht kein Auge zugemacht.

Dann kam Chadrik zu der Situation, wo er entschieden hatte, den Weg durch den Tunnel zu nehmen. Er sprach immer stockender, zögerte schließlich.

»Was ist los?«, fragte Rabe.

»Nimmst du's mir übel, dass ich den Weg vorgeschlagen hab?« Er redete leise. Wie ein Kind, das seinen Vater um Vergebung bat, nachdem es eine Dummheit begangen hatte.

Rabe ließ Chadrik einen Moment zappeln, bevor er den Kopf schüttelte. »Ich hätte Mirella ohnehin bald von dem Durchgang erzählt. Und selbst wenn nicht: Es war die beste Möglichkeit, euch sicher nach Hause zu bringen.«

Chadrik stieß die Luft aus. Dann fuhr er mit dem Rest des Berichts fort.

Als er fertig war, sah Rabe sie nacheinander an, Mirella eine Spur länger als ihre Begleiter. »Gut gemacht. Ihr alle. Ruht euch aus. Morgen könnt ihr euch freinehmen.«

»Mäuschen oder ich müssten aber bei der Greifenfütterung dabei sein.«

»Ich hab kein Arbeitsverbot erteilt. Nur die Erlaubnis, nichts zu tun. Ihr dürft nun gehen.«

Stühle schabten, die Freunde hielten auf die Tür zu, als Rabe plötzlich Mirella zurückrief.

Sie verharrte in der Bewegung, als hätte er sie festgehalten.

Alias sorgenvolle Augen richteten sich auf sie. »Sollen wir draußen warten?«, flüsterte sie.

»Nicht nötig. Mittlerweile verlauf ich mich nicht mehr.« Das war zwar nicht der Grund für Alias Frage gewesen, aber Mirella war sicher, dass Rabe Alias Äußerung gehört hatte, und sie wollte nicht, dass er sie falsch interpretierte. Oder eher richtig. Mit durchgestrecktem Rücken wandte sie sich um. »Was gibt es denn?« Ihre Stimme kratzte.

Hinter ihr klappte die Tür zu, die anderen waren fort. Sie war alleine mit Rabe. Wieder einmal.

Nervös plapperte sie los: »Über die Alcazaba will ich dir grad wirklich nichts erzählen.«

Seine Mundwinkel bogen sich ein wenig nach oben. »Das hätt mich auch gewundert. Ich wollte nur ...« Er hatte sich ebenfalls erhoben, klammerte sich an seiner Stuhllehne fest, blickte auf seine Hände und anschließend zu Mirella. »Wie geht es dir?«

»Wie bitte?« Mit einer solchen Frage hatte sie nicht gerechnet. Eher mit einer Belehrung, dass sie niemals unerlaubt den Tunnel betreten durfte. Den Tunnel, von dem er ihr noch nicht hatte berichten wollen. Weil sie offenbar gut genug für eine lebensgefährliche Aufgabe war, aber nicht für sein Vertrauen.

Er hob eine Augenbraue. »Das war dein erster Auftrag und dabei ist ungewöhnlich viel missglückt. Ist es so verwunderlich, dass ich da wissen möchte, wie es dir geht?«

So betrachtet war es das nicht. »Nein«, murmelte sie, wenig überzeugend. Sie sollte endlich antworten. »In ein paar Tagen bin ich wieder einsatzbereit.«

»Das war nicht meine Frage.« Seine Finger lösten sich von der Lehne, doch gleich darauf klammerte er sich erneut an das Holz. »Ich wollte wissen, wie du dich fühlst. Du musst ziemliche Ängste ausgestanden haben.«

»Hab ich«, gab sie zu. »Allerdings sind wir heil da rausgekommen und das ist alles, was zählt. Momentan fühl ich mich eigentlich nur erschöpft.«

»Verständlich.«

»Und ich will den Gestank loswerden.«

»Auch verständlich.«

»Sag bloß, du riechst das sogar dahinten?«

»Ich fürchte, ja.« Er lächelte müde. »Aber ob das nun von dir kommt oder bereits der ganze Raum so stinkt, weiß ich natürlich nicht.«

»Tschuldige.«

»Schon gut. Ich hab dich schließlich in den Mief geschickt. Von mir aus kannst du jetzt gehen.«

Mirella murmelte einen Dank, doch bevor sie sich umwandte, sagte Rabe: »Und meld dich, wenn du morgen ... oder eher heute bei Tageslicht nach draußen willst.«

Hatte er ihnen nicht eben noch freigegeben? »Ich weiß nicht, ob ich so schnell für einen neuen Auftrag bereit bin.«

»Kein Auftrag. Nur ein Ausflug an den Felsenstrand.« Auf ihren verwirrten Gesichtsausdruck ergänzte er: »Durch den Tunnel, den du heut kennengelernt hast.«

»Das ist möglich?«

»Zu viel Dunkelheit macht krank. Daher dürfen alle gelegentlich ans Tageslicht. Selbst ohne Auftrag.«

»Ist das nicht gefährlich?«

»Wegen der Waldgeister?«

»Durak sagte, dass die nicht so dicht an der Taifa sind.« Auch wenn Mirella nicht überzeugt war, dass das bedeutete, dass sie sicher vor jenen Wesen waren. »Ich meinte eher, dass uns ein Wächter entdeckt.«

»Der Tunnel endet ein großes Stück außerhalb von Al-Lucant, sodass uns andere für Verstoßene halten würden.«

Mirella erschien das Ganze zwar trotzdem riskant, aber Rabe würde schon wissen, was er tat. Er war schließlich sehr auf die Sicherheit des Verstecks bedacht. »Gut, ich komm dann zu dir, wenn ich ausgeschlafen hab.« Ihr Blick verfing sich mit Rabes. Sie merkte, dass sie ihn wieder anstarrte. Abrupt wandte sie sich ab. »Solltest du auch tun. Noch mal schlafen, meine ich. Du siehst selbst für deine Verhältnisse müde aus.«

Ohne darauf einzugehen, sagte er: »Gute Nacht, Mira. Und meld dich, sobald du nach draußen willst.«

Sie schlüpfte auf den Gang. Erst als sie die Tür hinter sich zuzog, fiel ihr auf, dass er sie mit ihrem Spitznamen angesprochen hatte. Obwohl sie ihm damals ausdrücklich gesagt hatte, dass sie das nicht wollte. Seltsamerweise ärgerte sie sein Verhalten nicht. Ob das an der Vorfreude auf das Tageslicht lag?

Nein. Die Aussicht auf ein wenig Sonne hätte ihr Herz nicht so zum Rasen gebracht.

16

Yerad

Yerad wusste nicht, zum wievielten Mal er sich auf die andere Seite wälzte. Wenn er raten müsste, würde er sagen, dass er diese Nacht zwei bis drei Stunden geschlafen hatte. Die Sorgen um Alia, Chadrik und Durak ließen ihm keine Ruhe.

Er brachte sich in eine sitzende Position und rieb den pochenden Schädel.

Hoffentlich waren die anderen bald zurück. Die Warterei machte ihn wahnsinnig.

Eine Weile saß er stumm da und starrte in die Dunkelheit. Von der Greifin erklangen regelmäßige Atemgeräusche. Vielleicht sollte er in seine Kammer gehen und in dem Greifenbuch lesen. Er war so müde, dass es mehrere Minuten dauerte, bis er sich überwinden konnte, sich zu erheben.

Kaum hatte er die Tür geöffnet, drang Stimmengewirr zu ihm. Er musste zweimal blinzeln, ehe er begriff, wer da stand. *Sie leben!* Alia, Chadrik, Durak. Sie waren alle da und hatten sich so um Yerads Aufpasser positioniert, dass er nicht einmal erkannte, wer ihm zugeteilt worden war. Niemand hatte Yerads

Auftauchen bemerkt. Sollte er es auf eine Flucht anlegen, wäre jetzt *die* Gelegenheit.

»Er hat aber gesagt –«, ereiferte sich Alia, als Yerad ihr auf die Schulter tippte.

Sie fuhr herum, ein Messer in der Hand. Dann weiteten sich ihre Augen. Die Klinge entglitt ihren Fingern und fiel scheppernd zu Boden. Noch ehe Yerad wusste, wie ihm geschah, hatte sie die Arme um ihn geschlungen.

Unbeholfen schloss er die Hände um sie, genoss die Wärme ihres schmalen Körpers, wenngleich der Geruch, der ihr anhaftete, ihn beinahe zum Würgen brachte. »Geht es euch allen gut?«

Momente verstrichen, ehe Durak müde antwortete: »Keiner wurde ernsthaft verletzt.« Dass er nicht mit einem zwanglosen Jup reagierte, sagte mehr als deutlich, dass es niemandem gut ging.

Dennoch beließ es Yerad dabei. Vor dem Fremden, der ihn bewachte, bohrte er gewiss nicht weiter. Es war schon dumm genug, Alia zu umarmen. Aber damit hatte sie ihn überrumpelt und nun war es ohnehin zu spät, sie abzuweisen.

Als hätte Alia sich ebenfalls erinnert, dass sie nicht allein waren, ließ sie Yerad abrupt los. »Tut mir leid. Jetzt müffelst du genauso wie ich.«

»Ich hab den Greifenmief überlebt, da wird mich das nicht umbringen.«

Damit entlockte er ihr zumindest ein vages Lächeln. Sie klaubte ihr Messer vom Boden auf.

Der Aufpasser räusperte sich. »Versteh ich das richtig und ihr passt nun auf euren *Freund* auf?« Er sprach das Wort ›Freund‹ mit einer gewissen Abscheu aus. »Dann muss ich ja nicht länger hierbleiben.«

»Du kannst gehen«, antwortete Chadrik, ohne auf die Stichelei einzugehen. »Aber besorg mir ne Wachablöse zu zehn Uhr.«

»Gut«, sagte der andere und zog ab.

Durak warf einen skeptischen Blick zu Chadrik. »Bist du sicher, dass du das durchhältst, Mäuschen?«

Der Angesprochene nickte. »Ich kann eh nicht schlafen. Bleibt ihr noch kurz hier?« Auf Duraks Bestätigung machte auch er sich davon.

Nun, da Yerad ihm nachblickte, fiel ihm auf, wie seltsam Chadriks Kleidung aussah. Fleckig irgendwie. »Ist Chadrik nass geworden?«, fragte er.

»Gewissermaßen«, entgegnete Durak gedehnt.

»Wie kann man denn gewissermaßen nass werden?« Entweder man wurde es oder man wurde es nicht.

»Das ist kein Wasser, sondern Blut«, erklärte Durak. »Getrocknet und auf dunkler Kleidung sieht das so aus.«

»Blut? Du hast doch gesagt, dass ihr –«

»Nicht seins«, fiel Durak ihm ins Wort.

»Ach so«, murmelte Yerad und setzte sich auf die Bank. Wenn er ehrlich war, wollte er gar nicht wissen, wie derart viel Blut an Chadriks Kleidung gekommen war.

Alia nahm neben ihm Platz. »Warum schläfst *du* eigentlich nicht?«

»Ich habe mir Sorgen gemacht.«

»Um deine Entführer?«, fragte Durak, der sich auf Yerads anderer Seite niederließ.

»Um diejenigen, die mich wie einen Menschen behandeln und nicht wie Luft.«

»Sind die etwa alle so schlimm?«, hakte Alia nach und deutete in die Richtung, in die der Fremde vorhin verschwunden war. »Ich dachte, dein Aufpasser neulich war ein Einzelfall.«

»Die Einzelfälle seid eher ihr.«

»Oh.«

»Ihr seid ja zurück.« Yerad hätte nicht gewusst, was er sonst getan hätte. Wahrscheinlich einen waghalsigen Fluchtversuch unternommen, aber das behielt er lieber für sich.

»Jup«, meinte Durak. »Und ich glaub nicht, dass wir die nächsten Tage auf nen Auftrag geschickt werden.«

»Das heißt, ihr habt viel Zeit, um auf mich aufzupassen.« Durak stieß ein Schnauben aus, das an Belustigung erinnerte. Dann sagten sie eine Weile gar nichts. Vermutlich da ein jeder von ihnen mit seiner Müdigkeit kämpfte. Yerad freute sich schon auf die Fütterung. Wenn die Greifin heute versuchte, ihn zu beißen, wäre er definitiv nicht in der Lage, schnell genug auszuweichen. Während er seinen Gedanken nachhing, griff Alia nach seiner Hand. Er hoffte inständig, dass sie keinen Ärger bekam, nun, da der andere Aufpasser dem Rebellenanführer von der Umarmung berichtete.

»Mäuschen ist zurück.« Geräuschvoll streckte Durak den Rücken. »Willst du zuerst in die Badehöhle, Elsterchen, oder ist deine Hand jetzt an der von der Prinzessin festgeklebt?«

»Lass mich vor«, murmelte Alia und löste ihre Finger von Yerads. »Ich bin todmüde«, flüsterte sie ihm entschuldigend zu, ehe sie davonschlurfte.

Zweifelnd blickte Durak ihr nach. »Bei dem Tempo bin ich ja fertig mit Baden, wenn sie da ankommt.« Trotzdem blieb er sitzen.

Chadrik ließ sich auf den frei gewordenen Platz fallen. Er hatte sich umgezogen und ein frischer Geruch umhüllte ihn, was den Gestank von Durak umso unerträglicher machte.

Allerdings war es vor allem Sorge, die Yerad Übelkeit verursachte. Schließlich hielt er es nicht länger aus. »Meint ihr, Alia bekommt Ärger mit Rabe, weil sie mich umarmt hat?«

»Schwer zu sagen«, murmelte Durak. »Gestern hätt ich sofort bejaht. Aber Mäuschen sieht das anders.«

Yerad runzelte die Stirn. »Warum sollte Rabe das in Ordnung finden?«

Ein kleines Lächeln hob Chadriks Mundwinkel. »Weil du dann einen Grund mehr hast, freiwillig hierzubleiben.«

Bislang hatte Yerad nicht den Eindruck gehabt, dass es Rabe sonderlich interessierte, ob Yerad in den Höhlen bleiben *wollte*. Andererseits wäre es gewiss äußerst praktisch, wenn der Gefangene definitiv keinen Fluchtversuch unternahm. Vor allem, sobald ebendieser Gefangene wirklich auf der Greifin flog. »Freiwillig also«, murmelte Yerad und ertappte sich dabei, zu hoffen, dass Chadrik recht hatte.

Mirella

»Ich hab nen Fehler gemacht«, flüsterte Alia in die Dunkelheit.

Mirella unterdrückte ein Seufzen. Sie war kurz davor gewesen, einzuschlafen. Nachdem sie viel zu lange gegen die Erinnerungen der heutigen Nacht angekämpft hatte: Die Schläge, die Durak und Chadrik eingesteckt hatten. Der missglückte Rettungsversuch. Die Angst, mit den Männern im rattenverseuchten Loch sterben zu müssen. Und schließlich die Klinge an Alias Kehle, Mirellas Sprung.

Sie hatten einige Fehler gemacht, aber sie hatten überlebt und Rabes Auftrag zumindest gut genug ausgeführt. »Wovon redest du?«, fragte Mirella, weil ihr irgendetwas sagte, dass Alia sich gerade nicht über das nächtliche Desaster den Kopf zerbrach.

»Ich hab Yerad umarmt«, platzte es aus der Freundin heraus. »Und Dakhil hat es gesehen.«

Mirella wusste nicht, wer Dakhil war. Dazu waren es einfach zu viele Rebellen, als dass sie jeden von ihnen nach nur drei Wochen beim Namen kannte, aber der Mann war vermutlich auch nicht das eigentliche Problem. »Und nun hast du Angst, wie Rabe reagiert, wenn er es ihm steckt?«

Die Antwort kam als zittriger Hauch: »Ja.«

»Warum hast du nicht gewartet, bis du mit dem Nob...« Sie biss sich auf die Zunge. *Yerad, verdammt! Er heißt Yerad! Merk dir das endlich!* »... bis du mit Yerad allein warst?«

»Na ja ... Er stand plötzlich hinter mir und ich war so froh, ihn zu sehen.« Alias Stimme wurde zunehmend schwächer. Als kämpfte sie gegen Tränen an. Dieselbe Frau, die stark und besonnen geblieben war, als man ihr ein Messer an die Kehle gedrückt hatte.

Mirella verließ ihr kuscheliges Bett, kroch an Alias Seite und legte einen Arm um die Freundin. »Beruhig dich. Du weißt doch, was Chadrik gesagt hat.«

»Und wenn er sich irrt?«

»Tut er nicht.«

»Wie kannst du dir da so sicher sein?«

»Weil Chadriks Vermutung Sinn macht.« Das tat sie wirklich. »Und falls er falsch liegt, musst *du* eben Rabe überzeugen. Aber ich denke nicht, dass das nötig ist.«

»Hoffentlich.« Alia schniefte. »Warum hab ich mich nur nicht zusammengerissen?«

»Weil das nun mal nicht so einfach ist, wenn man jemanden gern hat«, kam über Mirellas Lippen.

Am liebsten hätte sie es zurückgenommen, doch dann wäre Alia selbst in ihrem Zustand misstrauisch geworden. So bestand zumindest die Chance, dass sie diese Aussage nur auf sich bezog.

Alia versteifte sich. »Du sprichst aus Erfahrung.«

»Ja.«

»Was ist passiert, nachdem Rabe dich zurückgerufen hat?«

»Nichts«, antwortete Mirella wahrheitsgemäß. »Er hat mir nur mitgeteilt, dass ich morgen ... also heute an den Steinstrand darf.«

»Mit ihm?«

»Das hat er nicht gesagt.« Trotzdem war sie davon ausgegangen, dass er mit ihr gehen würde.

»Aber du wünschst es dir.«

Mirella war nicht bewusst gewesen, wie enttäuscht sie geklungen hatte. »Ich ... ich weiß es nicht.«

»Doch, du weißt es.« Nun legte Alia ebenfalls einen Arm um Mirella. »Ach, Mira«, murmelte sie. »Hättest du dich nicht in einen anderen Mann vergucken können?«

»Fragt die, die sich in den Gefangenen verguckt hat«, plapperte Mirella los und Alia zuckte zusammen. Mirella und ihr loses Mundwerk! »Tut mir leid«, sagte sie. »Das war gemein.«

Einen Moment reagierte Alia nicht und Mirella hatte schon Angst, dass die Freundin stumm weinte. »War es nicht«, entgegnete sie schließlich mit gefasster Stimme. »Du hast ja recht.«

Darauf wusste Mirella nichts zu erwidern. Objektiv betrachtet waren ihre Gefühle weitaus brisanter. Die Zuneigung zu Yerad würde Alia nicht in die Verbannung schicken. Zumindest solange sie seinetwegen nichts Dummes anstellte. Mirella hingegen könnte sich in Rabes Gegenwart um Kopf und Kragen reden und am Ende in die Wälder gejagt werden. Es war müßig, darüber nachzudenken und noch müßiger, darüber zu sprechen, denn es änderte nichts an Mirellas Gefühlen. Es wäre so viel einfacher, wenn Rabe sich einer anderen Frau zuwenden würde. Doch Mirella bezweifelte, dass das so bald geschah. Für einen Moment sah sie ihn wieder vor sich, die Hände um die Stuhllehne geklammert, als wolle er sicherstellen, dass er sich nicht vom Fleck bewegte. Mit aller Macht schickte sie sein Bild zurück in die Dunkelheit. »Darf ich dich um etwas bitten, Alia?«

»Was denn?«

»Kannst du mir beibringen, wie man Schlösser knackt?«

»Klar, natürlich. Wollen wir gleich morgen loslegen?«

»Sehr gern.« Das würde sie hoffentlich beide ausreichend von ihren fehlgeleiteten Gefühlen ablenken. Dann fiel Mirella ein, dass sie sich nach dem Aufstehen ja bei Rabe melden sollte. Schlagartig war sie hellwach.

17

Yerad

»Wie willst du mir denn nachher bei der Fütterung helfen?«, fragte Yerad, als Chadrik zum wiederholten Male die Lider zufielen.

Der Angesprochene öffnete ein Auge. »Wird schon klappen.« Er gähnte ausgiebig.

»Hast du nicht gesagt, dass du sowieso nicht schlafen kannst?«

»Ist bestimmt ne Stunde her. Hab meine Meinung geändert.« Damit sackte sein Kopf auf Yerads Schulter. »Weck mich, wenn's so weit ist.«

»Ich dachte, du bist hier, um mich zu bewachen. Das geht schlecht, wenn du schläfst. Du bekommst Ärger mit Rabe.«

»Mir egal«, nuschelte Chadrik und atmete einen Moment später tatsächlich schwer und gleichmäßig.

Das alles könnte natürlich ein Trick sein, um zu überprüfen, wie Yerad reagierte. Doch solche Tests passten zu Rabe, nicht zu Chadrik. Oder hatte Rabe Chadrik beauftragt, sich so zu verhalten? Möglich war das zwar, trotzdem konnte Yerad sich nicht vorstellen, dass Chadrik sich derart überzeugend schlafend stellte.

Erst Alias Umarmung und nun das hier. Sah ganz so aus, als wäre er zumindest für einige Rebellen kein bloßer Gefangener mehr. Yerad gab es auf, Chadrik wach zu halten. Sollte er sich die Zeit bis zur Fütterung ausruhen. Er hatte es bitternötig. Wenn der Rebell mit dem Fleisch klopfte, konnte Yerad Chadrik immer noch wecken und niemand würde etwas mitbekommen.

Die Greifin schlief ebenfalls tief und fest. Nur Yerad war zu aufgewühlt, um Ruhe zu finden. Und aufstehen, um sein Buch zu holen, war auch nicht möglich bei der wundervollen Schlafposition, die Chadrik sich ausgesucht hatte. Yerad lehnte den Kopf gegen die Wand, seine Gedanken trieben davon. Zu seinem alten Leben, das Jahre entfernt schien, wenngleich es nur wenige Wochen zurücklag.

Ob sich seine Familie inzwischen mit seinem vermeintlichen Tod arrangiert hatte? Und Tarek? Ob Lunis, Lanea und Feride ihr Verhalten bereuten? Zu seiner Überraschung war ihm Letzteres egal. Da interessierte ihn schon mehr, ob seine Bediensteten eine neue Anstellung gefunden hatten.

Ein Klopfen riss Yerad aus den Gedanken. »Futter für die Greifin«, drang eine gedämpfte Stimme durch die Tür.

»Ich komme«, rief Yerad. Er rutschte von Chadrik weg, als ihm einfiel, dass er ihn ja wecken musste. Er wollte sich umdrehen, da wurde er schmerzhaft auf den Boden gestoßen.

Die Tür klapperte. Jemand kroch in den Raum. Von seiner Position aus erkannte Yerad nur Beine. Er versuchte, aufzustehen, doch etwas Schweres, das auf seinem Rücken lastete, hielt ihn unten.

»Hat der Gefangene Ärger gemacht?«, fragte eine männliche Stimme, die glücklicherweise nicht Rabe gehörte.

»Ich dachte, er haut ab«, erwiderte Chadrik direkt hinter Yerad. Er war das Gewicht.

»Ich wollte die Tür öffnen«, würgte Yerad hervor. Er bekam kaum Luft. »Chadrik, könntest du mal ...« Er rang nach Atem. »... von mir runter?« Die Last verschwand, Yerad füllte gierig seine Lungen, ehe er sich in die Hocke schob.

Chadrik warf ihm einen entschuldigenden Blick zu, sagte aber nichts.

Der Aufpasser sah zwischen Chadrik und Yerad hin und her, als versuchte er, zu verstehen, was hier gerade passiert war. Der Mann konnte ja schlecht ahnen, dass Chadrik eingeschlafen war. »Also hat er keinen Ärger gemacht?«

»Hab die Situation falsch eingeschätzt«, gab Chadrik zurück. »Mein Fehler, nicht seiner.«

Mit gerunzelter Stirn fragte der Fremde: »Mein Klopfen und meinen Ruf, dass das Futter da ist, hast du nicht gehört, Chadrik? Stimmt was mit deinen Ohren nicht? Der Gefangene hat doch sogar geantwortet.«

»Hatte ne anstrengende Nacht«, war Chadriks dürftige Erklärung. »Ich war wohl in Gedanken.«

Die Falten in der Stirn des anderen wurden noch tiefer. »Der Sack mit dem Fleisch steht draußen. Wasser und neues Stroh hol ich gleich. Kommst du klar, Chadrik, oder brauchst du ne Ablöse?«

»Ich komm klar.«

Mit einem Kopfschütteln kroch der andere hinaus.

Yerad lugte zur Greifin. Sie schlief – trotz des Trubels, der geherrscht hatte. Wie lange hatte er ihr eigentlich gestern vorgelesen, dass sie derart erschöpft war?

Chadrik atmete geräuschvoll aus. »Danke, dass du nichts verraten hast.«

»Ach, nun ist es dir nicht mehr egal, wenn Rabe davon erfährt?«, stichelte Yerad.

»*Das* hab ich gesagt?« Chadrik klang verunsichert.

»Hast du. Und außerdem: Du willst geschlafen haben?« Yerad rieb sich die schmerzenden Ellenbogen, die Chadrik unsanft auf den Boden gestoßen hatte. »Springst du immer so hoch, sobald du aufwachst?«

»Nur wenn ich jemanden beaufsichtige.«

»Ja, natürlich«, murrte Yerad. »Da erinnert man sich auch gleich als Erstes dran.«

»Wenn's der letzte Gedanke vorm Schlafen ist, schon.« Chadrik fuhr sich übers Gesicht und blickte noch schuldbewusster drein. »Was denkst du, warum ich mich an deine Schulter gelehnt hab? Damit ich mitkrieg, falls du abhaust.«

Das war Chadriks Ernst. Yerad merkte, dass ihm der Mund offen stand. Er zwang sich, ihn zu schließen. Da hatte er sich bestimmt eine halbe Stunde lang die Schulter abquetschen lassen und zum Dank wurde er umgehauen. Im nächsten Moment fragte er sich, weshalb er sich eigentlich ärgerte. Er war der Gefangene und Chadrik sein Wärter. Sollte Chadrik bei der Aufgabe scheitern, bekam er Ärger mit Rabe, und Yerad mochte sich gar nicht ausmalen, was Rabe mit Leuten anstellte, die ihn enttäuscht hatten. Abgesehen davon wäre Chadrik heute gar nicht hier, hätte Yerad nicht um Hilfe bei der Fütterung gebeten. Der letzte Funken Groll verpuffte.

»Hab ich dich verletzt?«, fragte Chadrik.

Yerad verneinte, woraufhin Chadrik erleichtert aussah. Yerads Ellenbogen schmerzten zwar, doch das würde vergehen. Kein Vergleich zu dem ersten Schlag, den er von Chadrik kassiert hatte. »Es wäre nur nett, wenn du mich nicht alle paar Wochen umhaust.«

»Kann ich nicht versprechen.«

Yerad warf einen missmutigen Blick zu Chadrik und kroch zurück auf die Matratze. »Wenigstens hast du heute meinen Kopf verschont.«

»Ich will deine Selbstmordaktion beim Füttern ja nicht noch selbstmörderischer machen.« Chadrik setzte sich zu Yerad.

»Warum schläft die Greifin heut eigentlich so lang?«

»Kann sein, dass ich ihr gestern bis spät in die Nacht vorgelesen habe. Oder«, kam Yerad ein zweiter Grund, »sie hat sich zu sehr aufgeregt, als ...« Er biss sich auf die Zunge. Er hatte Chadrik doch nicht davon berichten wollen. Diese lästige Müdigkeit ...

»Aufgeregt bei was?«, hakte Chadrik nach. Sie tauschten einen Blick aus und Chadriks Augen verengten sich.

»Ich habe es überlebt. Bedenke das bitte, wenn du mir gleich deine Meinung an den Kopf wirfst.«

»Werd ich sowieso machen. Also spuck's aus.«

»Ich war gestern Abend innerhalb des Kreises.« Yerad betrachtete die Greifin, die friedlich schlummerte.

»Das bist du jeden Tag beim Saubermachen. Moment ...« Chadrik klang alarmiert. »Nachdem wir weg waren?«

»Ja.«

»Und wer hat das Tier abgelenkt?«

»Niemand.« Yerad sah zu Chadrik, der auf einmal ziemlich blass war. »Sie hat mir eine Feder geschenkt und wollte, dass ich zu ihr komme, um sie zu holen.«

»Soll das ein Scherz sein?«

Yerad griff nach dem Buch und schlug es an der Stelle auf, an der die Feder als Lesezeichen steckte.

Vorsichtig nahm Chadrik sie in die Hand, betrachtete sie und blickte zur Greifin, als wolle er überprüfen, dass die Feder wirklich von dem Tier stammte. »Für so was riskierst du dein Leben?«

»Eher für das Vertrauen, das die Greifin in mich gesetzt hat.« Wortlos legte Chadrik die Feder ins Buch und Yerad war überrascht, sich nicht anhören zu müssen, dass er irre war. Als er den Band zuschlug und wegräumte, fragte Chadrik: »Brauchst du mich beim Füttern überhaupt noch?«

»Mir wär's lieber, wenn du hilfst.«

»Gut.« Plötzlich breitete sich ein Grinsen in Chadriks Gesicht aus. »Unsre unnoble Ausdrucksweise färbt langsam ab.«

Verwundert holte sich Yerad seinen letzten Satz zurück in Erinnerung. Er stutzte. »Ich habe ›mir wär's‹ gesagt.«

»Jup. In ein paar Wochen sprichst du wie wir.«

»Ich bezweifel, dass ich jemals Jup statt Ja sage und mit derart bildhaften Schimpfworten um mich werfe.«

Chadrik lächelte stumm. Trotzdem sah er aus, als würde er bald vor Müdigkeit umkippen. Noch immer hatte niemand ein Wort darüber verloren, was für einen Auftrag sie gehabt hatten.

»Darf ich fragen, wofür *du* diese Nacht dein Leben riskiert hast?«

Augenblicklich erstarb die Fröhlichkeit. »Kaninchen, weil unsere Freundin so großen Appetit hat.« Sein Kopf wies auf die Greifin. »Neunundsechzig, wenn ich mich nicht verzählt hab.«

Yerad wunderte sich, wie sie zu viert derart viele Tiere transportiert hatten, doch er wollte es nicht auf die Spitze treiben, indem er Chadrik nach Einzelheiten fragte. Er war froh, dass er ihm überhaupt ein wenig verriet. »War es wirklich so gefährlich?«

»Schlimmer.«

Yerad erinnerte sich an das Gespräch mit Rabe über die Futterbeschaffung. Dass ausgerechnet Chadrik, Alia und Durak ihre Leben riskierten, gefiel ihm gar nicht.

»Eigentlich«, fuhr Chadrik fort, »sollten wir achtzig Tiere besorgen, aber nachdem wir fast draufgegangen sind, musste das reichen.«

»Dann wird Rabe euch früher losschicken, um Nachschub zu holen«, schloss Yerad.

»Vermutlich reicht die Menge.« Chadrik rieb sich abermals das Gesicht, als würde das die Müdigkeit vertreiben. »Können wir's dabei belassen?«

»Du hättest auch gar nichts sagen müssen.«

»Du hast es nicht verdient, nur mit Ausreden abgespeist zu werden.« Erneut gähnte Chadrik. »Die kann echt mal langsam aufwachen.«

»Stimmt.«

Chadrik stieß ein unverständliches Schnauben aus. »Musst du demnächst pinkeln?«

»Nein. Wieso?«

Als Antwort landete Chadriks Kopf abermals auf Yerads Schulter. »Weck mich, bevor du aufstehst, klar?«

18

Mirella

»Mirella«, entfuhr es Rabe, als er seine Tür öffnete. »So früh hätt ich gar nicht mit dir gerechnet.«

»Ich auch nicht.« Ihre Lippen formten sich zu einem kleinen Lächeln. »Ich konnte nicht schlafen.«

»Also wolltest du jetzt deinen Spaziergang machen«, schlussfolgerte er, ohne die Tür freizugeben.

Sie nickte.

Er wirkte nachdenklich und machte keinerlei Anstalten, Mirella reinzulassen.

»Komme ich ungelegen?«

»Nein«, sagte er wenig überzeugend. »Ich hatte nur geplant, dich mit deinen Freunden loszuschicken. Aber Chadrik hilft bei der Fütterung der Greifin und Alia und Durak schlafen.« Er lugte fragend zu Mirella. »Oder nicht?«

»Alia schläft.« Bei Durak hatte sie natürlich nicht vorbeigeschaut.

»Tja, dann gehen wir in den Saal und fragen, wer sonst raus will. Die Regel, dass niemand allein geht, gilt beim Tunnel nämlich genauso.« Rabe zog die Tür hinter sich zu, schloss ab und wandte sich zum Losgehen um.

Blitzschnell umklammerte Mirella sein Handgelenk.

Er blickte fragend über seine Schulter.

Erschrocken ob ihres Mutes ließ Mirella ihn los. Sie musste sich räuspern, ehe sie mühsam hervorpresste: »Könntest *du* nicht mitkommen?«

Überrascht blinzelte er. So viele offen gezeigte Emotionen war Mirella nicht von ihm gewohnt. Die Müdigkeit machte es ihm wohl schwerer, sie hinter der Maske zu verstecken. »Willst du das denn?«

»Denkst du, sonst hätt ich gefragt?«

»Richtig. Blöde Frage.« Ein vages Lächeln zupfte an seinen Mundwinkeln. »Ich muss vorher kurz was fertig machen.«

»Dann warte ich eben. Wenn's wirklich nur kurz ist, jedenfalls.«

»Ich beeil mich.« Er kehrte zurück in seinen Raum und nun ließ er auch Mirella eintreten. Wortlos sank sie auf den Stuhl gegenüber von seinem Arbeitsplatz. Er schenkte ihr Wasser ein, anschließend widmete er sich seinen Papieren. Während sie eher auf dem Stuhl hing, als saß, beobachtete sie Rabe dabei, wie er irgendetwas kritzelte und las. Seltsamerweise war ihr nicht langweilig. Irgendwie hatte es etwas Beruhigendes, ihn bei der Arbeit zu beobachten. Sie fragte sich, was Alia wohl zu ihrer spontanen Idee, hierherzukommen, sagen würde. Obwohl ... eigentlich brauchte sie sich das nicht fragen. Vielmehr, ob es eine Möglichkeit gab, dass sie bereits jetzt erfuhr, ob Rabe Alias Gefühle Yerad gegenüber als nützlich oder bedenklich einstufte. Nur, wie sollte sie das anstellen, ohne sich direkt zu erkundigen? Falls Dakhil ihm nichts berichtet hatte, war Mirella diejenige, die Alia in Schwierigkeiten brachte.

»Du siehst besorgt aus«, meinte Rabe plötzlich.

Ertappt richtete sich Mirella auf. »Nein, alles in Ordnung«, entfuhr es ihr schnell.

Er sah nicht aus, als würde er ihr das abnehmen, allerdings hakte er auch nicht nach. Dafür räumte er seine Papiere zusammen. »Fertig?«

»Du hast lang genug gewartet.« Zu ihrer Überraschung zog er einen Säbel unter dem Regal hervor. »Bist du bewaffnet, Mira?«

»Nein, aber ... Ich dachte, es sei sicher dort draußen.«

»Das war es bislang. Doch man weiß nie.«

Das klang schon mehr nach Rabe. »Dann müssen wir noch mal ins Waffenlager.«

Rabe zog einen Schlüssel aus der Hosentasche und drückte ihn Mirella in die Hand. »Wir treffen uns vor der Tür zum Tunnel.«

Irritiert blickte Mirella erst auf den Schlüssel zwischen ihren Fingern und anschließend zu Rabe. »Ich soll alleine ins Waffenlager?«

»Ich nehme an, du findest dich zurecht. So oft, wie du bereits dort warst.« Er schob Mirella regelrecht vor die Tür und schloss ab. Während er fortging, sagte er munter über die Schulter: »Und falls hinterher zu viel fehlt, weiß ich ja, wer es hat.«

Das hatte sie nun davon, dass sie zu Rabe gekommen war. Sie straffte sich und eilte in die andere Richtung, bis sie vor dem Waffenlager stand. Es war seltsam, die Tür aufzuschließen, für die sonst nur Durak und Alia Schlüssel hatten.

Noch seltsamer war es, in dem menschenleeren Raum eine passende Armbrust samt Köcher mit Bolzen, Spannwippe und einen Dolch zu suchen. Ohne Alia und Durak wirkte es wie ein fremder Ort. Eilig schloss sie hinter sich ab und lief zum Treffpunkt.

Es dauerte nicht lange, bis Rabe auftauchte. Mirella gab ihm den Schlüssel zurück. »Ich hoff, es wird wirklich nicht gefährlich«, murmelte sie, während er die Tür zum Tunnel öffnete.

»Unwahrscheinlich«, beruhigte er sie, nahm eine Fackel aus der Halterung neben der Tür und trat ein.

Mirella schlüpfte hinter Rabe in den Tunnel. »Bei dem Pech, das ich heut schon hatte, wär ich da nicht so sicher.«

»Irgendwann muss die Pechsträhne ja enden.« Er verschloss die Tür.

Nun war Mirella allein mit Rabe. Sie spürte ihr Herz hektisch gegen die Brust hämmern. »Ich hätt nichts dagegen.« Selbst ihre Stimme klang zu hoch. Sie war nervöser als in der Kaninchenfarm, was jeglicher Logik entbehrte.

Rabes und Mirellas Schritte hallten dröhnend wider, während sie stumm den breiten Stufen in die Tiefe folgten. Rabe vorneweg, Mirella hinter ihm im Lichtkreis seiner Fackel. »Mir war nicht bewusst, wie geräumig dieser Weg ist«, flüsterte sie, da es sich falsch anfühlte, lauter zu reden.

»Sonst hätten wir die Greifin nicht in die Höhlen bekommen.«

»Ihr habt das Tier durch den Tunnel getrieben?«

»Getragen. Es war bewusstlos.«

»Hattet ihr keine Angst, dass es aufwacht?«

»Ein wenig.« Sie hörte sein Lächeln und ihr Herz donnerte umso schneller. »Also, Mirella ...« Das Lächeln war aus seiner Stimme verschwunden. »Willst du mir verraten, weshalb du auf einmal freiwillig Zeit mit mir verbringst?«

Sie erstarrte. Eine derart direkte Frage hatte sie nicht erwartet. Warum eigentlich nicht? Rabe war schließlich nicht schüchtern.

Er verharrte ebenfalls, blickte sich zu ihr um. Die Flammen warfen Abstufungen von Rot und Orange auf sein Antlitz, verfremdeten sein Gesicht. »Ist es wegen Alia?«

»Was soll das mit ihr zu tun haben?«

»Sie hat Yerad umarmt und Dakhil hat es gesehen und mir gemeldet. Erzähl mir nicht, dass dir das neu ist.«

»Ist es nicht«, gab sie zu, weil alles andere sowieso nichts bringen würde. »Was wirst du deshalb tun?«

»Nichts. Wenn die beiden sich ineinander verlieben, brauch ich mir wenigstens nicht mehr den Kopf zerbrechen, wie ich Yerad zum Zurückkommen zwinge, sobald er mit der Greifin fliegt. Ohne seine Gesundheit zu ruinieren, jedenfalls.«

»Gesundheit ruinieren?«, wiederholte Mirella. »Wovon sprichst du?«

»Gift und Gegengift.« Rabe zuckte mit den Schultern. »Das war mein ursprünglicher Plan. Die Gefahr, dass ich ihn damit dauerhaft krank mache oder versehentlich umbringe, war allerdings recht hoch, weshalb mir das ohnehin nicht zugesagt hat. Er gibt sich Mühe mit der Greifin und hat bislang keinen Ärger gemacht. Wer kann schon sagen, wie das mit dem nächsten Greifenreiter wäre. Außerdem weiß ich nicht, wie das Tier reagiert, sobald es mitbekommt, dass ich Yerad schade. Es scheint an ihm zu hängen.«

»Verstehe«, murmelte Mirella und sie war froh, dass Rabe den Plan verworfen hatte. Egal, wie sie zu dem Noblen stand, permanent vergiftet zu werden, gönnte sie niemandem. Dann besann sie sich auf das, was Rabe zuerst gesagt hatte. »Also stört es dich nicht, wenn Alia Yerad wiedersieht?«

»Und umarmt?«, fragte er mit einem Schmunzeln und bedeutete Mirella, weiterzugehen. »Nein. Das kannst du ihr gern ausrichten.«

»Mach ich.« Alia würde überglücklich sein.

»Und was war der Grund, warum ausgerechnet *ich* dich begleite?« Rabe ließ einfach nicht locker. »So überrascht, wie du gerade warst, kann es ja nicht deine Sorge um Alia gewesen sein.«

»War es nicht«, murmelte sie und wusste nicht, wie sie weiterreden sollte. Ihre Schritte hallten in den Tunneln wider, die Flammen knisterten, Mirellas Atem zitterte.

Schließlich schob Rabe die Fackel in eine Halterung und wandte sich zu Mirella um. Sie erwartete ein erneutes Nachbohren, doch offenbar hatte er aufgegeben. »Ab hier ist kein Feuer mehr erlaubt, damit wir niemanden auf den Zugang aufmerksam machen.«

Hinter der nächsten Biegung war das Tor, dessen Schloss Alia geknackt hatte. Im schwachen Schein der zurückgelassenen Fackel öffnete Rabe es mit einem Schlüssel. Er ließ Mirella zuerst durchtreten und verriegelte es hinter ihnen. Dann streckte er Mirella eine Hand entgegen. »Soll ich dich führen? Es wird gleich ziemlich dunkel.«

»Ich weiß.« Das Vergnügen, sich Schienbeine und Füße an den Felsen zu stoßen, hatte Mirella gerade erst gehabt. Zögerlich legte sie ihre Hand in Rabes. Seine Finger schlossen sich warm um ihre und er lief langsam los. Sie ließ sich von ihm mitziehen und war bald darauf von völliger Schwärze umhüllt. Die Berührung wurde umso deutlicher. Da hatte sie heute schon so viele Hände in der Finsternis gehalten und doch war es mit Rabe anders. Bei ihren Freunden hatte sie lediglich ein tröstliches Gefühl verspürt, das Wissen, nicht mit ihren Sorgen allein zu sein. Wie bei Tani damals. Und bei Sendro. Ein Stachel bohrte sich in ihr Herz, als das Bild aufflammte, wie ihr Bruder in die Knie ging. Die Dunkelheit machte es lebendig. Unmöglich, es abzuschütteln.

»Alles in Ordnung?«, brachte Rabes Stimme die hartnäckigen Gedanken ein Stück weit zum Verblassen.

»Nichts Akutes«, presste sie hervor und lockerte die Finger, die sich um Rabes gekrallt hatten. »Bloß unschöne Erinnerungen.« Erinnerungen, die nun als vager Schatten durch Mirellas Kopf waberten. Schmerzhaft, aber auszuhalten.

»An heute?«

»An Sendro. Meinen Bruder. Daran, wie er gestorben ist.« Ihre Worte schickten das Bild endgültig fort. Rabe drückte ihre Hand. Mirella erwiderte die Geste und irgendwie verschränkten sich ihre Finger miteinander. Sie war nicht sicher, ob das von ihr oder Rabe ausgegangen war. »Zu deiner Frage vorhin«, sagte sie leise und die Nervosität wurde unerträglich. »Dir aus dem Weg zu gehen, bringt ja auch nichts.«

»Das heißt, du wirst nicht mehr vor mir weglaufen?«, fragte er. Vorsichtig, als rechnete er mit einer Abfuhr.

Sie stieß die Luft aus. »Ja.«

»Das klingt gut. Es ist ein Anfang.«

Vor ihnen glitten die ersten dünnen Lichtstreifen zwischen den Felsen hindurch. Hand in Hand gingen sie weiter ins Licht der Morgensonne.

Die Wellen rauschten, die Gischt glitzerte golden und orange. Wie die Edelsteine und Perlen an den Leuchtern in der Alcazaba. Oder den Auftrittsgewändern von Mirella und ihrer Mutter.

Wieder ein Gedanke, der Mirella erdrückte. Den sie nur von sich schieben konnte, wenn sie nicht in Tränen ausbrechen wollte.

»Es wird leichter«, sagte Rabe. »Versprochen.«

Sie wandte sich von dem funkelnden Schaum ab und blickte zu Rabe, der sie ihrerseits musterte. Ihr fiel auf, dass sie sich abermals um seine Hand gekrallt hatte, und sie lockerte den Griff. »Bis dahin habe ich dir die Finger zerquetscht.«

»Solang's bloß die linke Hand ist.« Er legte seine zweite Hand ebenfalls um ihre. »War wohl zu früh, um dich auf solch einen Auftrag zu schicken.«

Vehement schüttelte sie den Kopf. »Ich bin froh, dass ich heut dabei war.«

»Weil dein halsbrecherischer Sprung euch letztlich da rausgebracht hat?«

»Nein. Weil wir in dieser Konstellation alle ... gesund entkommen sind.« Sie musste sich beherrschen, nicht *körperlich gesund* zu sagen, auch wenn das näher an der Wahrheit gewesen wäre.

»Wer weiß, ob das anders aufs Gleiche hinausgelaufen wäre.«

Für einen Moment wirkte er, als wolle er etwas entgegnen, doch das tat er nicht. Stattdessen deutete sein Kopf in Richtung des Felsenstrandes. »Wolltest du nicht spazieren?«

Sie nickte und löste sich von ihm, balancierte mit nackten Füßen über die unebenen Steine dichter ans Meer. Jeder Tritt gipfelte in Schmerzen. Zu oft hatte sie heute schon über den unwegsamen Grund laufen müssen. Dennoch ging sie weiter, bis sie den feinen Sprühnebel der Gischt spürte. Die Sonne wärmte bereits ausreichend, dass er nicht störte. So setzte sich Mirella auf einen großen Stein und betrachtete den schmalen Regenbogen, der vor ihr in der Luft hing. Das Rauschen der Wellen hatte etwas Friedvolles, auch wenn es das ganz und gar nicht war.

Rabe hockte sich auf einen Stein in ihrer Nähe. »Spaziergang zu Ende?«

»Ist doch schön hier.« Sie wollte ihm nicht auf die Nase binden, dass sie ihren Füßen genug zugemutet hatte, obwohl er das vermutlich ahnte.

Schweigend saßen sie da, bis die Sonne so hoch stieg, dass die Hitze unangenehm wurde. Ein letzter Blick zur glitzernden Gischt, dann erhob sich Mirella. »Wir können nach Hause.«

Gemeinsam kehrten sie zum Tunneleingang zurück. Als sie dieses Mal in die Dunkelheit traten, nahm Mirella von selbst Rabes Hand.

Yerad

Sowohl die Greifin als auch Chadrik schliefen noch immer, als die Tür abermals klapperte. Hastig rammte Yerad Chadrik den Ellenbogen in die Rippen, woraufhin dieser hochschreckte und Yerads Ellenbogen sich mit schmerzenden Wellen bedankte.

»Das nennst du aufpassen, Chadrik?«, flüsterte eine wohlbekannte Stimme.

Rabe! Ausgerechnet er.

Chadrik rückte von Yerad weg und senkte den Kopf. Er versuchte nicht einmal, sich herauszureden wie bei dem Rebellen zuvor.

Rabe fixierte Yerad. »Wir müssen uns unterhalten. Kommt.«

Und das vor dem Frühstück. Mit flauem Magen kroch Yerad vor die Tür. Draußen las die Wachablöse in einem Buch. Der Mann warf einen knappen Blick in Yerads Richtung und widmete sich wieder seiner Lektüre.

»Die Greifin wird ziemlich hungrig sein, wenn sie aufwacht«, sagte Yerad vorsichtig, als Rabe ihn über den Gang begleitete.

»Es dauert nicht lang.« Rabe bedeutete Yerad, den Raum zu betreten, wo sie jeden Tag gemeinsam aßen. Dieses Mal waren weder Zineb noch Zarif da. Ein Umstand, der Yerad nur nervöser machte.

Wortlos setzte Yerad sich auf seinen Stuhl und wartete, dass das Unheil seinen Lauf nahm.

»Ist Chadrik schon öfter bei der Wache eingeschlafen?«

»Nur heute.« Das war keine Lüge. Yerad überlegte, ob er Rabe erklärte, dass Chadrik trotzdem aufgepasst hatte. Aber wie sollte er das anstellen, ohne zu offenbaren, dass dies bereits Chadriks zweites Einschlafen bei der heutigen Wache gewesen war? Gut möglich, dass Rabe es sich am Ende allein zusammenreimte, wenn der Rebell, der das Futter gebracht hatte, die seltsame Situation, die er beobachtet hatte, an Rabe weitertrug.

»Ihr seht aus, als wolltet Ihr was ergänzen, Yerad.« Der Mann witterte wieder einmal jede Unsicherheit.

Yerad hob den Kopf. »Ist es nicht egal, dass Chadrik geschlafen hat? Ich bin schließlich nicht weggelaufen.«

»Und woran liegt das?«, fragte Rabe lauernd. »Daran, dass Ihr unbedingt fliegen wollt? Oder sorgt Ihr Euch, dass ich Chadrik bestrafe, wenn Ihr bei seiner Schicht entwischt?«

»Beides«, antwortete Yerad wahrheitsgemäß, woraufhin kurz ein zufriedener Ausdruck über Rabes Gesicht zu huschen schien.

»Und was wäre, wenn Euch jemand anderes bewacht?« Rabe machte eine Pause. »Zum Beispiel Alia?«

Yerad versteifte sich. Alia hatte bislang ziemlich selten auf ihn aufgepasst. Und sie waren so gut wie nie allein gewesen. Dass Rabe ausgerechnet sie als Zweites anführte und nicht Durak, der so viel öfter bei ihm gewesen war, konnte nur bedeuten, dass er von der Umarmung wusste. »Bei ihr würde ich auch keinen Fluchtversuch unternehmen.« Er schluckte. »Fragst du das jetzt für jeden, der mich in den letzten Wochen bewacht hat?«

Rabe lächelte dünn. »Ich denke, wir wissen beide, dass da nur ein weiterer Mann relevant wäre, nicht wahr?«

Yerad schwieg.

»Themenwechsel«, sagte Rabe abrupt, was Yerad überhaupt nicht begriff.

Was bedeutete das für Chadrik und Alia? Wollte Rabe sie ihm jetzt wegnehmen? Wie sollte Yerad das aushalten?

»Wieso schläft die Greifin so lange? Ist sie krank?«

»Zu spät eingeschlafen, nehme ich an«, entgegnete Yerad. »Vielleicht liegt es auch an der Aufregung, als sie mir die Feder geschenkt hatte. Krank wirkte sie zumindest gestern nicht auf mich.«

Rabe erhob sich. »Das war es schon.«

»Moment«, entfuhr es Yerad und ihm war nur allzu bewusst, wie erschrocken er klang. Seine Beine waren so taub, dass er nicht vom Stuhl hochgekommen wäre, selbst wenn er gewollt hätte. »Was passiert jetzt mit Chadrik und Alia?«

»Wieso Alia? Hat sie ebenfalls was angestellt?«

»Nein«, entgegnete Yerad viel zu schnell.

»Es sei denn«, sagte Rabe in einem Tonfall, als bereite ihm diese Unterhaltung das größte Vergnügen, »ich zähle *Euch umarmen* auch als Vergehen.«

Nun brachte Yerad überhaupt keinen Laut mehr hervor.

»Ihr habt doch nicht wirklich geglaubt, dass ich das nicht weiß.«

Yerad schluckte. »Nur gehofft.«

Rabe lehnte entspannt im Türrahmen. Die Antwort, welche Konsequenzen Alia und Chadrik zu befürchten hatten, blieb er Yerad schuldig.

»Was geschieht mit den beiden?«

Einen Moment ließ Rabe ihn zappeln. Dann erlöste er ihn: »Nichts. Und nun seid so gut und bewegt Euch. Die Greifin wartet womöglich schon auf ihr Futter.«

204

Mit rasendem Herzen und wackeligen Beinen erhob sich Yerad und tappte zur Tür. Rabe würde nichts mit Chadrik und Alia anstellen? Warum hatten sie überhaupt diese Unterhaltung geführt? *Ein Test*, fand er die einzig logische Erklärung. Rabe wollte sehen, ob Yerad mehr hier hielt als lediglich die Aussicht aufs Fliegen. Und Yerad hatte ihm mit seiner offenkundigen Angst um Alia und Chadrik die erhoffte Antwort gegeben.

Schweigend liefen sie zum Gefängnis der Greifin. Der neue Bewacher blickte nicht einmal vom Buch auf, während sie ihn passierten. Als Yerad die Hand auf die Klinke legte, fragte Rabe ihn:»Wie gefährlich ist die Fütterung für Chadrik?«

Machte er sich etwa Sorgen oder was sollte das jetzt? Nachdem er Yerad hatte glauben lassen, dass er Chadrik bestrafte.

»Überhaupt nicht«, antwortete Yerad.»Er bleibt außerhalb der Linie. Warum fragst du?«

Rabes blaue Augen fixierten Yerad.»Falls es gefährlich wäre, hätte ich seinen Platz eingenommen.«

»Du?«, stieß Yerad hervor.»Da würde *ich* aber nicht mitmachen.« Er biss sich auf die Zunge, auch wenn es der Wahrheit entsprach. Er würde so ziemlich jeden anderen Rabe vorziehen, sogar Mirella. Die Frau konnte ihn zwar nicht ausstehen, doch wenigstens hegte die Greifin keinen Groll gegen sie.

Rabe entfuhr ein Lächeln. Erstmals eines, das ehrlich wirkte.»Mir ist schon klar, dass ich der schlechteste Kandidat dafür bin. Und nun rein mit Euch.« Hatte der Mann gerade ernsthaft einen Scherz gemacht?

Verwundert schlüpfte Yerad in den Raum. Rabe folgte ihm nicht und schloss die Tür.

Die Greifin regte sich, hatte die Augen aber geschlossen. Lange würde es wohl nicht mehr dauern, bis sie erwachte.

Chadriks Blick blieb auf den Zugang gerichtet, als erwartete er, dass Rabe es sich anders überlegte. »Also lag ich richtig«, murmelte er und mit einem Mal fiel die Anspannung von ihm ab. »Glück gehabt.«

Yerad kroch zu ihm. »Muss ich deine Aussage verstehen?«

Chadrik lächelte schief. »Ist besser, wenn ich's dir nicht sage. Ich hab heut schließlich schon zweimal was gemacht, was entgegen Rabes Anweisungen war.«

»Rabe weiß nur von *einem* Einschlafen.«

»Ich hab Mira was verraten, das Rabe noch vor ihr geheim halten wollte.«

»Wurdest du dafür bestraft?«

Chadrik schüttelte den Kopf. »Rabe hat eingesehen, dass wir dadurch bessere Überlebenschancen hatten.«

»Vielleicht kommt die Strafe ja später«, sagte Yerad.

»Nein«, entgegnete Chadrik zuversichtlich. »So ist Rabe nicht. Wenn er dich bestraft, dann gleich.«

19

Mirella

Als Mirella aus ihrem Bett kroch, war Alia verschwunden. Sie fand ihre Freunde alle im Saal, wo Durak ihr einen Teller hinschob, auf dem sich Käse, Gemüse und Nüsse türmten. »Damit du nicht vom Fleisch fällst.«

»Ich halt's schon bis zum Mittag aus.«

»Das war vor Stunden.«

»Oh.« Mirella war nicht bewusst gewesen, dass sie so lange geschlafen hatte. Und wie hungrig sie war. Allein der Anblick des Essens brachte ihren Magen zum Knurren.

Durak lachte. »Ist ja gut, dass wir was zurückbehalten haben.«

Das war es, denn bei Duraks Verflossener hätte Mirella nicht nach Essen betteln wollen. »Übrigens, Alia«, nuschelte sie zwischen zwei Bissen. »Rabe stört es nicht, wenn du ... Yerad triffst.« Beinahe hätte sie ihn wieder den Noblen genannt.

Verwirrt blinzelte Alia. »Hat er das gesagt?«

Mirella nickte.

»Und warum erzählst du mir das erst jetzt? Da hätt ich mir gestern Nacht doch nicht so den Kopf zermartern müssen.«

»Da wusste ich's noch nicht.«

Alias Gesichtsausdruck wechselte von verwundert zu entsetzt. »Warst du etwa bei ihm, nachdem ich eingeschlafen bin? *Freiwillig?*« Sie sagte es auf eine Weise, als sei es das Unsinnigste, was man tun konnte. Vermutlich war es das sogar.

Dennoch bereute Mirella es nicht. So, wie es vorher gelaufen war, war es schließlich auch kein Zustand. Sie nickte.

»Hältst du das für ne gute Idee, Feuerschopf?«

Mirella rang sich ein Schulterzucken ab. »Ich werd ihm nicht mehr aus dem Weg gehen. Das hab ich versucht, seit ich hier bin. Wie lang ist das jetzt? Drei Wochen?«

»Vorgestern«, sagte Chadrik.

»Was?«

Durak übersetzte: »Vorgestern waren's drei Wochen.«

»Es hat nicht funktioniert, ihm fernzubleiben«, erklärte Mirella. »Egal, wie sehr ich auf Abstand ging, es änderte nichts. Und es war anstrengend, ihm ständig auszuweichen.« Sein enttäuschtes Gesicht zu ertragen, auch wenn er versucht hatte, es zu verbergen. Sie lugte zu Durak. »Mir ist bewusst, dass mich das in Schwierigkeiten bringen kann, aber ...« Sie wusste nicht, wie sie ihre Gefühle in Worte fassen sollte.

»Schon klar«, entgegnete Durak und für einen Moment huschte sein Blick zur Küche, wo Khadra sich vermutlich gerade aufhielt. »Sei trotzdem vorsichtig, was du ihm sagst«, fügte er mit leiser Stimme hinzu.

»Und wenn du unsere Hilfe brauchst«, ergänzte Alia, »dann sprich mit uns.«

Chadrik nickte bekräftigend.

»Danke.« Mirella war so froh, die drei zu haben.

»Was genau hat Rabe denn über Alia und Yerad gesagt?«, hakte Chadrik nach.

»Er wusste, dass Alia den ...« Sie musste dringend lernen, seinen Namen zu sagen. »... Yerad umarmt hat.«

Unbehaglich senkte Alia den Blick.

»Als ich ihn gefragt habe, was er deshalb tun wird, meinte er ›nichts‹. Er sagte, dass er sich dann wenigstens nicht den Kopf zerbrechen muss, wie er Yerad zum Zurückkommen zwingt, sobald er mit der Greifin fliegt. Er hat sogar gemeint, dass ich dir das mitteilen soll, Alia.«

»Ja, das klingt nach dem Obervogel.«

Chadrik grinste vor sich hin. »Nicht mehr lang und er ist einer von uns.«

Wird wirklich Zeit, dass ich mit ihm rede, dachte Mirella, während sie an den Nüssen knabberte. Angesichts des Gesprächs, das ihr bevorstand, blieben sie ihr fast im Halse stecken.

Dann schwenkte die Unterhaltung auf das gestrige Desaster um, woraufhin die anderen sich einen Spaß daraus machten, Mirella einen übervollen Lehrplan für die folgenden Tage zu basteln.

»Denkt daran«, erinnerte Mirella sie, »dass ich noch nicht fertig bin, Rabe alles über die Alcazaba zu berichten.«

»Mit dem kann man doch eh nicht planen«, kommentierte Durak. »Oder hat er dir schon den nächsten Termin genannt?«

»Nein.«

»Dann iss schneller, damit die kleine Elster dir das Schlossknacken beibringen kann.«

»Was das betrifft ...« Schuldbewusst blickte Mirella zu Alia. »Nach dem Essen will ich etwas hinter mich bringen.«

»Was denn?«

»Mich bei Yerad entschuldigen.«

»Na, da warte ich doch gerne.« Alia klang so fröhlich, als sei die Versöhnung bereits erfolgt.

Lief es hingegen so, wie Mirella befürchtete, würde das Gespräch wohl ziemlich schnell zu einem unerfreulichen Ergebnis führen. Verdammt, sie wollte nicht dahin.

»Kleiner Hinweis, Feuerschopf«, merkte Durak an. »Versuch wenigstens, ein bisschen freundlicher auszusehen, sobald du bei der Prinzessin aufschlägst.«

»Ich weiß nicht, ob ich das kann. Mir ist schon schlecht, wenn ich nur daran denke.« Warum, begriff sie selbst nicht. Schließlich hatte sie bei dem Noblen überhaupt nichts zu befürchten. Der Käse wurde beim Kauen immer mehr im Mund. Vom eben verspürten Hunger war nichts zu merken, obwohl Mirella nicht einmal die Hälfte gegessen hatte. Sie schob den Teller von sich. »Will das jemand von euch essen?«

Doch die beiden Männer, auf die sie gehofft hatte, schüttelten die Köpfe. »Red mit Yerad«, sagte Chadrik. »Danach willst du bestimmt den Rest.«

Das bezweifelte Mirella. Mit flauem Gefühl im Magen erhob sie sich. Der Weg zur Kammer der Greifin kam ihr erschreckend kurz vor. Viel zu schnell stand sie vor der Tür, hinter der ein Untier und ein unangenehmes Gespräch warteten.

Sie versuchte, sich eine Strategie zurechtzulegen, aber sie war dermaßen nervös, dass sie keinen klaren Gedanken fassen konnte. Vielleicht war es sowieso schlauer, einfach loszureden und nichts Einstudiertes herunterzuleiern. Der Noble könnte sich verscheißert fühlen. Andererseits ... so oft, wie sie sich schon um Kopf und Kragen geredet hatte, war Improvisation bestimmt auch eine schlechte Idee. Sie unterdrückte einen Fluch und klopfte, ehe sie ihre Beine zurück in den Saal trugen und sie ihren Freunden beichten musste, dass sie es nicht einmal versucht hatte.

»Ich komme«, rief der Noble – *Yerad!* – und gleich darauf ging die Tür auf.

Überrascht starrte er sie von seiner knienden Position aus an. »Hat Rabe dir eine Schicht verordnet?«

Sie schüttelte den Kopf. »Ich bin freiwillig hier. Um mit dir …« Sie unterbrach sich. Er hatte ihr nie angeboten, ihn formlos anzureden. Wenn sie sich mit ihm versöhnen wollte, sollte sie schleunigst ihr respektloses Verhalten ablegen. »… um mit *Euch* zu reden.«

Er runzelte die Stirn. Vermutlich fühlte er sich bereits verscheißert. »Worum geht es?«, fragte er unverbindlich.

Sie brachte es nicht über die Lippen. »Könnt Ihr kurz rauskommen?«

»Moment. Ich gebe meinem Aufpasser Bescheid.« Damit klappte die Tür zu.

Als sie sich wieder öffnete, kam als Erstes ein Rebell heraus. Mirella war sich beinahe sicher, dass er Nabil hieß. »Wie lang willst du denn mit ihm sprechen? Ich könnt ne kleine Pause vertragen.« Er trat von einem Bein aufs andere.

»Kann ich nicht sagen, aber geh ruhig aufs Klo.«

Dankbar zog der Mann ab.

»Also«, sagte Yerad. »Hier bin ich.«

»Gut«, murmelte Mirella und wusste nicht, wie sie anfangen sollte.

Einen Moment wartete der Noble, doch dann wurde es ihm offenbar zu bunt. Wortlos nahm er auf der Bank Platz.

Mirella ließ sich am anderen Ende nieder. So weit von ihm entfernt, dass eine Person zwischen sie passen würde. »Tut mir leid«, wisperte sie.

Erneut runzelte er die Stirn. »Wie bitte?« Er klang nicht, als wolle er sie ärgern. Eher als glaubte er, sich verhört zu haben.

»Es tut mir leid«, entfuhr es ihr lauter. Zu laut. Eine Entschuldigung brüllte man dem Gegenüber nicht ins Gesicht.

»Aha«, machte er und sah sie skeptisch an. »Und was genau? Dass du mich so warten lässt, bevor du mir endlich mitteilst, warum du hier bist?«

»Darum bin ich doch hier. Um mich zu entschuldigen. Dafür, dass ich dich ...« Sie zuckte zusammen. »... dass ich Euch so behandelt hab.«

Einen quälend langen Augenblick sagte er gar nichts. »Hat Rabe dich geschickt?«

»Was? Nein!«

»Dann Alia?«

»Nein, auch nicht. Und Durak und Chadrik ebenso wenig, falls d... Ihr das als Nächstes fragen wollt.«

»Du erwartest ernsthaft, dass ich dir abnehme, dass du freiwillig gekommen bist? Ich bin zwar ein Gefangener, aber ich bin nicht blöd.« Damit erhob er sich und war mit zwei Schritten bei der Tür zur Greifenkammer.

»Warte!«, rief sie. »Wartet!«

Er fuhr herum. »Und hör mit deinen kläglichen Versuchen auf, mich förmlich anzureden. Das hat dich die ganze Zeit nicht interessiert.«

»Es tut mir leid.« Sie klang schon wie ein Papagei.

»Das sagtest du bereits. Es wird nicht glaubwürdiger, nur weil du es zum dritten Mal innerhalb von fünf Minuten machst.« Er wandte sich um, die Hand ging zur Türklinke.

Wenn er dort drinnen war, hatte sie ihre Chance für heute verspielt. Mit dem rotäugigen Untier im Nacken bekäme sie überhaupt kein Wort mehr heraus. »Ich kann verstehen, dass du mir nicht glaubst.«

Seine Hand verharrte, doch er drehte sich nicht um.

Hastig redete sie weiter:»Ich hab dich die ganze Zeit mies behandelt. Ohne triftigen Grund. Und jetzt komme ich mit so einer dürftigen Entschuldigung an.« Sie brachte es nicht fertig, länger auf seinen Rücken zu starren und fixierte stattdessen ihre verkrampften Finger.»Ich kann nicht rückgängig machen, was ich getan habe. Aber ich kann dir versprechen, dass ich dich in Zukunft besser behandel.« Als sie aufblickte, lehnte er neben der Tür, die Arme ineinander verschränkt.

»Das sollte ja nicht allzu schwer sein«, sagte er trocken.

Ihr entwich ein klägliches Lächeln.»Ja, das stimmt.« Erneut drängte sich eine Entschuldigung auf ihre Zunge, doch sie schluckte sie herunter.»Und nun?« Die Frage hing zwischen ihnen.

Er deutete auf die Tür hinter sich.»Ich gehe da wieder rein und sofern du nicht mitkommen willst, wirst du wohl von der Bank aus Wache schieben müssen, bis der andere Mann zurück ist.«

»Das meinte ich nicht.« Sie wagte es kaum, weiterzureden. »Nimmst du die Entschuldigung an?«

»Ich nehme sie zur Kenntnis.« Was nicht dasselbe war, wie Mirella bewusst war.»Dass du mich besser behandelst, musst du mir erst einmal beweisen.« Er verschwand in der Greifenkammer.

Mirella stieß die angehaltene Luft aus. Das war genauso katastrophal gelaufen wie erwartet. Sie hatte ihren Groll bei ihm abgeladen. Jetzt musste sie mit seinem Misstrauen leben. Solange er bei der Greifin hockte, war das alles ja verschmerzbar, doch wenn Chadrik recht behielt, dauerte es nicht mehr lange, bis Yerad sich frei in den Höhlen bewegte. Und mit wem er dann hauptsächlich seine Zeit verbrachte, lag auf der Hand: mit denselben Menschen wie Mirella. Sollte sich bis dahin nichts an ihrem Verhältnis gebessert haben, würde das eine ziemlich anstrengende Situation werden. Nicht nur für Mirella und Yerad, sondern für jeden in ihrem Umfeld.

Sie unterdrückte ein Seufzen, denn ihr fiel nur eine Möglichkeit ein, ihn von der Ehrlichkeit ihrer Entschuldigung zu überzeugen: Sie musste Zeit mit ihm verbringen. Und da er gewöhnlich bei der Greifin hockte, würde sie sich ebenfalls dort aufhalten müssen. Für einen Moment erwog sie, ihm gleich in die Kammer zu folgen, aber da tauchte der Bewacher auf.

»Danke fürs Warten«, sagte er und kroch durch die Tür.

Mirella blieb auf ihrem Platz auf der Bank und war unschlüssig, ob sie den Rest der Wache übernehmen sollte.

Und wie soll ich das aushalten?, fragte sie sich. Sie war jetzt schon völlig erschöpft. Dabei hatte ihr Tag doch gerade erst angefangen. Schwerfällig erhob sie sich. Sie würde Rabe bitten, sie in den nächsten Tagen für eine Wache einzuteilen. Vielleicht glaubte Yerad ihr dann.

Oder die Situation wurde noch vertrackter.

Yerad

Als am übernächsten Tag jemand zum Ende von Duraks Schicht klopfte, war Yerad überrascht, erneut Mirella zu sehen.

»Willst du dich wieder entschuldigen?«, kam ihm über die Lippen, ehe er sich beherrschen konnte.

»Ich bin die Ablöse«, erklärte sie.

Mehrere Stunden mit Mirella zusammen? Yerad spürte, wie ihm die Gesichtszüge entglitten.

Sie musste es bemerkt haben, sagte jedoch nichts dazu. »Darf ich reinkommen?«

Ihm wurde bewusst, dass er die Tür blockierte und er rutschte ein Stück zurück.

Ohne dass er etwas sagen musste, ging sie in die Hocke und kroch zum Rand der Höhle. Sie hielt sich an die Regeln. Das war erfreulich.

Ein Scharren ließ Yerad nach hinten blicken. Die Greifin, die vor Mirellas Ankunft friedlich dagelegen hatte, hatte sich aufgerichtet. Fell und Federn waren gesträubt, ihr Schweif peitschte unruhig, die Augen fixierten Mirella.

»Ruhig, Mädchen«, sagte Yerad, der nicht verstand, warum die Greifin sich auf einmal aufregte. Mirella hatte schließlich nichts Falsches getan. *Jedenfalls nicht heute.* Gut möglich, dass die Greifin sich erinnerte, dass Mirella beim letzten Mal in dieser Kammer ein bedrohliches Verhalten an den Tag gelegt hatte. Oder sie spürte Yerads Misstrauen. »Beruhige dich«, flehte Yerad. »Sie sitzt ganz still in der Ecke.«

Die Greifin interessierte sich nicht für Yerads Gerede. Der Schweif peitschte, die Klauen schabten über den Stein, als wolle sie gleich zum Angriff übergehen. Dabei war sie angekettet und konnte sowieso nichts ausrichten.

Es sah so aus, als würden die nächsten Stunden noch sehr viel anstrengender werden, als Yerad ohnehin befürchtet hatte. Er redete weiter auf die Greifin ein, versuchte, sie zu beruhigen.

»Feuerschopf«, hörte er Durak hinter sich, als er gerade Luft holte. »Du brauchst ne Ablöse. Sofort.«

»Aber ich wollte doch …«, begann Mirella im Flüsterton und brach ab, als die Greifin kreischte. Yerad wandte sich um. Die Frau, die ihm einst angedroht hatte, ein Messer in sein Bein zu jagen, war weiß wie ein Laken. Er konnte nicht behaupten, dass er Mitleid hatte.

»Meinst du, das bringt was, wenn du hierbleibst?«, fragte Durak sie.

»Vielleicht wird's gleich besser.« Sogar Yerad hörte, dass sie das selbst nicht glaubte.

»Willst du Mäuschen holen oder soll ich?«

»Mach du das, Durak.«

Durak zog ein Gesicht, als hätte er die andere Variante bevorzugt. Er verabschiedete sich von Yerad, warf einen misstrauischen Blick zur Greifin, deren Zorn einzig Mirella galt, und kroch durch die Tür.

Abermals versuchte Yerad die Greifin zu beruhigen, abermals ohne Erfolg. Es war zum Verrücktwerden. Zumal Yerad diese extreme Abneigung überhaupt nicht nachvollziehen konnte. Der Greifin hatte Mirella nämlich nie angedroht, sie als Zielscheibe für ihre Messer zu missbrauchen. Resigniert rutschte Yerad zu Mirella. »Geh bitte vor die Tür«, bat er sie.

Für einen Moment glaubte Yerad, Mirella würde sich weigern. Doch dann lugte sie zur Greifin und sackte regelrecht in sich zusammen. »In Ordnung.« Sie kroch hinaus und zog die Tür leise hinter sich zu. Allem Anschein nach gab sie sich wirklich Mühe. Hätte sie das von Anfang an getan, hätte Yerad sie bestimmt sympathisch gefunden ...

Kaum war Mirella fort, beruhigte sich die Greifin schlagartig. Sie legte sich sogar hin.

»Wolltest du, dass sie geht?«, fragte Yerad.

»Ik.« *Ja.*

»Und warum? Sie hat dir doch nichts getan.«

Der Kopf der Greifin ruckte hoch. Ihre roten Augen fixierten Yerad. Dann riss sie den Schnabel auf und entließ ein Gezeter, dass es Yerad in den Ohren klingelte. Als sie endlich verstummte, neigte sie ihr Haupt. Sie erwartete eine Reaktion.

»Tut mir leid«, entgegnete Yerad. »Außer, dass du Mirella los sein wolltest, habe ich nichts verstanden.«

Erneut hagelte es eine Abfolge von Tönen. Die Greifin klang ziemlich genervt.

Aber wenn man bedachte, dass sie der Menschensprache mittlerweile problemlos folgte und Yerad lediglich ein paar einzelne Greifenlaute übersetzen konnte, war das nachvollziehbar.

In dem Moment klapperte die Tür hinter Yerad.

Chadrik kroch herein – mit einem Bataderbeutel. Er warf einen kurzen Blick zur Greifin, ehe er einen Gruß wagte, doch an seiner Anwesenheit störte sich das Tier nicht. Dann blickte er Yerad an, während er das Band des Beutels löste. »Geh noch mal raus zu Mira.«

»Was? Wieso das denn?« Yerad war froh, dass sie weg war.

»Weil sie drum gebeten hat.«

»Und weil ich so ein netter Gefangener bin, muss ich das jetzt tun?«

Chadriks Mundwinkel zuckte. »Das hast *du* gesagt.« Sein Kopf wies zur Tür. »Geh. Ich bau solang das Spiel auf.«

»Und wenn ich mich weigere?«

»Kannst du theoretisch. Das ist Mira, nicht Rabe. Und es war ne Bitte, kein Befehl. Allerdings ...« Er schüttete die Spielsteine auf die Unterlage. »... würd ich's gut finden, du gehst.«

»Warum?«

Chadrik blickte auf. »Stell dich nicht blöder, als du bist«, kommentierte er trocken. Doch auf Yerads verständnisloses Blinzeln rollte er mit den Augen und erklärte: »Ich bin mit ihr befreundet und mit dir. Und so, wie ihr euch grad behandelt, ist das ne Zumutung.« Er begann, die Spielsteine auf ihre Startpositionen zu setzen.

Befreundet ... Das hatte Chadrik noch nie so deutlich gesagt. Yerad schluckte jede weitere Erwiderung herunter und kroch auf den Gang.

Mirella saß zusammengesunken auf der Bank. Sie schien überrascht, als Yerad vor ihr auftauchte.

»Chadrik meinte, du willst mich sehen.« Er setzte sich auf den Boden neben der Tür, sodass er Mirella gegenüber war.

Sie nickte. »Hat die Greifin sich beruhigt?«

»Ja.« Es wunderte Yerad, dass sie danach fragte.

»Weißt du, warum sie so ein Problem mit mir hat?«

Er schüttelte den Kopf. »Dafür verstehe ich sie nicht gut genug.«

Ihre Augenbrauen schossen nach oben. »Du verstehst das Gekreische?«

»Nur Bruchstücke. Ich habe jedoch ausreichend verstanden, um zu wissen, dass sie dich nicht dadrinnen haben wollte.« Er deutete Richtung Kammer.

Mirella verzog das Gesicht. »Ist das jetzt immer so?«

»Möglicherweise.« Allerdings war das keine Option. Die Greifin würde sich mit ihr arrangieren müssen. Sonst war diese Frau die Erste, die starb, sobald die Ketten verschwanden. Zusammen mit Rabe. Die Greifin an den Rebellenanführer zu gewöhnen, würde aber gewiss noch deutlich schwieriger werden.

»Also sollte ich wohl wirklich nicht öfter hier auftauchen«, murmelte Mirella.

»Doch«, sagte Yerad energischer als beabsichtigt. »Sie muss lernen, damit umzugehen, dass du da bist.«

»Ich soll nun so oft zu ihr, bis sie nicht mehr durchdreht, wenn sie mich sieht?« Ihr war anzusehen, was sie von der Idee hielt.

»Es ist besser, das jetzt zu machen, solange sie noch angekettet ist.«

Unbehaglich fixierte Mirella die Tür. »Soll ich wieder mit rein?«

»Lieber morgen. Dann kann ich die Greifin an den Gedanken gewöhnen.«

»Also morgen«, wisperte sie in einem Ton, als hätte er ihr mitgeteilt, dass sie morgen auf dem Speiseplan der Greifin stand.

20

Mirella

Auf tauben Beinen eilte Mirella durch den Gang. Da hatte sie sich nur mit Yerad aussöhnen wollen und was war das Ergebnis? Sie musste als Geduldsprobe für ein Geschöpf herhalten, das sie gern als Frühstückshappen verdrücken wollte.

Und dass sich das Verhältnis mit Yerad nur ansatzweise verbessert hatte, konnte sie auch nicht behaupten. Sie tauschten zwar keine Sticheleien aus, gut war es damit lange nicht.

Das hast du dir selbst zuzuschreiben, sagte sie sich und dieses Wissen machte es umso schlimmer.

Sie wollte nur noch zu Alia und sich mit dem nächsten Schloss ablenken.

Viel zu schnell rauschte sie um eine Ecke und sprang im letzten Moment zurück, als eine vertraute Silhouette vor ihr aufragte.

»Solltest du nicht gerade Yerad bewachen?«, fragte Rabe.

»Chadrik ist bei ihm. Es hat nicht funktioniert.«

Eine Falte bildete sich zwischen seinen Augenbrauen. »Du hast ihn aber nicht verletzt?«

»Natürlich nicht! Allerdings hätte die blöde Greifin das gern mit mir gemacht.«

Die Falte verschwand. »Ist ja schön, zu wissen, dass ich nicht der einzige Mensch bin, den das Tier beseitigen will.« Ein Lächeln hob seine Mundwinkel.

Mirella verstand nicht, wie er wegen einer solchen Erkenntnis lächeln konnte. Ihr war regelrecht schlecht. Besonders, wenn sie darüber nachdachte, was ihr in den nächsten Tagen blühte. »Freut mich, dass du deinen Spaß hast. Wollen wir vielleicht Wetten abschließen, wer von uns beiden zuerst zerfleischt wird, sobald das Vieh die Kette los ist?«

»Würd mich wundern, wenn du mich von der Spitzenposition verdrängst«, entgegnete er nicht minder belustigt. »Es sei denn, du fängst an, die Greifin mit Messern zu bewerfen.« Er hielt inne. »Das hast du doch nicht gemacht, oder?«

»Hältst du mich für bescheuert?«, posaunte sie hinaus, ehe ihr in den Sinn kam, dass es vielleicht nicht die beste Idee war, mitten auf dem Gang so mit Rabe zu reden.

»Eher für impulsiv. Also hast du der Greifin nichts getan?«

»Nein, habe ich nicht«, murrte sie. Als ob er das nicht längst wusste! Sie versuchte, sich an dem Kerl vorbeizuschieben.

Als sie neben ihm war, raunte er: »Läufst du nun doch wieder weg?«

Sie verharrte, als hätte er sie festgehalten. Es war gerade erst zwei Tage her, dass sie versprochen hatte, ihm nicht mehr aus dem Weg zu gehen. »Wenn du dich über meine Angst lustig machst, ja.«

»Das war der einzige Grund?«

»War es.« Sie sah ihn an. »Weglaufen ist besser, als Messer auf dich zu werfen, nur damit du still bist.« Verdammt, warum konnte sie nicht endlich leise sein?

»Du hättest auch einfach was sagen können.«

Ihr Ärger schlug in Scham um. An die naheliegendste Lösung hatte sie natürlich nicht gedacht.

»Ich hör auf. Ehrenwort«, beteuerte er.

Ungläubig betrachtete sie ihn.

Kein dummer Spruch mehr, nur ein vorsichtiges Lächeln. »Hast du kurz Zeit?« Selbst die Frage klang zurückhaltend. Bestimmt bildete sie sich das nur ein. Unsicherheit passte nicht zu Rabe.

Sie nickte. Eigentlich wollte sie zu Alia, aber Rabe hatte Vorrang. Wirklich überraschend war es schließlich nicht, dass er die Gelegenheit gleich nutzte, um sie weiter über die Alcazaba auszuquetschen.

Doch in seiner Kammer raffte er das Papier, das sich an mehreren Stellen auf dem Tisch türmte, zusammen, anstatt es nach den Aufzeichnungen über die Alcazaba durchzublättern, wie er es sonst getan hatte. Er nahm den Stapel und trug ihn zum Regal.

Verwundert folgte Mirella seinen Bemühungen, die Zettel in ein übervolles Fach zu quetschen. »Bist du sicher, dass dein Geschreibsel nicht dazwischen ist?« Er hatte zwar noch genügend anderes Papier in den Regalen, aber bislang hatte sich ein Großteil immer auf dem Tisch befunden.

»Was meinst du? Hier ist jede Menge von meinem Geschreibsel zwischen.« Mit etwas Druck schob er Bücher und Kleidungsbündel beiseite und hievte den Stapel in die neu geschaffene Lücke.

»Das über die Alcazaba.«

Er hielt inne und wandte sich zu Mirella um. Hinter ihm kippten die Bücher, die die Zettel begrenzten. Anschließend neigte sich der Papierturm zur Seite, kam ins Rutschen und wurde von einem Bündel Kleidung – oder war es ein Handtuch? – gestoppt. »Mirella?«, riss Rabes Stimme sie von dem Schauspiel los.

Unbehaglich zappelte sie auf ihrem Stuhl.

»Du hast nicht zugehört.«

»Na ja, ich ...«, stammelte sie, ehe sie den Kopf schüttelte. Sie zog es vor, ihm nicht zu sagen, was sie derart abgelenkt hatte.

»Hast du gedacht, wir reden weiter über die Alcazaba?«

»Ja.« Das war gar nicht der Grund, warum sie hier war?

»Deshalb hast du so gleichgültig reagiert, als ich gefragt hab.« Er sog die Luft ein und stieß sie gleich darauf aus. »Eigentlich wollte ich mich mit dir unterhalten. Aber wenn du nicht möchtest, ist das natürlich in Ordnung.« Sein Blick ging zurück zu dem Stapel, der gerade gekippt war. »Dann können wir uns auch um die Alcazaba kümmern. Die Unterlagen sind irgendwo dazwischen. Glaub ich jedenfalls.«

»Du brauchst nicht suchen«, sagte sie, bevor sie sich bewusst dafür entschieden hatte.

Er wandte sich um. »Wirklich?«

Sie zögerte mit der Antwort. Doch ihr Herz war der gleichen Meinung wie ihr vorschneller Mund. »Wirklich«, bekräftigte sie.

»Ich dachte schon, ich war zu ungeduldig.«

Nein, das war er nicht. Immerhin hatte er bislang nichts weiter getan, als ihre Hand zu halten.

Irgendwo trieb Rabe einen sauberen Becher für Mirella auf und schenkte ihr aus der Karaffe ein. Dann setzte er sich ebenfalls. Auf den Stuhl neben ihr. Nicht gegenüber, wo er gewöhnlich saß.

»Hast du jemals zuvor auf diesem Platz gesessen?«, entfuhr es ihr, weil es nach den vielen Malen, die sie hier gewesen war, seltsam anmutete, ihn dort zu sehen.

»Noch nie.« Er wirkte ein wenig verloren. »Aus dem Blickwinkel sieht das Zimmer fremd aus.«

»Liegt vielleicht auch daran, dass du sonst immer auf deine Papiere guckst.«

»Vielleicht.«

Stille breitete sich zwischen ihnen aus und Mirella spürte ihr Herz hämmern. Sein Blick brannte auf ihr und es kostete sie immense Mühe, nicht den Kopf zu senken. »Wollten wir nicht reden?«, sprach sie das Einzige aus, das ihr in den Sinn kam. »Dazu müsste jemand von uns was sagen.«

»Mir fällt aber grad nichts ein.« Er lächelte schief.

»Mir auch nicht.« Sie konnte ihn nur anstarren. Seine blauen Augen, die sie warm und liebevoll musterten. Den Mund, bei dem sie sich nicht zum ersten Mal fragte, wie es wohl wäre, ihn zu küssen. Reglos hockte sie auf ihrem Platz, als wäre sie mit ihm verwachsen.

Er streckte ihr eine Hand entgegen. »Mirella?«

Sie legte ihre Finger in seine. Ihr Daumen strich sanft über seine Haut. »Mira«, sagte sie leise. »Nenn mich Mira.«

»Obwohl du meinen echten Namen nicht kennst?«

Das hatte sie ihm in Elenyas Taverne an den Kopf geworfen. Dass er ihren Spitznamen nicht verwenden durfte, solange er ihr nicht verriet, wie er wirklich hieß. »Besteht etwa die Chance, dass ich den jemals erfahre?«

»Eher nicht.«

Damit hatte Mirella gerechnet. Zu behaupten, es sei ihr egal, wäre eine Lüge. Aber sie war auch nicht länger bereit, die Strafe aufrechtzuerhalten, mit der sie sich selbst am meisten quälte. »Ich möchte von dir nicht angeredet werden, als sei ich eine Fremde.«

»Das bist du nicht.« Seine Finger schlangen sich fest um ihre. Nur für einen Moment, dann lockerte er sie. »Das warst du nie.«

Sie schwiegen beide, die Hände miteinander verschränkt. Eine Berührung, die gleichzeitig tröstlich und aufregend war. Dennoch rückte Mirella nicht näher zu Rabe. Zunächst verstand sie nicht, was sie zurückhielt. Sie hatte dem Weglaufen abgeschworen, da es zu nichts führte, außer an ihren Kräften zu zehren. Aber der Impuls war nicht ohne Grund da gewesen. So sehr sie sich zu Rabe hingezogen fühlte, sie hatte auch Angst vor ihm gehabt. *Nicht gehabt*, begriff sie. Die Angst war noch da. Und ein Teil von ihr verfluchte die Entscheidung, diesem Mann, der ihr Untergang sein könnte, nicht länger auszuweichen.

Ihre Hände passten perfekt zueinander, ihre Seelen weniger. Mirellas Kopf wusste das, ihrem Herzen war es gleich. »Wie soll das funktionieren?«, sprach sie die Frage aus, vor deren Antwort sie sich fürchtete. Sie konnte nur auf ihre ineinander verschränkten Finger starren.

Rabe antwortete nicht sofort und so redete sie weiter. Sich vermutlich wieder einmal in Schwierigkeiten. Auch das war ihrem Herzen egal. »Wie soll ich gleichzeitig deine Rebellin sein und deine ...?« Sie wusste nicht, was sie für ihn wäre. »Es ist nur eine Frage der Zeit, bis du mich für irgendwas bestrafst.« *Schlimmstenfalls sogar fortjagst.*

»Warum sollte ich strenger mit dir sein als mit den anderen?«

»Das brauchst du gar nicht, wenn du mehr siehst.« Sie hatte sich vor ihm nie gut verstellen können. Es würde unmöglich sein, sobald sie ... Sie würgte den Gedanken ab.

Holz schabte über Stein, Rabes Finger schoben sich unter ihr Kinn und hoben es sanft an. Er war mit seinem Stuhl näher gerückt, ohne ihre Hand loszulassen. »Denkst du, ich verbanne dich, weil du was sagst, das mir nicht gefällt?«

»Vielleicht ... Wenn es dir so gar nicht gefällt.« Was sonst sollte er tun, sobald sie etwas herausposaunte, wodurch offensichtlich wurde, dass sie eine Gefahr für alle war?

Er nahm die Finger von ihrem Kinn. »Bist du mir deswegen ausgewichen?«

Sie nickte und unterdrückte das Bedürfnis, zu Boden zu blicken.

»Ich werd dich nicht allein in die Wälder schicken.«

»Nicht allein?«, hakte Mirella unvernünftigerweise nach und hielt inne. Warum konnte sie es nicht dabei belassen? Was wollte sie denn von ihm hören? Er konnte ihr nicht die Sicherheit geben, die sie gern hätte. Nicht in der Position, in der er sich befand. »Siehst du: Das meinte ich«, fuhr sie fort, bevor er etwas entgegnete. »Ich frage immer weiter. Ich kann deinen Befehlen nicht widerspruchslos gehorchen. Ich –«

»Das war doch gar kein Befehl.«

»Schon ... Aber bei denen hab ich ja auch oft genug unangemessen reagiert.« Nun senkte sie den Blick, spürte seine Hand, die mit ihrer verschränkt war. Warm und beruhigend, trotz aller Zweifel zwischen ihnen.

»Mir ist bereits am ersten Tag aufgefallen, wie du bist«, sagte er. »Erinnerst du dich an unser Gespräch in dem Haus, bevor ich dich in die Höhlen geführt habe? An deine Reaktion, als ich dir gesagt habe, dass du Elenya nicht besuchen darfst?«

Wie könnte sie das vergessen? Ihre unbedarfte Antwort, sein forschender Blick und anschließend die Angst, dass sie ihre einzige Chance verspielt hatte. »Ja.«

»Jeden anderen hätte ich damals abgelehnt. Das Risiko, dass eine derartige Aufmüpfigkeit alle in Gefahr bringt, wäre es mir nicht wert gewesen. Dich habe ich mitgenommen.«

Zaghaft hob sie den Kopf. »Warum?«

»Hätte ich es nicht getan, wärst du den Wächtern oder Gardisten in die Hände gefallen. Mit deinem Äußeren hättest du dich nicht dauerhaft im Barri-Al-Obrero verstecken können. Irgendwann wärst du verraten worden.« Er presste die Lippen zusammen. »Das war das erste Mal, dass ich das Wohl einer einzelnen Person über das Wohl aller gestellt habe.« Er sagte es, als sei es ein Verbrechen.

Dabei hatte er Mirella gerettet, denn sie teilte seine Einschätzung. Hätte er sie an jenem Tag zurückgelassen, wäre sie heute nicht mehr am Leben.

Ihr war nicht bewusst gewesen, wie knapp sie diesem Schicksal entkommen war. »Du bist meinetwegen von deinen Prinzipien abgewichen?«, fragte sie ungläubig. »Wir kannten uns doch erst ein paar Stunden.«

»Ich hab den Gedanken nicht ertragen, dass du stirbst.« Sein Lächeln hatte etwas Trauriges. »Ein schöner Anführer bin ich, was?«

Plötzlich sah Mirella ihn wieder vor sich, wie er in der Nacht nach ihrem desaströsen Auftrag vor ihr gestanden hatte. Mit Augenringen, als hätte er nicht eine Minute geschlafen. Vermutlich hatte er das wirklich nicht. Aus Sorge um sie. Obwohl ... nicht nur um sie. Das Schicksal von Alia, Durak und Chadrik war ihm gewiss nicht gleichgültig gewesen. Allerdings war es Mirella gewesen, die er zurückgerufen hatte. Nach deren Befinden er sich erkundigt hatte.

»Als wir hier waren«, fuhr Rabe fort, »habe ich das Einzige getan, womit ich mir zumindest halbwegs Sicherheit erkaufen konnte, dass du keine Dummheiten machst: dich den Leuten vorgestellt, von denen ich gehofft habe, dass du sie so sehr ins Herz schließt, dass du ihnen auf keinen Fall schaden möchtest.«

Also hatte er bei ihr damals die gleiche Taktik angewendet wie nun bei Yerad. Dieses Wissen fühlte sich seltsam an. »Hat ziemlich gut geklappt.«

»Hab ich gemerkt. Du lässt dich lieber umbringen, als sie sterben zu lassen.« Erneut benetzte Sorge seinen Blick.

Wie von selbst hob sich ihre Hand an sein Gesicht, strich behutsam über seine Haut, von der Stirn über die Wangenknochen, bis hin zum Kinn. Die Bartstoppeln schabten an der Blutkruste ihrer Fingerspitzen.

Er hielt still, atmete so flach, dass sie nicht einmal den Hauch spürte.

»Also meinst du«, wisperte Mirella, »das mit uns könnte klappen? Obwohl wir sind, wer wir sind?« Ihre Hand ruhte auf seiner Wange.

Er nahm einen schweren Atemzug, die erste spürbare Bewegung, seit sie sein Gesicht berührte. »Ich weiß es nicht. Aber ich will mich nicht immer fragen müssen, wie es geworden wäre.«

Was so viel bedeutete, dass sie es wohl ausprobieren mussten, wenn sie es wissen wollten. Leicht gesagt für Rabe. Letztlich war es Mirella, die das Risiko einging. Egal, was er ihr jetzt versprach, sollte er das Interesse an ihr verlieren, endete sie womöglich dennoch allein in den Wäldern. Wie Elin einst.

Doch das hatte sie bereits vorher gewusst. Trotzdem hatte sie beschlossen, ihm nicht länger aus dem Weg zu gehen. Ebenso hatte sie dieses Wissen nicht davon abgehalten, seine Hand zu halten, sein Gesicht zu streicheln. Wie konnte man sich zu jemandem hingezogen fühlen, den man fürchtete?

»Du sagst gar nichts«, merkte Rabe vorsichtig an und Mirella wurde bewusst, dass sie eine ganze Weile geschwiegen haben musste.

Noch immer kam kein Wort über ihre Lippen. Sie brachte es nicht fertig, ihm von dem Chaos in ihrem Inneren zu erzählen. Einen Moment sah er sie abwartend an. Mirellas Hand an seiner Wange, die Finger miteinander verschränkt. Dann rutschte er mit dem Stuhl zurück. Ihre Finger glitten auseinander. Mirellas Hände hingen für einen Herzschlag in der Luft, bevor sie sie auf ihren Schoß zog.

»Ich war wohl doch zu ungeduldig«, sagte er leise. »Ist wahrscheinlich besser, du gehst jetzt. Unser Gespräch über die Alcazaba können wir ein andermal führen.« Er rang sich ein Lächeln ab, das ihm nicht gelingen wollte. »Ich bin dir nicht böse, wenn du das denkst.« So sah er auch nicht aus. Nur erschöpft. Traurig.

Plötzlich stand Mirella an seiner Tür. Sie hatte nicht einmal wahrgenommen, wie sie dorthin gekommen war. Eben war da noch Rabes Antlitz gewesen und nun starrte sie das Holz an. Unschlüssig wanderten ihre Augen zur Klinke. Ihr Arm war schwer, zu schwer, sie zu ergreifen. Sie wollte nicht gehen. Selbst falls es ihr Untergang wäre, sich mit Rabe einzulassen, so war es das auch auf andere Art, wenn sie nun ging. »Rabe?« Ihre Stimme war so dünn, dass sie nicht sicher war, ob er sie überhaupt hörte.

»Mira?«

Es tat gut, dass er sie bei ihrem Kosenamen nannte. Sie wandte sich nicht um. Das, was sie ihm sagen wollte, würde sie nicht aussprechen können mit ihm vor sich. So hatte sie die Augen auf die Maserung der Holzbretter gerichtet. Feine Linien, die nebeneinander liefen, ohne sich zu berühren. »Ich möchte mich auch nicht fragen müssen, wie es geworden wäre.« Auf wackeligen Beinen drehte sie sich um.

Er stand vor ihr, schien ihrer Aussage nicht zu trauen.

Sie machte einen zaghaften Schritt auf ihn zu, dann einen zweiten. Nur eine Handbreit trennte sie noch. Sie sog seinen Geruch ein, der sie anzog wie das Licht eine Motte. Vorsichtig hob sie eine Hand gegen seine Brust, fühlte seinen Herzschlag, der ebenso rasend wie ihr eigener war.

Seine Hand legte sich auf ihre, sie versank im Blau seiner Augen. Abermals strichen ihre Finger über seine Wange, tasteten sich zu seinem Hinterkopf und zogen ihn herab. Warm trafen seine Lippen auf ihre. Der Kuss war so sanft, dass sie ihn kaum spürte.

Rabe zog seinen Kopf zurück, ihre Münder lösten sich voneinander. Es blieb nur ein Prickeln, die Sehnsucht nach mehr.

Mirellas eine Hand lag noch immer in seinem Haar, die andere auf seinem Herzen, das regelrecht raste. Warum hatte er den Kuss beendet?

Prüfend musterte er sie. »Besteht die Gefahr, dass du gleich deine Meinung änderst und wegläufst?«

»Nein«, kam es atemlos über ihre Lippen.

Ein flüchtiges Lächeln war die Antwort. Mirella wusste nicht, ob er daraufhin den Kopf senkte oder sie ihn erneut zu sich heranzog. Vielleicht waren sie es beide gleichzeitig. Das, was dann folgte, war alles andere als sanft: gierige Küsse, fordernde Berührungen.

Sie waren zu lange umeinander geschlichen, ihre Geduld war erschöpft. Sein Geschmack war betörend wie sein Geruch, seine Hände umschlossen heiß ihre Wangen, die Hüften, während sie sich in sein Haar wühlte, über seinen Rücken tastete.

Erneut war er es, der sich von ihrem Mund löste. Dennoch ließ er sie nicht los, drückte sie fest an sich. »Genug für heute«, raunte er schwer atmend gegen ihre Stirn.

Sie verstand es nicht. Sie wollte ihn länger schmecken und war überzeugt, dass es ihm ebenso ging. »Warum?« Ihre Stimme klang fremd.

Sein leises Lachen war rau. »Das war sowieso weitaus mehr, als ich erwartet hab. Außerdem ...« Er zögerte. »Ich will nicht riskieren, dass du bereust, was passiert ist, sobald du meine Kammer verlässt.«

Dazu war es ohnehin zu spät. Selbst wenn sie es bereute ... Nun, da sie wusste, wie es sich anfühlte, ihn zu küssen und von ihm gehalten zu werden, glaubte sie nicht, dass sie jemals von ihm loskam. Ganz gleich, was das für sie bedeutete. Doch das sagte sie ihm nicht. Vielleicht war es besser, wenn er vorsichtig blieb. Sicherer für sie. »Können wir noch ein Weilchen so bleiben?«, murmelte sie gegen seine Schulter.

Er gab ihr einen Kuss auf den Kopf.

»Heißt das ja?«

»Ja.«

So umschlangen sie einander in dem winzigen Bereich zwischen Rabes Tisch und der Tür. Die Atemzüge und das Schlagen ihrer Herzen als einzige Geräusche.

Draußen lief die Zeit weiter, doch hier stand sie still. Gelegentlich wehten Fetzen des Lebens vor der Tür in ihren Kokon: Schritte, die lauter wurden und wieder verhallten, Bruchstücke von Gesprächen, die anschwollen und verklangen wie die heranrollenden Wellen am Felsenstrand.

Etliche Male ging es so, dann verstummten die Fußtritte abrupt und es klopfte.

Rabe versteifte sich, da schwang die Tür schwungvoll auf. Sie wurde geradeso von Rabes Armen gestoppt, die er im letzten Moment von Mirellas Rücken gerissen hatte. Dennoch standen sie viel zu nah beieinander.

Hastig trat Mirella einen Schritt zur Seite, aber wer auch immer hinter ihr in den Raum gepoltert war, hatte gewiss längst gesehen, was los war.

»Was soll *das* denn?«, schnappte eine vertraute Frauenstimme.

Mirella hätte sich am liebsten in Rabes Armen verkrochen. Doch damit hätte sie Zineb wohl richtig auf die Palme gebracht. Vorsichtshalber machte sie noch einen Schritt von Rabe weg. Sie wäre einen weiteren gegangen, aber dafür hätte sie ins übervolle Regal klettern müssen. Unbehaglich wandte sie sich um.

Zineb hatte die Tür hinter sich geschlossen und stand mit verschränkten Armen davor. »Wie lange geht das schon?« Sie fixierte Rabe mit der Sorte Blick, die sie sich sonst für Mirella aufhob. »Hast du deshalb die ganze Zeit über ihre Fehler hinweggesehen?«

Für einen Moment wirkte Rabe überrumpelt. Dann verschränkte er ebenfalls die Arme und setzte sich halb auf den Tisch. Nun strahlte er wieder das Selbstbewusstsein aus, das Mirella von ihm kannte. »Bevor du dich weiter aufregst, Zineb: Soll ich dir vielleicht das Konzept des Anklopfens erläutern?«

»Ach, ist das jetzt meine Schuld?«

»Dass du's so erfahren hast, schon«, gab er nüchtern zurück. Sein Blick ging zu Mirella. »Geh ruhig, Mira. Ich regel das.«

Da hätte Mirella nichts gegen einzuwenden, aber bedauerlicherweise versperrte Zineb den einzigen Fluchtweg.

»Du willst also nicht antworten«, fauchte Zineb in Rabes Richtung. Ihr Raubvogelblick schoss zu Mirella, die nur deshalb stehen blieb, weil sie mit ihrem Rücken bereits gegen Rabes Regal gepresst war. »Dann sag du mir gefälligst, wie lang du dich schon an Rabe ranschmeißt!«

Das klang ja, als wäre Mirella über Rabe hergefallen. »Ich hab mich nicht an ihn rangeschmissen.«

»Warum sonst sollte er auf dich hereinfallen?«

Abrupt stieß Rabe sich vom Tisch ab und drängte sich zwischen Zineb und Mirella. »Das reicht, Zineb. Du bist hergekommen, weil du zu *mir* wolltest. Lass Mirella gehen und wir klären, was auch immer es zu klären gibt.«

»Erst wenn du geantwortet hast.«

Mirella stand zwar hinter Rabe, aber sie konnte sich vorstellen, wie er gerade mit den Augen rollte. »Seit heute. Und sie hat sich nicht an mich rangeschmissen. Eher umgekehrt. Neugier befriedigt?«

Zineb gab ein barsches Schnauben von sich, sagte jedoch nichts mehr. Offenbar hatte sie nicht mit einer solchen Antwort gerechnet.

»Könntest du jetzt bitte die Tür freigeben?«, fuhr Rabe fort.

Den Geräuschen nach zu urteilen tat sie es wirklich. Rabe warf einen Blick über die Schulter und streckte Mirella die Hand entgegen.

Mirella bezweifelte zwar, dass es eine gute Idee war, das vor Zineb zu machen, doch sie legte dennoch ihre Hand in Rabes. Er führte sie die paar Schritte bis zur Tür, öffnete diese und ließ Mirella hinausschlüpfen.

Sie wandte sich zu ihm um, da es ihr falsch vorkam, sich wie eine unartige Tochter davonzuschleichen. Zineb mochte das, was auch immer zwischen Rabe und Mirella war, nicht gutheißen, aber sie war weder Mirellas noch Rabes Mutter. Zumindest nahm Mirella an, dass sie nicht Rabes Mutter war.

»Tut mir leid, wie das geendet hat«, sagte er leise.

»Ist ja nicht deine Schuld.«

»Trotzdem.« Er lächelte entschuldigend.

Für einen Moment verknoteten sich ihre Blicke, doch Zinebs ungeduldiger Ruf, wie lange das denn dauere, ließ Mirella einen Schritt zurücktreten. »Ich geh wohl besser.«

»Bis dann, Mira.« Er sah aus, als würde er am liebsten mit ihr kommen und seine Stellvertreterin allein in seinem Zimmer lassen.

Die Tür schloss sich und Mirella war froh, dass sie sich nicht mit Zineb auseinandersetzen musste, auch wenn ihr nur allzu bewusst war, dass die Frau ihr dennoch ein Gespräch aufdrücken würde. Eines, das mit noch mehr Drohungen und Beleidigungen versehen war, als Mirella es von ihr kannte.

»Warum hat das so lange gedauert, Mira?«, rief Alia, als sie Mirella im Saal erblickte.

Eine äußerst beliebte Frage zurzeit.

»Wir wollten doch üben, sobald du fertig bist, und Durak hat dich schon vor ner ganzen Weile angekündigt.«

Durak kam ebenfalls näher, wenn auch wesentlich entspannter.

»Hast du dich etwa mit der Prinzessin vertragen, Feuerschopf?«

Mirella verzog das Gesicht, da ihr plötzlich wieder einfiel, welch wundervolle Aufgabe sich Yerad für sie überlegt hatte.

»Nein. Das ist ziemlich ... schwierig.« Womöglich aussichtslos, da sie bereits zu viel kaputt gemacht hatte. Manche Dinge ließen sich nicht reparieren.

»Soll ich mal mit ihm reden?«, bot Durak an.

»Lieber nicht. Er denkt sowieso schon, dass ich mich nur deshalb mit ihm versöhnen will, weil entweder Rabe oder einer von euch mich dazu gebracht hat.«

»Verstehe.«

Alia neigte den Kopf und Mirella ahnte, was gleich folgte: die beliebte Frage. »Und warum hast du so lang gebraucht?«

»Ich war bei Rabe.« Sie holte tief Luft. »Wir haben uns geküsst.«

Sprachlos starrte Alia sie an, Durak runzelte die Stirn.

»Ich weiß, was ihr davon haltet, aber ich wollt's nicht verheimlichen.« Sie blickte zu Alia. »Von mir aus können wir jetzt mit dem Schlossknacken weitermachen.«

Alia war anzusehen, dass sie noch damit zu kämpfen hatte, Mirellas Nachricht zu verdauen.

Durak verabschiedete sich. Er würde später mit Mirella weiter die Zeichen durchgehen. Das waren die Lerneinheiten, die Mirella mit Abstand am wenigsten mochte, was vermutlich daran lag, dass sie überhaupt nicht in der Lage war, sich die merkwürdigen Bewegungsabfolgen einzuprägen. Genau wie damals, als ihre Mutter auf die Idee gekommen war, dass Mirella auch Tänze vorführen könnte. Es hatte Monate gedauert, bis Mirellas Mutter eingesehen hatte, dass die Talente ihrer Tochter woanders waren. Es war schon ein Krampf gewesen, Choreografien für die Messerwürfe einzustudieren, aber da hatten zum Glück nur einige einfache Drehungen und kurze Schrittfolgen genügt.

Alia und Mirella gingen in ihr Zimmer, wo ein paar Übungsschlösser, Drähte und Metallstifte lagerten. Da Mirella derzeit die Einzige war, die damit lernte, vermisste niemand diese Dinge. Mit knappen Worten gab Alia Mirella das Schloss, mit dem sie letztes Mal aufgehört hatte. Die Fröhlichkeit, die sie sonst ausstrahlte, war verschwunden.

Nun verstand Mirella auch, warum die Männer Alia damals nichts über ihre Fluchtvorbereitungen verraten hatten. »Was ist los, Alia?«

Die Freundin seufzte schwer. »Irgendwie hatte ich gehofft, dass das mit dir und Rabe nichts wird.« Sie hielt inne. »Das heißt nicht, dass ich es dir nicht gönne, glücklich zu sein. Es ist nur ...« Sie biss sich auf die Lippen.

»Ich weiß«, sagte Mirella. Alia glaubte nicht, dass es möglich war, mit diesem Mann glücklich zu werden. Selbst Mirella hatte da ihre Zweifel. Aber jemandem aus dem Weg zu gehen, zu dem man sich hingezogen fühlte, machte auch nicht glücklich. Mirella rutschte neben die Freundin und legte einen Arm um sie.

»Seid ihr jetzt ein Paar?«

»Ich weiß es nicht. Das werden wohl die nächsten Begegnungen mit ihm zeigen.«

»Habt ihr nicht darüber geredet?«

»Wie viel dergleichen hast du denn mit Yerad besprochen, als du ihn umarmt hast?«

Alia schwieg. Immerhin war sie nicht zusammengezuckt.

»Mach dir keine Sorgen. So, wie Rabe mich geküsst hat, glaub ich nicht, dass er mich loswerden will.« Zumindest nicht in naher Zukunft.

»Na hoffentlich. Ich möchte nicht die nächste Freundin verlieren.«

21

Yerad

Wie befürchtet war die Greifin äußerst aufgebracht über die Aussicht, morgen auf Mirella zu treffen. Sie zeterte und kreischte, dass Yerad es bald aufgab, sie zu beruhigen. Sie hörte ihm ja doch nicht zu. So rutschte er möglichst weit weg von ihr auf die Matratze, wo Chadrik sich die Ohren zuhielt.

Das war wahrscheinlich die beste Art, zu warten bis die Greifin still war. Yerad tat es ihm gleich. Trotzdem war der Krach unerträglich. Am liebsten würde Yerad die Kammer verlassen, aber so, wie er die Greifin einschätzte, wäre sie umso erboster, sobald er zurückkam.

Schließlich wurde der Lärm zumindest leiser. Yerad nahm die Hände von den Ohren.

Chadrik stützte den Kopf mittlerweile auf einem Knie ab und blickte mit stoischer Miene zu dem Spektakel. Plötzlich wandte er sich zu Yerad um: »Hättest du's ihr nicht mitteilen können, wenn ich weg bin?«

»Dann ist Alia da.«

Chadrik verzog das Gesicht. »Tu wenigstens was.«

Yerad verspürte nicht die geringste Lust dazu, aber vielleicht ließ die Greifin sich nun beruhigen. Zumindest musste er das hinbekommen, bevor Alias Schicht begann. Chadrik war abgebrüht genug, sich das Gezeter anzuhören und Yerad nicht allein zu lassen. Alia jedoch hatte bereits Angst, wenn die Greifin friedlich war. Ein letzter Blick zu Chadrik, der energisch mit dem Kopf zur Greifin deutete. »Ist ja gut«, entfuhr es Yerad. Er kroch zur Greifin und setzte sich direkt an die Linie.

Das Tier hielt inne. Allerdings nur für einen Moment. Es wäre auch zu schön gewesen.

Yerad unternahm mehrere Anläufe, die Greifin zum Zuhören zu bewegen, doch sie schimpfte immer weiter. Eine Idee kam ihm, wie er ihre Aufmerksamkeit auf sich ziehen könnte. Aber ob das ein guter Einfall war? Sicher war nur, dass Chadrik versuchen würde, das zu verhindern. Also war es wohl schlauer, Yerad warnte ihn nicht. Er nahm einen tiefen Atemzug, schob sich über die Linie und blieb dahinter sitzen.

Schlagartig verstummte das Geschrei, rote Augen fixierten ihn.

»Was tust du denn da?«, drang Chadriks entsetztes Flüstern durch die Stille.

Yerad ging nicht darauf ein und erwiderte stumm den Blick der Greifin. Vorsichtig fragte er: »Hörst du mir jetzt zu?«

»Ik.« Der Ton wirkte gehetzt.

»Darf ich hier sitzen bleiben?«

Wieder erklang die Bestätigung.

Zwar wäre Yerad gerne hinter die Linie gerutscht, aber er hatte diese Entscheidung absichtlich der Greifin überlassen, um ihr ein Gefühl von Kontrolle zu vermitteln. Sein Herz raste, wenn auch nicht so schlimm wie bei der Entgegennahme der Feder. Vermutlich lag es daran, dass er so nah an der Markierung war.

Auf diese Weise gaukelte er sich wunderbar vor, er könne sich notfalls in Sicherheit bringen, wenngleich ihm bewusst war, dass das unmöglich war. Er saß – allein das machte ihn zu langsam.

»Ich möchte verstehen, warum es dich stört, wenn Mirella hier ist, doch dafür musst du mir meine Fragen mit Ja oder Nein beantworten.«

Die Greifin gab eine unverständliche Tonfolge von sich.

»Ich bin nicht so sprachbegabt wie du. Je mehr du sagst, desto schlechter kann ich dir folgen.«

Dieses Mal stieß sie nur einen Laut aus. Auch der war Yerad unbekannt, klang jedoch gereizt. Aber solange sie sich nur mit Geräuschen beschwerte und nicht in Yerads Gliedmaßen hackte, war ihm das nur recht.

»Zuerst muss ich wissen, was bei dir *nein* bedeutet.«

Sie starrte ihn an. Ob sie sich gerade fragte, wie dumm Yerad eigentlich war, da er noch nicht einmal so etwas Grundsätzliches herausgefunden hatte? »Ik ik«, machte sie dann.

›Ik‹ hieß doch ja oder nicht? »Ich wollte wissen, wie du nein sagst. Dass ja ›ik‹ ist, weiß ich bereits.«

Ein grollendes Geräusch stieg aus ihrer Kehle.

Yerad unterdrückte den Impuls, wegzurutschen.

Erneut gab sie »ik ik« von sich. Ziemlich schrill. Ihr Schweif peitschte.

Am liebsten hätte er seine Frage wiederholt. Aber er hatte die Greifin mit seiner nicht vorhandenen Sprachbegabung schon wütend genug gemacht. Daher blieb er stumm und rekapitulierte ihr Gespräch. Er stutzte. *Kann das sein?* »›Ik‹ heißt ja, richtig?«

»Ik!«, brüllte sie ihm entgegen.

Er ertrug es, ohne zurückzuweichen. »Und ›ik ik‹ bedeutet nein? Stimmt das auch?«

»Ik.« Der Ton war weniger schrill, der Schweif ruhiger. Offenbar war sie zufrieden, dass Yerad es endlich begriffen hatte. Innerlich atmete Yerad aus. Die Vorarbeit wäre erledigt. Jetzt ging es ums eigentliche Problem. Hoffentlich wurde die Greifin nicht gleich wieder ungehalten. »Nun stelle ich dir ein paar Fragen zu Mirella und du antwortest bloß mit Ja oder Nein. In Ordnung?«

»Ik.« Der Schweif peitschte einmal auf die andere Seite, blieb dann aber auf dem Boden.

»Hat Mirella heute etwas getan, das dich gestört hat? Außer, dass sie da war?«

»Ik ik.«

»Wolltest du sie nicht hier haben, weil sie letztes Mal etwas getan hat, das dich gestört hat?«

Für einen Moment war die Greifin still. Schließlich verneinte sie erneut.

Yerad seufzte. Denn nun fiel ihm nur noch eine Möglichkeit ein. »Ist es meinetwegen?«

»Ik.«

Versuchte die Greifin etwa, ihn vor Mirella zu beschützen? »Denkst du, sie könnte mir wehtun?«

»Ik.«

»Das wird sie nicht machen«, versicherte er. Nicht weil er ihrer Entschuldigung traute, sondern da er wusste, dass sie, sollte sie ihn grundlos verletzen, Rabes Befehlen zuwiderhandelte und bestraft werden würde. »Versuch, ihr eine Chance zu geben. Bitte.«

Die Greifin schwieg. Immerhin stieß sie kein vehementes ›Ik ik‹ aus.

Hinter Yerad bewegte sich Chadrik. Leise sagte er: »Mira ... also Mirella hat mich gerettet.« Seine Stimme war nah, vermutlich war er an die Linie gerückt.

Der Blick der Greifin schoss in seine Richtung.

»Mich, Durak und Alia«, fuhr er fort. »Wir wurden angegriffen. Alia hatte sogar ein Messer an der Kehle.«

Yerad fröstelte.

Chadrik hatte ihm ja gesagt, dass der Auftrag schlimm gewesen war und sie beinahe gestorben waren.

Doch zu wissen, dass Alia mit einem Messer bedroht worden war ...

»Mira hat sich von nem Dachbalken gestürzt und dem Kerl den Arm mit dem Messer weggezerrt. In dem Chaos konnten wir dann ... die Situation umreißen.« Er machte eine kurze Pause, sog geräuschvoll die Luft ein. »Mir ist klar, dass Yerad und Mira einen blöden Start hatten, aber sie ist kein schlechter Mensch. Und sie wird Yerad nichts tun. Sie versucht sogar, sich mit ihm zu vertragen.«

Die Greifin schwieg. Womöglich dachte sie über Chadriks Schilderung nach.

Yerad ließ ihr einen Moment, ehe er vorsichtig fragte: »Lässt du Mirella nächstes Mal in der Kammer bleiben?«

Die Augen der Greifin richteten sich auf Yerad. Es dauerte lange, bis sie sich zu einem abgehackten »Ik« durchrang.

»Danke.« Das ging ja besser als gedacht. Hoffentlich hielt sie auch Wort.

Die Greifin legte ihren Kopf auf die Vorderkrallen, gab dabei aber ein missmutiges Geräusch von sich.

»Soll ich dir jetzt vorlesen?«

Sofort schoss der Kopf nach oben. »Ik.«

Chadrik räusperte sich. »Vorher brauch ich Yerad kurz draußen.«

Die Greifin legte das Haupt wieder ab und gab eine seltsame Zwitscherfolge von sich. Es klang, als meckere sie vor sich hin.

»Ich bin gleich zurück«, versprach Yerad und rutschte rücklings über die Linie, raus aus der Gefahrenzone.

Kaum hatten sie die Tür zur Greifenkammer hinter sich geschlossen, zischte Chadrik: »Verdammt, Yerad. Warum tust du diese Scheiße immer, wenn *ich* dich bewach?«

»Du sprichst vom Übertreten der Linie?«

»Wovon sonst?« Chadrik ließ sich geräuschvoll auf der Bank nieder.

»Na ja. Als ich die Feder genommen habe, warst du nicht da. Und während Duraks Wache habe ich auch schon –«

Chadrik schnaubte unwirsch.

»Wärst du denn rausgegangen, wenn ich dich darum gebeten hätte?« Yerad setzte sich neben ihn.

»Da wär doch klar gewesen, dass du dann was Beklopptes treibst. Denkst du, da ist's besser, draußen zu hocken?«

»Vermutlich nicht.« Yerad fiel auf, wie blass Chadrik war im Vergleich zu dem Moment, bevor Yerad über die Linie gekrochen war. Da er es beim Gespräch mit der Greifin nicht gewagt hatte, nach hinten zu blicken, sprang ihm der Unterschied regelrecht ins Auge. Es war nicht so, dass er Chadriks Sorgen nicht nachvollziehen konnte. Immerhin bestand jedes Mal die Gefahr, dass er mitansehen musste, wie Yerad zerfleischt wurde. Dennoch ... »Es ist nötig, dass ich das mache, Chadrik. Nicht nur einmal, sondern immer wieder. Wie sonst soll ich ihr Vertrauen gewinnen und sie an Menschen gewöhnen? Und bei dir und Durak weiß ich wenigstens, dass ihr nichts macht, was die Greifin aufregt. Ihr seid die beiden Einzigen, bei deren Anwesenheit ich das momentan wagen würde.«

»Was für ne Ehre.« Chadrik warf einen skeptischen Blick zu Yerad. »Wie soll denn gleich das Vorlesen aussehen? Kriechst du dann unter ihren Flügel?«

»Hatte ich nicht vor.« Ein Lächeln stahl sich auf Yerads Lippen, als er wiederholte, was Chadrik ihm vor Kurzem gesagt hatte:»Aber versprechen kann ich nichts.«

Chadrik verzog das Gesicht.

Irgendwie tat er Yerad leid.»Sieh es doch einmal so: Wir alle riskieren unsere Leben. Durak, Alia und du, wenn Rabe euch auf Aufträge schickt. Und ich bei der Greifin. Was ist denn daran anders?«

»Bei unseren Aufträgen darf ich diejenigen abmurksen, die meine Freunde bedrohen.« Chadrik redete, als sei es normal, Leute umzubringen. Dann erinnerte Yerad sich an all das Blut, mit dem Chadrik nach dem Kaninchendiebstahl besudelt gewesen war, und ihm wurde bewusst, dass es für Chadrik wohl wirklich normal war. Er vergaß immer, dass Welten zwischen ihnen lagen.

»Die Greifin hat mich nicht bedroht, Chadrik«, sagte er dumpf.

»Das wusstest du aber vorher nicht.«

»Ich hab's gehofft.« Yerad hatte abermals zwei Wörter zusammengezogen, fiel ihm auf. Schon verrückt, wie schnell man sich anpasste, sobald man in ein anderes Umfeld geworfen wurde. Hoffentlich weitete sich das nicht auf seine Ansichten zum Thema Töten aus. So gern er Chadrik hatte, derart gleichgültig wollte er nie über das Morden denken.

Dieses Mal schien Chadrik Yerads unnoble Sprechweise nicht bemerkt zu haben. Zumindest kommentierte er sie nicht. Nachdenklich musterte er Yerad.»Ich red mir einfach ein, dass die Greifin dich so sehr mag, dass sie dir nie was tut.«

Yerad grinste stumm.

»Spielen wir nach dem Lesen ein paar Runden?«

»Das nächste Spiel wäre dann aber das zehnte.« Die Anzahl, die Yerad Chadrik versprochen hatte, bevor er riskierte, als Greifenfutter zu enden, wie Chadrik es damals genannt hatte.

»Wie viel leichtsinniger willst du denn noch werden?«, fragte Chadrik gedehnt. Doch ehe Yerad antworten konnte, sagte er: »Egal. Sie will dich ja nicht fressen.« Wie lange Chadrik es wohl schaffte, sich damit zu beruhigen?

»Können wir wieder rein?«

Auf Chadriks Nicken kehrten sie zur Greifin zurück. Sie wechselten sich mit dem Vorlesen ab. Yerad war überrascht, wie gut Chadrik das machte. Die Greifin hörte ihm genauso aufmerksam zu wie Yerad. »Hast du als Kind eine Schule besucht?«, fragte Yerad in einer Lesepause. Ihm hatte man einmal erzählt, dass die Kinder aus dem Barri-Al-Obrero zunächst im Haushalt oder den Geschäften ihrer Eltern halfen und wenn sie etwas älter waren, gleich in Berufe eingearbeitet wurden. Lesen war dafür selten notwendig, weshalb die meisten Arbeiter das bis ins Erwachsenenalter nie beherrschten. Aber vielleicht war er da auch falsch informiert.

»Schule?«, fragte Chadrik irritiert.

Also nicht. »Wo hast du lesen gelernt?«

»Hier. Rabe hat drauf bestanden, dass jeder lesen und schreiben kann.« Das Wort ›schreiben‹ sprach er mit einem Naserümpfen aus.

»Schreiben scheint dir weniger zu gefallen.«

»Ich hasse es. Notfalls krieg ich ne Nachricht hingekritzelt. Das reicht Rabe.«

»Ist alles eine Sache der Übung. Ich kann dir gerne helfen, damit du besser wirst.«

Chadrik winkte ab. »Wenn du mit jemandem üben willst, mach das mit Mira.«

»Mit Mirella?«, entfuhr es Yerad entsetzt.

Chadrik lächelte vielsagend. Dann beugte er sich vor und flüsterte so leise, dass Yerad ihn nur gerade eben verstand: »Du willst, dass die Greifin ihr ne Chance gibt. Und ich will, dass *du* es ebenfalls tust.«

»Warum ist dir das so wichtig?« Chadrik hatte zwar gesagt, dass es ihm unangenehm war, weil er mit beiden befreundet war, aber sie verbrachten praktisch nie Zeit zu dritt. War es da nicht egal, wie Mirella und Yerad sich gegenseitig behandelten? Zumindest solange Mirella nicht zu ihren Messern griff.

Statt zu antworten, nahm Chadrik das Buch und las weiter vor.

Mirella

»Ich hab's«, rief Mirella, als sie endlich das Schloss aufbekam, an dem sie sich schon eine ganze Weile versucht hatte.

»Sehr gut«, lobte Alia. »Und nun zum –«

In dem Moment klopfte es heftig an der Zimmertür.

»Da ist aber jemand ungeduldig«, murmelte Alia.

Mirella stand schweigend auf und öffnete.

Wie befürchtet war Zineb vor der Tür. Ohne auf eine Aufforderung zu warten, drängte sich die stellvertretende Anführerin in den Rahmen und richtete ihren Zeigefinger auf Mirellas Brust.

Mirella zwang sich, erhobenen Hauptes stehen zu bleiben. Es war schließlich nicht so, dass dieser Besuch unerwartet kam.

»Ich behalte dich im Auge, Mädchen«, zischte Zineb. »Du kannst vielleicht Rabe um den Finger wickeln, aber mit mir klappt das nicht. Wenn du glaubst, ihn ungestraft ausnutzen oder ihm schaden zu können, liegst du falsch.« Plötzlich fuhr ihr Kopf zur Seite herum. »Was?«, fauchte sie jemanden auf dem Gang an, den Mirella nicht sah, da Zineb den Türrahmen blockierte.»Denkst du, ich geb mich so leicht zufrieden?«

»Nein«, entgegnete Rabe ruhig.»Daher bin ich hier.«

Abrupt drehte sich Zineb zu Mirella um.»Hast du mich verstanden?«

»Hab ich«, antwortete Mirella tonlos.

»Das will ich auch hoffen.« Wieder wirbelte Zineb zu Rabe herum:»Ich hab dich echt für klüger gehalten.« Damit rauschte sie davon.

Mirella trat vor und sah Zineb mit forschen Schritten um eine Biegung verschwinden. Erleichtert sank sie gegen den Türrahmen.

Rabe tauchte vor ihr auf.»Alles in Ordnung?«

Sie nickte.»Danke, dass du sie verjagt hast.«

Ein schmales Lächeln zeigte sich.»Ich hätt's dir gern komplett erspart, aber ...« Sein Blick ging über Mirellas Schulter. »Weiß Alia Bescheid?«, flüsterte er kaum hörbar.

»Ja.« Spätestens nach Zinebs Auftritt hätte sie es sich ohnehin zusammenreimen können. Wie jeder andere, der in der Nähe war. Mirella vermied es, sich umzusehen.

»Gut«, murmelte er, kam dichter und schloss die Arme um sie.

Unbeholfen legte Mirella die Hände auf seinen Rücken. Sein Duft, seine Wärme lockten sie, doch Mirella fühlte sich hier in der offenen Tür wie auf einer Bühne. Offenbar war es Rabe wirklich ernst, wenn ihm das egal war.

»Ich muss jetzt weg«, flüsterte er. Ihre Haut kribbelte, wo seine Atemluft sie streifte.»Ich wollt dich nur vorher vor Zineb retten.«

»Vielleicht kommt sie ja zurück, sobald du fort bist.«

»Ich denke, nicht. Sie ist ihre Drohung losgeworden. Wenn auch nicht so wortreich wie geplant.« Er löste sich von ihr.

Kurz huschte sein Blick zu ihrem Mund, doch er küsste sie nicht. »Bis später, Mira.« Dann schaute er über Mirellas Schulter und rief Alia ebenfalls einen Abschiedsgruß zu.

Mirella wusste weder, ob sie selbst den Gruß erwidert hatte, noch ob Alia es getan hatte. Sie sah nur Rabes verschmitztes Lächeln, als dieser rückwärts die Kammer verließ, bis er beinahe an die gegenüberliegende Wand stieß. Er winkte, wandte sich um und eilte los.

Unbehaglich bemerkte Mirella einige andere Rebellen, die Rabes Abgang verfolgten und anschließend zu ihr starrten. Sie nickte ihnen zu und schloss schnell die Tür. Man sollte meinen, dass eine ehemalige Artistin an Publikum gewöhnt war. Doch damals hatte sie nie eng umschlungen mit einem attraktiven Mann auf der Bühne gestanden.

»Ich wusste gar nicht, dass Rabe so sein kann«, sagte Alia.

»Wie denn?«

»So normal.«

Mirella ging zurück zu dem Übungsschloss, das Alia ihr zuletzt rausgesucht hatte.

»Wieso hat er es eigentlich Zineb erzählt?«

»Sie hat uns erwischt«, murmelte Mirella, während sie sich mit dem dünnen Metallstift abmühte. »Hat geklopft und ist gleich darauf reingeplatzt.«

»Ach, *die* Taktik«, entgegnete Alia. »Das machen Rabe und Zineb öfters.«

Verwundert blickte Mirella auf.

»So hat Rabe erfahren, dass Chadrik bei Yerad eingeschlafen ist.«

»Chadrik ist bei der Wache eingeschlafen?« Mirella wusste zwar, dass Chadrik Yerad leiden konnte, aber so etwas hätte sie trotzdem nicht erwartet. »Hat er Ärger bekommen?«

»Da Yerad nicht abgehauen ist, nicht.«

»Und warum höre ich das gerade zum ersten Mal?«

Alia überlegte. »Das war direkt nach unserem Auftrag. Chadrik hat's beim Mittag erzählt. Da hast du noch geschlafen.«

Und nachdem Mirella aufgewacht war, hatte sie ihre Freunde damit schockiert, dass sie Rabe besucht hatte. »Wenn Rabe selbst so was veranstaltet, wundert's mich aber, dass er Zineb deshalb kritisiert hat.«

»Vielleicht ist er's nicht gewohnt, dass jemand das bei ihm macht.«

Yerad

Die Greifin lauschte nicht nur gerne Geschichten. Sie beobachtete auch interessiert, wie Yerad und Chadrik die Bataderfiguren setzten. Damit sie besser zusehen konnte, saßen die beiden direkt an der Linie. Wenn das so weiterging, konnte Yerad wohl bald mit ihr spielen. Allerdings bräuchten sie dann ein größeres Spielfeld mit größeren Figuren.

Plötzlich klopfte es und gleich im Anschluss klappte die Tür auf. Rabe erschien.

Die Greifin begann, mit dem Schweif zu peitschen.

Mit geneigtem Kopf musterte der Rebellenanführer die Szenerie. »Könnt ihr zwei kurz mitkommen?« Auf Yerads Nicken verschwand er. Rechtzeitig bevor die Greifin ausrastete.

Unbehaglich kroch Yerad Richtung Tür, Chadrik war hinter ihm. Seit wann verlangte Rabe nach ihnen beiden? Yerad hoffte nur, dass Chadrik entgegen seiner Einschätzung nicht doch für sein Einschlafen bei der Wache bestraft wurde. Als er die Tür verschloss und sich zu Rabe umwandte, sah der Mann allerdings recht entspannt aus.

»Machen wir's kurz«, sagte Rabe, was ebenfalls ungewöhnlich war. Normalerweise machte er sich einen Spaß daraus, Yerad zappeln zu lassen. »Es gibt drei Änderungen, die Euch betreffen, Yerad.«

Yerads Herz setzte einen Schlag aus.

Ein vages Lächeln verzog Rabes Mundwinkel. »Erstens dürft Ihr ab sofort die Badehöhle benutzen. Euer Bewacher wird dann vor der Tür warten.«

Yerad musste sich nicht mehr an der Wasserschüssel abmühen? Bevor er sich freute, wartete er aber lieber die anderen Neuerungen ab.

»Zweitens dürft Ihr abends im Saal essen. Nicht länger als eine Stunde und Ihr werdet von Chadrik oder Durak begleitet.«

»Saal?« Hatten die etwa ein Herrenhaus oberhalb der Höhlen?

»Das ist der größte Höhlenraum«, erklärte Rabe. »Und drittens braucht Ihr Sonnenlicht.« Er fixierte Chadrik. »Durch die Tunnel. Du begleitest ihn. Oder Durak. Meinetwegen auch ihr beide, aber ...« Er machte eine bedeutende Pause. »Alia bleibt in der Zeit zu Hause. Erledigt das am besten morgen Vormittag. Da bin ich hier. Bis zum Mittag muss er zurück sein.«

»In Ordnung«, entgegnete Chadrik, der ziemlich überrascht klang.

Rabes Aufmerksamkeit richtete sich auf Yerad. »Heute Mittag seid Ihr mit Zarif allein. Das war's schon. Noch Fragen?«

Chadrik verneinte, Yerad schwieg überfordert. Doch Rabe nickte ihnen bereits zum Abschied zu und eilte davon.

Einen Moment sahen Yerad und Chadrik ihm nach. Dann sagte Yerad: »Ich hoffe, du hast das mit dem Tunnel verstanden. Mir ist das Ganze nämlich schleierhaft.«

»Hab ich«, entgegnete Chadrik gedehnt. Seine Stirn lag in Falten.

»Muss ich mir Sorgen machen?«

»Nein ...« Noch immer starrte Chadrik den Gang hinunter.

»Aber?«

»Es ist nicht so, dass mich die Sachen an sich überraschen ... Ich wunder mich nur, dass er alles auf einmal raushaut.« Endlich wandte er sich zu Yerad um. »Vielleicht weil du nicht abgehauen bist, als ich eingepennt bin.«

»Das ist doch schon ein paar Tage her.«

»Er hat's vermutlich nicht allein entschieden.« Plötzlich grinste Chadrik breit. »Dann kannst du dir heut Abend ja zum ersten Mal das Essen selbst aussuchen.«

»Ich weiß bestimmt gar nicht mehr, wie das geht.«

»Kannst ja Alia bitten, dir was zu holen.«

Richtig, sie würde auch dabei sein.

Und Mirella ebenfalls.

Chadrik und Yerad schafften es, ihr Spiel zu beenden, bevor Zarif Yerad abholte. Seit Yerad in den Höhlen war, hatte er noch nie ein derart entspanntes Mittagessen gehabt. Keine Zineb, deren schlechte Laune wie dichter Nebel die Stimmung drückte. Kein Rabe, der mit seelenruhiger Stimme Dinge verkündete, die Yerad in Angst, Entsetzen oder bestenfalls Unverständnis versetzten. »Darf ich fragen, warum Rabe mir neue Freiheiten gestattet?«

Zarif lächelte. »Das war überfällig. Wenn's nach Zineb und mir gegangen wäre, hättet Ihr das alles schon lange gedurft.« Er schnitt sein Fleisch klein, das es neuerdings wieder gab. »Rabe war erst bereit, darüber nachzudenken, nachdem Chadrik bei der Wache eingeschlafen war.«

Wer hätte gedacht, dass Chadriks Nachlässigkeit derartige Folgen haben würde? Chadrik gewiss am wenigsten. Sonst hätte er sich bestimmt eher dazu hinreißen lassen.

22

Yerad

»Schön, dich zu sehen«, sagte Yerad, als Alia vor seiner Tür stand. Seine Lippen formten sich zu einem Lächeln. Ihre letzte Begegnung war direkt nach dem gefährlichen Auftrag gewesen, bei dem Alia ein Messer an der Kehle gehabt hatte.

Hinter Yerad kam Chadrik aus der Greifenkammer und verabschiedete sich. Yerad und Alia erwiderten den Gruß, ohne die Augen voneinander zu lassen.

»Ich hab mich nicht eher getraut, Rabe um eine Schicht zu bitten, nachdem ich dich ...« Alias Satz zerfaserte. Unsicher sah sie ihn an. Offenbar wagte sie keine weitere Umarmung.

»Jetzt bist du ja da.« Yerad machte einen Schritt auf sie zu. Es kostete ihn Kraft, als liefe er gegen einen Widerstand an. Vorsichtig schloss er die Arme um sie.

Augenblicklich legte sie die Hände auf seinen Rücken und lehnte die Stirn an seine Brust. »Ich war mir nicht sicher, ob das in Ordnung ist«, murmelte sie.

Yerads Herz raste. »Ich dachte, Rabe stört sich nicht daran.« Das zumindest hatte ihm Durak grinsend mitgeteilt.

»Ob du's in Ordnung findest«, verbesserte sie sich. Zaghaft hob sie den Kopf, sah ihn aus ihren dunklen Augen an.

»Mehr als das.« Nun, da sie nach sich selbst und nicht nach Kaninchendreck roch, könnte Yerad sie den ganzen Tag so halten. Und nicht nur das. Doch er bezweifelte, dass irgendetwas von dem, was er mit Alia tat, geheim blieb, und er hielt es für besser, Rabes Geduld nicht zu überstrapazieren. »Traust du dich zur Greifin?«, fragte er.

Alia verzog das Gesicht.

»Heißt das nein?«

Sie seufzte, blickte dorthin, wo hinter Yerad die Tür war, und dann wieder zu ihm. »Ich versuch's.«

»Wenn du's nicht mehr aushältst, sag Bescheid.« Damit nahm er ihre Hand und führte sie in die Kammer. Drinnen musste er sie allerdings loslassen, um zu der Matratze zu kriechen.

Alia setzte sich neben ihn. Ihre Finger fanden Yerads Hand, umschlossen sie krampfhaft. »Hallo, Greifin«, grüßte sie.

Das Tier antwortete mit einem Miauen.

»Sie sagt auch hallo«, übersetzte Yerad.

Prompt richteten sich Alias Augen auf ihn.

Ihr ehrfürchtiger Blick verunsicherte ihn. Verdient hatte er ihn nicht. »Ich verstehe nur ganz wenige Laute.« Er deutete zur Greifin. »Sie ist die Schlaue. Sie versteht mittlerweile alles.« Oder zumindest fast alles.

Dem Schnabel entschlüpfte eine rasche Tonfolge.

Erwartungsvoll blickte Alia zu Yerad.

»Und schon bin ich mit meinem Greifenvokabular am Ende«, meinte er entschuldigend, woraufhin die Greifin leise schimpfte.

Allein diese harmlosen Töne bewirkten, dass Alia zusammenzuckte und sich ihre Fingernägel unangenehm in Yerads Handinnenfläche bohrten. Dabei war die Greifin vollkommen entspannt. Sie kommunizierte lediglich. Yerad wand seine Hand aus Alias Griff, rutschte dichter zu ihr und legte den Arm um sie.

Sie ließ es geschehen, verschränkte die Arme vor der Brust und drückte ihre Finger nun viel zu heftig in die eigene Haut. Es tat schon beim Zusehen weh. Dass Alia bereits die Kammer verlassen wollte, war offensichtlich. Doch solange sie nichts sagte, würde Yerad sie nicht nach draußen führen. Wie schreiben lernen, war auch das Ausharren bei der Greifin eine Sache der Gewöhnung. Je länger Alia es aushielt, umso eher vertraute sie darauf, dass sie dabei nicht in Lebensgefahr schwebte.

Als Yerad aufblickte, neigte die Greifin ihr Haupt und stieß ein fragendes Geräusch aus.

Sie wollte etwas verstehen. Und da fielen Yerad nur zwei Dinge ein: Entweder erkundigte sie sich, was mit Alia los war, oder sie wollte wissen, warum Yerad seinen Arm um sie gelegt hatte. Dass es Variante eins war, glaubte Yerad weniger. Immerhin war sie daran gewöhnt, dass Menschen in ihrer Gegenwart Angst hatten. Blieb also nur die andere Möglichkeit. Und wie sollte er ihr das erklären? Er entschied, so zu tun, als hätte er sie nicht verstanden. Das kam schließlich oft genug vor.

Doch so leicht ließ sich die Greifin nicht abwimmeln. Nach einem kurzen Gemecker wiederholte sie ihr fragendes Geräusch. Derart laut und nachdrücklich, dass Alia abermals zusammenfuhr.

Yerad unterdrückte ein Seufzen. »Ich ...«, begann er und wusste nicht, wie er fortfahren sollte. »Ich habe Alia gern«, sagte er. »Daher habe ich den Arm um sie gelegt. Das machen Menschen so.« Er fühlte sich unwohl, das auszusprechen, auch wenn es stimmte. Vielleicht gerade deshalb.

Die Greifin legte zufrieden ihr Haupt nieder und keckerte leise vor sich hin.

Alia regte sich. »Hat sie danach gefragt?«

»Ich denke, ja.« Er musste sich zwingen, Alia anzublicken. Abermals formten ihre Lippen das zaghafte Lächeln. Wie gern würde er sie richtig lächeln sehen, doch das würde kaum passieren, solange sie eine solche Angst vor der Greifin hatte und er sie in deren Nähe zwang. »Ich mag dich auch, Yerad«, sagte sie. Einen Moment verharrten sie reglos, dann drückte sich Alia auf die Knie und schlang beide Arme um Yerads Hals. Sie presste sich so fest an ihn, dass er das Messer in ihrem Hosenbund spürte, aber das war ihm egal.

Er genoss es, sie zu halten. Ihre Nähe, die Wärme, die sie ausstrahlte. Wie damals nach dem Auftrag. Nur dass sie dieses Mal so unbeschreiblich gut roch, dass Yerad sein Gesicht in ihre Halsbeuge schmiegte. Ihre zarte Haut war direkt vor ihm, seine Lippen brannten. Er biss sich in die Unterlippe, dass es schmerzte. Dennoch verschwand der Drang, sie zu küssen, nicht. Nie hätte er für möglich gehalten, dass es so schwer sein konnte, vernünftig zu sein. Er drehte den Kopf, sodass sein Mund auf ihrer Bluse ruhte. Es half nur bedingt, nun da er ihre Hitze durch den dünnen Stoff spürte. »Meine Eltern und meine Schwester würden einen Freudentanz aufführen, wenn sie wüssten, dass es endlich eine Frau in meinem Leben gibt«, flüsterte er. Aber das würden sie niemals erfahren. Sie wussten ja nicht einmal, dass Yerad noch existierte.

»Die wären nicht mehr begeistert, wenn sie mich sehen. Ich bin doch keine Frau für nen Noblen.«

»Die würden dich mögen. Zumindest solange du ihnen nicht verrätst, dass du eine Rebellin bist.«

Ihr entwich ein leises Lachen.

Auch Yerad musste schmunzeln bei dem Gedanken, Alia seinen Eltern vorzustellen. Wieder etwas, das nie geschehen würde. Seine alte Welt und Alia passten nicht zusammen. Beides zugleich würde es niemals geben.

Alia hielt es an Yerads Seite in der Greifenkammer aus, bis Durak sie zum Abendessen abholte. Entspannt war sie bis zum Schluss nicht gewesen, aber das änderte sich hoffentlich irgendwann. Kaum hatten sie die Kammer verlassen, fiel die Nervosität von Alia ab. Sie griff sogar nach Yerads Hand, als sei es vollkommen normal, in der Öffentlichkeit mit dem Gefangenen Händchen zu halten.

Die ersten Menschen begegneten ihnen hinter der Tür, welche den Tunnel abgrenzte, in dem die Greifenhöhle war. Es waren zwei Kinder, die Yerad mit offener Neugier musterten. Die beiden waren ungefähr so alt wie sein Neffe. Wurden die etwa schon für die Zwecke der Rebellen eingesetzt?

In dem breiten Höhlengang waren zwischen Fackeln einfache Holzhäuser gebaut. Mehr Leute tauchten auf: Männer und Frauen jeden Alters, weitere Kinder. Sie waren mit alltäglichen Tätigkeiten beschäftigt, wie Wäsche aufhängen, einen Stuhl bauen, miteinander plaudern. Friedliche Tätigkeiten. Gut, zwei Jungen maßen einander im Kampf mit Stöckern, doch auch das war nichts, was außerhalb der Höhlen aufsehenerregend gewesen wäre.

»Was denn, Prinzessin?«, raunte Durak hinter ihm. »Hast du gedacht, hier rennt jeder säbelrasselnd die Gänge rauf und runter?«

»Jedenfalls eher, als dass alle so normal aussehen«, flüsterte er über die Schulter zurück.

Durak grinste breit. »Willst du damit etwa sagen, dass wir nicht normal sind?«

Yerad rollte mit den Augen. »Du weißt, was ich meine.«

»Nein, was denn?«, amüsierte sich Durak noch mehr.

Er fing Alias Blick auf, die ihn ebenfalls belustigt musterte. Fragend hob er eine Augenbraue. »Dir ist schon klar, dass du der Unnormalste hier bist? Der einzige Noble und zudem der einzige Greifenreiter.« Sie drückte seine Hand, während sie ihn neckte.

Yerad strich mit dem Daumen über Alias Handrücken. »Dich scheint das ja nicht zu stören.«

Sie lächelte ihr bezauberndes Lächeln, woraufhin sich Durak beschwerte: »Wart ihr nicht grad lang genug allein?«

Dann verließen sie den Gang mit den Unterkünften und traten in einen Höhlenraum, dessen Ausmaße Yerad überwältigten. Die Decke war so hoch, dass das Licht der Fackeln sie nicht erreichte, und der Grundriss an sich war so weitläufig, dass der gesamte Greifenhof hineinpassen würde.

»Da bist du baff, was?«, erklang Duraks Stimme.

Yerad fiel auf, dass er stehen geblieben war. »Ich hätte nie gedacht, dass ein Höhlenraum so riesig sein kann.«

»So ging's jedem am Anfang.«

Alia fragte: »Wollen wir weiter? Die anderen warten bestimmt.« Sie zog Yerad mit sich, hin zu der Ansammlung von Tischen und Bänken, an denen sich schon etliche Menschen eingefunden hatten. Er suchte nach Chadrik, konnte ihn aber nirgendwo entdecken. Kein Wunder bei der Masse an Personen. Insbesondere da Yerad in den letzten Wochen nur mit einer überschaubaren Anzahl zu tun gehabt hatte. Die schiere Menge überforderte ihn. Und dass ihn fast alle anstarrten, machte es nicht besser.

Zielsicher hielt Alia auf eine Ecke zu und da erblickte Yerad auch Chadrik. Er saß neben Mirella und die beiden unterhielten sich, wobei Mirella etwas sagte, das Chadrik zum

Lachen brachte und sie selbst zum Grinsen. Es war eigenartig, sie so zu sehen. Er kannte sie nur mit wahlweise angespannter, wütender oder ängstlicher Miene. Allerdings hatte er bei den letzten Begegnungen zumindest ihr wütendes Gesicht nicht mehr ertragen müssen.

Als sie ihn entdeckte, gefror ihr Lächeln und wich der wohlbekannten Anspannung.

Yerad grüßte und Mirella rang sich ein knappes Hallo ab, während Chadrik sich augenrollend zurücklehnte. An Yerad gewandt fragte er: »Ist dir jetzt klar, warum's so nicht weitergehen kann?«

Yerad nickte.

Mirella schloss die Hände um ihren Teller. »Ich kann auch woanders essen«, merkte sie zaghaft an.

Prompt hielt Chadrik ihren Arm fest. »Allein? Du bleibst hier.«

»Na ja.« Sie hob den Kopf und sah sich um, als ob sie jemanden suchen würde.

»Er ist nicht da, soweit ich weiß«, kommentierte Durak.

Mirellas Finger rutschten vom Teller, Chadrik ließ sie los.

Von hinten legte Durak seine Hände um Alias und Yerads Schultern. »Lasst uns Essen holen, bevor die Stunde um ist. Mäuschen, pass auf, dass Feuerschopf sich nicht verzieht.« Die ersten Schritte schob Durak sie förmlich. Als sie sich ein Stück entfernt hatten, hörte er damit auf und brummte: »Prinzessin, du und der Feuerschopf klärt das morgen gefälligst.«

»Und wenn wir das nicht schaffen?«

»Dann sperren wir euch so lange zusammen, bis ihr zur Vernunft kommt.«

»Tolle Aussichten«, entfuhr es Yerad.

Zuversichtlich meinte Alia: »Das wird schon.«

Im Vergleich zu allem anderen, was hier von Yerad verlangt wurde, sollte ihm die Versöhnung mit Mirella eigentlich am wenigsten ausmachen, doch dem war nicht so.

»Nun zieh nicht so ein Gesicht«, sagte Durak, der nun neben ihm war. »Ich hab nicht gesagt, dass du erst Essen kriegst, wenn ihr euch vertragen habt. Aber nach ein paar Tagen Abendessen in dicker Luft, änder ich meine Meinung vielleicht.«

»Nun mach ihm keine Angst«, nahm Alia Yerad in Schutz. »Hier muss niemand hungern.«

»Der hat doch keine Angst.«

Nein, Angst vorm Hungern hatte Yerad wirklich nicht. Eher davor, die anderen zu enttäuschen.

Dann standen sie vor mehreren Tischen, auf denen sich verschiedene Speisen türmten. Alia drückte Yerad einen Teller in die Hand. Überwältigt von dem riesigen Angebot, lud sich Yerad Gemüse, Obst und Fleisch mit Soße auf. Das Brot sah zwar ziemlich gut aus, war aber bestimmt wieder mit Flechten, was Alia und Durak allerdings nicht störte, denn beide schnitten sich große Scheiben ab.

Beim Essen übernahmen Alia, Chadrik und Durak die Gespräche, während sich Mirella und Yerad bei ihren Antworten an Einsilbigkeit überboten. Und das lag zumindest bei Yerad nicht allein an Mirellas Anwesenheit. Er war schlicht erschlagen von den Eindrücken. Als Alia und Durak ihn zurückbrachten, war er beinahe froh. Nie hätte er gedacht, dass er andere Menschen einmal als anstrengend empfinden würde. Was ein paar Wochen Abgeschiedenheit so alles mit einem machten ...

»Und denk dran«, erinnerte ihn Durak an der Tür zur Greifenkammer, »morgen verträgst du dich mit Feuerschopf.«

»Von mir aus können wir das auch gleich versuchen.«

»Gut. Ich hol sie.«

Alia strahlte, als hätten Mirella und er sich bereits versöhnt. Ein Anblick, der Yerads Herz zum Stolpern brachte. Und ohne Mirella wäre Alia vielleicht nicht mehr da. Womöglich half es, sich das vor Augen zu führen.

Mirella

»Das hat er wirklich gesagt?«, fragte Mirella ungläubig.

»Denkst du, ich erzähl dir Quatsch?«, entgegnete Durak.

Das zwar nicht, aber beim Abendessen hatte Mirella nicht den Eindruck gehabt, dass Yerad großen Wert auf eine Versöhnung legte. Allerdings war ihr auch nicht entgangen, dass Durak und Chadrik ihn ordentlich in diese Richtung geschubst hatten. Vielleicht wollte er einfach, dass die beiden ihn in Ruhe ließen, und hatte deshalb um das Treffen gebeten. Damit es so aussah, als bemühte er sich.

Wenig hoffnungsvoll machte sie sich auf den Weg. Die Männer würden es ohnehin nicht akzeptieren, wenn sie versuchte, sich herauszuwinden.

Als sie sich der Greifenkammer näherte, saßen Yerad und Alia eng aneinandergeschmiegt auf der Bank davor. Alia sah so glücklich aus. Und Yerad ebenfalls. Zumindest bis er Mirella entdeckte.

»Soll ich später wiederkommen?«, fragte sie, da es ihr unangenehm war, die beiden zu stören.

»Nein.« Er klang genauso motiviert, wie sie sich fühlte. Doch er erhob sich, während Alia sitzen blieb. Yerad deutete auf eine Tür. »Meinst du, wir dürfen in dem Raum da vorne miteinander sprechen? Da rede ich auch immer mit Rabe, Zineb und Zarif.«

Sie liefen dorthin und Mirella drückte die Klinke. Drinnen standen ein Tisch und vier Stühle, aber sonst war die Kammer leer. »Ich glaub nicht, dass jemand was dagegen hat.«

Sie wartete, bis er eingetreten war und sich gesetzt hatte. Als sie anschließend eine brennende Fackel vom Flur holte, feuerte Alia sie mit erhobenen Daumen an. Nur mit Mühe unterdrückte Mirella ein Augenrollen. Sie schlüpfte derart hastig zurück in den Raum, dass die Flamme protestierend flackerte.

Nachdem sie die Fackel in eine Wandhalterung geschoben und sich Yerad gegenüber hingesetzt hatte, ergriff er das Wort: »Die anderen wollen, dass wir uns vertragen.«

»Und was ist mit dir?«

Er zögerte, ehe er antwortete: »Es würde einiges leichter machen.«

»Seh ich auch so.« Trotzdem glaubte sie nicht, dass das so schnell gelang. Andererseits verlangte niemand von ihnen, dass sie beste Freunde wurden. Hauptsache, sie beide drückten nicht die Stimmung beim gemeinsamen Essen. Und seine Reaktion zeigte ihr immerhin, dass sie nicht nur deshalb hier saßen, damit Durak und Chadrik besänftigt waren. »Können wir nicht einfach vergessen, was war, und von vorne anfangen?«

Einen Moment starrte er auf seine Hände, dann hob er den Blick und schüttelte den Kopf.

»Und was machen wir stattdessen? Meine Entschuldigungen willst du ja auch nicht hören.«

»Erkläre es mir«, verlangte er.

Sie blinzelte. »Wie meinst du das?«

»Erkläre mir, warum du mich die ganze Zeit behandelt hast, als hätte ich dir was getan«, präzisierte er.

Die Forderung war berechtigt. Es gab da nur ein Problem: »Wie soll ich dir etwas erklären, was ich selbst nicht verstehe?«

Ein schmales Lächeln verzog seine Lippen. »Versuche es.«

Mirella wusste beim besten Willen nicht, wie sie das anstellen sollte. Aber rumsitzen und schweigen war auch keine Lösung. Es sei denn, sie wollte ihren Freunden länger eine Last sein. »Kann ich dir erzählen, wie ich letztlich hier gelandet bin? Vielleicht findet sich der Grund ja, wenn ich über die Zeit spreche.«

»Von mir aus.«

Widerwillig kehrte sie zurück in die Zeit, als ihre Welt gerade noch intakt gewesen war. Zum Auftritt vor der Kalifenfamilie und deren Günstlingen. Als sie alle da gewesen waren: ihre Eltern, ihr Großvater, Sendro … Als sie ihre letzten Atemzüge damit verschwendet hatten, denjenigen zu unterhalten, der ihr Todesurteil ausgesprochen hatte. Und so begann sie zu erzählen, mit einer Stimme, die so fremd und rau war, als gehörte sie einer anderen. Sie merkte, dass sie den Tränen nahe war, und kämpfte sie zurück. All die Wochen hatte sie nicht geweint. Sie würde jetzt vor Yerad nicht damit anfangen. Stockend berichtete sie von dem Abschlachten. Von der roten Blume im Kleid ihrer Mutter. Von Sendro. ›Lauf Mira!‹ In einer Ausführlichkeit wie nie zuvor. Kurz musste sie innehalten. Die Bilder, die sie heraufbeschworen hatte, drückten ihr die Luft ab.

»Ich habe sie gesehen«, sagte Yerad in die Stille. »Deine Familie.«

»Wo?« War er bei einer Flammennacht gewesen?

»Auf dem Kalifenplatz. Nachdem sie mich entlassen haben, bin ich dort hingegangen. Sie haben sie wie Trophäen aufgereiht. Siebenundachtzig Menschen. Sogar Kinder.«

Mirella schloss die Augen. »Ich hab nie gewusst, wie viele in dieser Nacht gestorben sind.« Doch was spielte das für eine

Rolle? Jeder einzelne Tod war unnötig gewesen und dennoch waren sie in der Masse nicht greifbar. Allein der Tod ihrer Familie hatte sie in ein Loch gestürzt, das kaum tiefer sein könnte. Daran änderten auch die anderen Ermordeten nichts. Ab einem gewissen Grad potenzierten sich Schmerz und Entsetzen nicht mehr. So erzählte sie weiter. Von ihrer Flucht aus der Alcazaba, dem Versteckspiel in den Gassen, wo sie Yerad zum ersten Mal begegnet war. »Ich hab dir nicht getraut«, erklärte sie ihr damaliges Verhalten ihm gegenüber. »Du bist ein Nobler und wir kannten uns nicht. Welchen Grund hättest du gehabt, mir zu helfen?«

Sie rechnete nicht mit einer Antwort, doch er sagte: »Ich war selbst überrascht. Ich schätze, ich war es leid, tatenlos danebenzustehen, wenn der Kalif Leben zerstört.« Seine Lippen verzogen sich zu einem bitteren Lächeln. »An dem Abend habe ich erfahren, dass die Köchin meiner Eltern verbannt wurde. Ich weiß nicht, warum, aber es war bestimmt nichts Schlimmes. Ghadika war ein guter Mensch.«

Ein Nobler, der sich um eine einfache Arbeiterin sorgte? Und ausgerechnet gegen so einen Mann hatte Mirella ihre Wut gerichtet? Sie schämte sich nur mehr.

»Erzähl weiter«, verlangte er.

Und das tat sie. Sie wusste nicht, wie viel sie ihm über den Weg ins Barri-Al-Obrero verraten durfte, weshalb sie auf sämtliche Einzelheiten verzichtete. Als sie fertig war, schwiegen sie beide.

Er war der Erste, der das Wort ergriff: »Ich verstehe ja, dass dein Leben eine schreckliche Wendung genommen hat. Aber damit hatte ich nichts zu tun.«

»Nein, hattest du nicht.« Doch er war glimpflich davongekommen, nachdem er in Ungnade gefallen war. Ihre Familie nicht. Mirella erschrak selbst über diese Einsicht. War es so simpel? »Verdammt«, entfuhr es ihr.

»Was?«

»Ich glaub, ich weiß jetzt, warum.« Sie nahm ihren Mut zusammen: »Wir wurden beide von der Gedankenleserin überprüft und haben beide nicht bestanden. Aber anschließend wurden wir ganz unterschiedlich behandelt.«

»Das ist der Grund?«, fragte er irritiert. »Dass ich weniger mies dran bin als du? Ich bestreite nicht, dass deine Situation erheblich schlimmer ist als meine, doch das war nicht meine Entscheidung. Wäre es nach mir gegangen, würden alle noch leben.«

»Ist mir klar«, murmelte sie. »Jetzt, wo ich es weiß, komm ich mir auch ziemlich blöd vor.«

Yerad

Yerad konnte es nicht fassen. All die Sticheleien, all der Groll, nur da niemand versucht hatte, ihn und seine Familie zu ermorden? So sehr er mit Mirella für ihren Verlust fühlte, so wenig verstand er, wie die bloße Tatsache, dass seine Familienmitglieder lebten, der Grund für ihr Verhalten gewesen war. »Dir ist bewusst, dass mein Leben aktuell auch nicht ganz optimal verläuft?«

Sie zuckte regelrecht zusammen. »Weil du ein Gefangener bist.«

»Das ist nur ein Teil des Problems.« Er war seit Wochen eingesperrt und konnte keinen Schritt tun, ohne dass andere es ihm erlaubten. Dennoch war es nicht das, was ihn am meisten störte. »Meine Familie hält mich für tot. Rabe hat zwar gesagt, dass sie den Umständen entsprechend gut zurechtkommen, aber wie gut kann es ihnen schon gehen? Ich werde ihnen nie sagen dürfen, was wirklich passiert ist. Und sie werden sich den Rest ihres Lebens Vorwürfe machen, weil sie nicht genug auf mich geachtet haben. Ich bin an dem Morgen, als ich in das Barri-Al-Obrero gegangen bin, meiner Schwester über den Weg gelaufen und habe sie mit fadenscheinigen Begründungen abgewimmelt. Ich will mir gar nicht vorstellen, wie oft sie sich seitdem gefragt hat, warum sie mich nicht aufgehalten hat.« Er hätte nicht damit anfangen dürfen. Es ging ihm besser, wenn er derartige Gedanken nicht zuließ.

Mirella saß ganz still auf ihrem Stuhl, wagte es kaum, Yerad anzusehen. »Ich kann versuchen, mit Rabe zu reden.«

»Spar dir die Umstände. Ihm ist das Risiko zu hoch. Sobald sie wissen, dass ich lebe, werden sie mich suchen. Und sofern ich meiner Familie nicht zumuten will, mir hier unten Gesellschaft zu leisten, müssen sie mich für tot halten.« Es war nicht so, dass er die Logik hinter Rabes Vorkehrungen nicht erkannte. Trotzdem schmerzte es.

Sie schwiegen ein verbissenes Schweigen. Es war Mirella, die zögerlich das Wort ergriff: »Und wie wird es mit uns weitergehen?«

Er seufzte schwer. Etwas in ihm sperrte sich dagegen, sich mit ihr zu versöhnen. Jetzt, da er ihren Grund kannte, war es sogar schlimmer. Aber das würden die anderen kaum einfach so hinnehmen. »Ich reiße mich zusammen. Es hilft ja nichts.« Vielleicht gewöhnte er sich irgendwann an Mirella und konnte sie so akzeptieren wie Chadrik und Durak. Im Gegensatz zu denen war Mirella ihm gegenüber noch nicht einmal handgreiflich geworden. Sie hatte es lediglich angedroht.

»Danke«, sagte sie.

»Bedank dich erst, wenn unser nächstes Abendessen so läuft, dass wir anschließend nicht von Chadrik und Durak in eine Kammer gesperrt werden.«

Ein müdes Lächeln zupfte an ihren Mundwinkeln. »Dann bring ich dich jetzt zu Alia.«

Gemeinsam liefen sie zurück zur Bank, wo Alia sie derart erwartungsvoll anblickte, dass Yerad das schlechte Gewissen überfiel, weil er so nachtragend war. »Und?«, fragte sie, nachdem niemand auf ihre überdeutliche Mimik reagiert hatte. »Konntet ihr euch aussprechen?«

Für einen Moment sagten sie nichts. Sie sollten es tun, wenn sie nicht bereits vor dem morgigen Abendessen zusammengesperrt werden wollten. Es war Yerad, der sich räusperte und schließlich erwiderte: »Wir geben uns Mühe.«

Alias Blick huschte zu Mirella.

»Das werden wir«, wiederholte diese weitaus zuversichtlicher, als Yerad es vermocht hätte. Sie nickte Yerad und Alia zu und floh regelrecht. Ganz so überzeugt war sie dann wohl doch nicht.

Alia sah Mirella nach. »Na, zumindest habt ihr ne Weile geredet, ohne euch die Köpfe einzuschlagen.«

Yerad setzte sich neben Alia. »Das haben wir vorher auch nicht getan.«

Augenblicklich schmiegte sie sich an ihn. »Mit Worten, meinte ich.« Plötzlich versteifte sie sich. »Oder habt ihr?«

»Nein«, beruhigte er sie. »Wir haben ganz friedlich miteinander gesprochen.«

23

Yerad

Nach all der Zeit, in der Yerad praktisch keine neuen Freiheiten gewährt worden waren, war es fast schon surreal, wie schnell auf einmal alles ging. Gestern Abend das gemeinsame Essen mit den anderen und nun stand er an einem Felsenstrand und blinzelte gegen das viel zu helle Sonnenlicht an.

»Bist du in Ordnung, Prinzessin? Du siehst so blass aus.«

Das Dröhnen des Meeres, die Hitze, das Salz in der Luft. Yerad hatte Schwierigkeiten, das alles zu verarbeiten. »Mir geht's gut«, murmelte er.

»Sicher? Warum sprichst du dann wie wir?« Plötzlich hob Duraks schattenhafte Silhouette eine Hand an Yerads Stirn. »Fieber hat er nicht.«

Chadrik lachte leise.

»Was?«, fauchte Durak.

»Yerad hat schon öfter so gesprochen. Und wie würdest du denn reagieren, wenn du nach Wochen endlich Tageslicht siehst?«

»Hast du auch was dazu zu sagen, Prinzessin?«

Yerad konnte kaum mehr als Schemen erkennen. »Was soll ich noch sagen? Chadrik hat das doch richtig eingeschätzt.«

Durak schnaubte. »Natürlich seid ihr euch mal wieder einig. Wollen wir jetzt eigentlich die ganze Zeit hier rumstehen?«

»Ich kann nichts sehen«, gab Yerad zurück.

»Soll ich dich tragen?«

»Nein«, entgegnete Yerad etwas zu heftig.

»Versteh schon. Du willst lieber von Mäuschen getragen werden.«

»Meine Güte, Durak. Nächstes Mal nehme ich nur einen von euch mit. Und zu deiner Information: Ich will überhaupt nicht getragen werden.«

Chadrik und Durak lachten. Als ihr Gelächter verklungen war, drang das Rauschen der Wellen zu Yerad, die Schreie der Möwen. In diesem Moment fühlte er einen Frieden, wie er ihn damals nur auf dem Rücken seines Greifen verspürt hatte. Da musste man also nur ein paar Wochen in eine finstere Höhle gesperrt werden und man empfand das bloße Stehen an einem Steinstrand als etwas Besonderes.

Langsam kehrte Klarheit in die Umgebung zurück. Die Farben, die sich aus dem verschwommenen Nebel schälten, überwältigten Yerad. War die Welt schon immer so strahlend gewesen? Das Blau des Himmels war satt, als hätte ein Maler eine Extraschicht Farbe aufgetragen, die zarten Wölkchen wirkten wie Bausche feinsten Lammfells.

»Sieht aus, als könntest du jetzt gucken«, kommentierte Durak vergnügt. »Dann lass uns ein Stück gehen.« Er schlug Yerad derart kräftig auf die Schulter, dass dieser Mühe hatte, auf den Beinen zu bleiben.

»Versuchst du nun, mich umzuhauen, damit du mich tragen kannst?«, zischte er in Duraks Richtung.

»Das war doch nur ein kleines Schulterklopfen.«

Davon merkte Yerads Schulter aber nichts. »Dein kleines Schulterklopfen hat mich fast von den Füßen gefegt. Ich bin nicht Chadrik.«

Nun wirkte Durak etwas schuldbewusst.

Yerad ging los und senkte den Blick nach unten, wo sogar die Steine in den unterschiedlichsten Farben leuchteten: grau, gelb, schwarz, rot und zahllose Nuancen dazwischen. Gelegentlich blitzten ein paar Muscheln auf, derart weiß, als würden sie leuchten.

Nach einer Weile fiel die Felsenwand zu ihrer Linken so weit ab, dass sattes Grün über dem Stein auftauchte. »Der Wald«, sagte Yerad erstaunt. Sie mussten ein ganzes Stück von der Taifa entfernt sein. Von seinen Flügen wusste er, dass dicht an Al-Lucant die Bäume nicht bis an die Steilkante wuchsen. Er blieb stehen und blickte zu den belaubten Ästen und Palmen-wedeln, die über die Kante ragten. »Können wir in den Wald gehen?«

»Du willst dort rein?«, fragte Durak. »Hast du keine Angst?«

»Nein.«

»Und warum nicht?« Ungläubig musterte Durak Yerad, als wüsste er nicht recht, ob Yerad das ernst meinte.

»Wenn uns hungrige Raubtiere wittern, werden die uns nicht ignorieren, nur weil wir am Strand stehen.« Und halb ver-hungerte Verstoßene überlegten es sich bestimmt zweimal, be-vor sie sich mit Leuten wie Chadrik und Durak anlegten.

»Die meisten haben eher Angst vor Waldgeistern als vor Raubtieren.«

Chadrik fügte hinzu: »Hatten wir auch mal.«

Bei den vielen Geschichten, die über jene Wesen existierten, war das nicht verwunderlich bei Menschen, die nie außerhalb

Al-Lucants gewesen waren. »Ich habe die Wälder jahrelang überflogen und nie Waldgeister erblickt. Es würde mich schon sehr wundern, wenn es die wirklich gibt. Das erzählen die bestimmt bloß, damit sich die Bevölkerung besser einsperren lässt.«

»So hab ich das noch nie gesehen«, entgegnete Durak. »Ich dachte, die Waldgeister halten sich nur von der Taifa fern, weil sie mit uns Menschen nichts zu tun haben wollen. Komm weiter, Prinzessin. Dahinten gibt's nen Pfad in den Wald.«

Beim heutigen Mittagessen waren alle anwesend: Rabe, Zineb und Zarif. In der Vergangenheit hatte meist mindestens einer der drei, manchmal sogar Rabe, gefehlt, weshalb Yerad überlegte, wann sie das letzte Mal zu viert gegessen hatten. Auf jeden Fall bevor Yerad Tageslicht gestattet worden war, was inzwischen etwa vier Wochen zurücklag. Also ging es wohl um etwas Wichtiges, was entweder ein Grund zur Freude war oder Yerad würde das Essen im Halse stecken bleiben.

Die anderen begannen zu essen, Yerad konnte sich nicht dazu durchringen. Unbehaglich fragte er: »Kann ich bitte gleich erfahren, worum es geht?«

Rabe neigte den Kopf. »Seit wann seid Ihr so ungeduldig?«

Seit ich dich und deine frohen Neuigkeiten kenne.

»Nun spann ihn nicht auf die Folter«, schnappte Zineb. »Sonst sag ich's ihm.«

»Gut, ich kann's auch jetzt machen.« In Seelenruhe legte Rabe das Besteck ab und lehnte sich zurück. »Wir haben beschlossen, dass Ihr kein Gefangener mehr seid.«

Alle sahen ihn erwartungsvoll an.

Yerad hatte keine Ahnung, was er von dieser Aussage halten sollte. »Und das heißt? Darf ich meiner Familie sagen, dass es mir gut geht?«

»Nein, dürft Ihr nicht«, kam die erwartete Antwort. »Wenn Ihr die Höhlen verlasst, dann nur mit Absprache an den Strand oder für einen Auftrag. Und im letzteren Fall ausschließlich für den Auftrag und keinesfalls für nicht abgestimmte Besuche. Das gilt für jeden hier. Für Euch gibt's keine Ausnahme.«

Zumal die Tatsache, dass Yerads Eltern ihn suchen würden und die Höhlen nicht finden sollten, nach wie vor galt. »Und was soll das Ganze?« Außer dass es nett klang, nicht mehr als Gefangener bezeichnet zu werden. Doch Derartiges interessierte Yerad nicht. Hübsche Bezeichnungen hatten schließlich keinen Nutzen.

Rabe lächelte dünn. »Offenbar habt Ihr Euch bereits ziemlich gut an Eure Rolle gewöhnt, wenn Ihr da nicht von selbst drauf kommt.«

Alia, schoss es ihm als Erstes in den Kopf. Er musste sich nicht mehr damit zufriedengeben, sie nur in den Arm zu nehmen.

»Ich sehe, Euch ist doch ein Vorteil eingefallen«, sagte Rabe. »Ihr dürft Euch ab sofort in den Höhlen frei bewegen und steht nicht länger unter Beobachtung. Bestimmte Bereiche sind tagsüber tabu, aber das kann Durak Euch gleich erklären. Ihr werdet Euch weiter um die Greifin kümmern, müsst jedoch nicht Tag und Nacht bei ihr verbringen. Unsere Mittagessen werden auch nicht mehr täglich stattfinden. Ich geb Euch dann spätestens am Vortag Bescheid, in Ordnung?«

Yerad nickte. Er ging sowieso nicht davon aus, dass er ein Widerspruchsrecht hatte.

»Und für Euch gilt noch eine besondere Regel: Kein Bewohner der Höhlen wird förmlich angeredet.«

Yerad zuckte mit den Schultern. Auf welche Art er Drohungen über sich ergehen lassen musste, machte keinen Unterschied. »Also sind wir jetzt beim Du.«

»Ohne, dass du mich magst«, entgegnete Rabe mit einer gewissen Belustigung. Er wechselte so problemlos zur formlosen Anrede, als hätte er Yerad immer so angesprochen. »Außerdem«, fuhr er fort, »können die Freiheiten ganz schnell wieder verschwinden, falls du auf die Idee kommst, aufsässig zu werden.«

Und schon ging es los mit den Drohungen. »Ist mir bewusst.«

Zineb räusperte sich. »Wenn Ihr ... *du* jetzt beruhigt bist, iss endlich, bevor alles kalt ist.« Scheinbar hatte sie größere Probleme mit dem Wechsel.

Zarif lachte. »Nun gib ihm doch einen Moment, die Neuigkeit zu verdauen.«

»Das soll er gefälligst beim Essen erledigen.«

Rabe stellte eine Flasche auf den Tisch. »Vielleicht hilft das dabei.«

»Wein?«, entfuhr es Yerad.

»Hab ich extra für dich organisiert. Willst du?«

Yerad trank sein Wasser aus und schob den Becher zu Rabe. »Aber nur halb voll.« Er war ziemlich aus der Übung, was Alkohol betraf, und zwischen diesen Menschen betrank er sich bestimmt nicht.

Rabe goss jedem ein. Dann hob er den Becher und sagte: »Auf eine gute Zusammenarbeit.«

Zarif und Zineb taten es ihm gleich, der eine überschwänglich freundlich, die andere grummelig.

Yerad wollte kein Spielverderber sein und hob seinen Becher ebenfalls. Die Worte kamen ihm allerdings nicht über die Lippen, denn für ihn war das Ganze keine Zusammenarbeit, sondern eine besser verpackte Gefangenschaft. Er stürzte die fünf Schlucke herunter und der Wein rann warm die Kehle hinab. Dann breitete sich die trockene Säure in Yerads Mund aus und kroch bis in die Zähne. Er verzog das Gesicht. Das Gesöff war ja schlimmer als das vom Greifenhof.

Zineb stieß ein schnaubendes Grinsen aus. Es war das erste Mal, dass sie halbwegs freundlich aussah. »Eben hab ich mich noch gewundert, dass Noble diese Plörre mögen. Aber dir schmeckt's ja auch nicht, Yerad.«

»Überhaupt nicht. Meinetwegen braucht ihr keinen Wein besorgen.«

»Also ich find den gar nicht übel«, meinte Zarif.

»Wundert mich nicht«, entgegnete Zineb. »Du stopfst ja sogar den uralten Käse in dich rein, den kein anderer mehr anrührt.«

Nach dem Essen brachte Rabe Yerad zu Durak, der vor der Greifenkammer wartete. »Er ist jetzt einer von uns«, verkündete er. »Kannst du ihm alles zeigen und die Regeln erklären?«

»Jup, mach ich.«

Als Rabe weg war, flüsterte Yerad dem Freund zu: »Sonderlich überrascht wirkst du nicht.«

»Und du nicht sonderlich erfreut.«

Yerad verzog das Gesicht. »Weil ich immer noch eingesperrt bin.«

»Wie wir alle, Prinzessin. Aber dafür hast du jetzt ne größere Zelle.« Er beugte sich dichter zu ihm. »Und pass auf, vor wem du solche Sprüche bringst. Sonst schrumpft deine Zelle schneller, als du gucken kannst.«

»Deshalb sag ich's ja dir und nicht Rabe.«

»Sehr brav.« Durak klopfte Yerad auf die Schulter, wobei er seine Kraft wieder einmal gehörig unterschätzte. Mittlerweile hatte Yerad es aufgegeben, Durak darauf hinzuweisen. Vielleicht wuchs ihm ja irgendwann eine Hornhaut.

»Willst du deiner Greifin Bescheid sagen, bevor wir zum Rundgang aufbrechen?«

»Wie lang dauert das denn?«

»Das hängt hauptsächlich davon ab, wie neugierig du bist.«

»Also melde ich mich lieber ab.«

Durak grinste, als hätte er mit einer derartigen Antwort gerechnet. »Ich warte dort.« Er deutete den Gang hinunter, den Yerad bislang bloß bis zu seiner Kammer kannte. »Ganz am Ende ist ne Tür. Dahinter bin ich. Lass dir ruhig Zeit. Ich hab eh noch zu tun.«

»Dann bis gleich«, sagte Yerad und Durak schlenderte fort. Einen Moment starrte Yerad ihm nach, bis der Freund hinter einer Biegung verschwand. Es fühlte sich seltsam an. Irgendwie sogar einsam. Yerad hatte sich wirklich gut an seine Rolle gewöhnt. Zu gut.

Unschlüssig wandte er den Kopf zur anderen Seite, wo sich der Weg in die Freiheit befand. Yerad war sich ziemlich sicher, dass er den Ausgang finden würde. Der Drang, ihn tatsächlich zu suchen, hielt sich allerdings in Grenzen. So gern er seiner Familie und Tarek den Kummer nehmen würde, so wenig war er bereit, Alia aufzugeben, die Freundschaft zu Chadrik und Durak und nicht zuletzt die Greifin. Das Tier war ihm ans Herz gewachsen wie sein Greif vom Hof, auch wenn es um einiges dickköpfiger war. Ihm war bewusst, dass seine Gründe egoistisch waren: Er stellte sein eigenes Wohl über das von seiner Familie und Tarek. Dennoch konnte er nicht anders.

Und Rabe hatte es gewusst. Andernfalls hätte er sich niemals darauf eingelassen, Yerad frei in den Höhlen herumlaufen zu lassen. Entschieden drückte Yerad die Klinke und huschte in den Raum. Kriechen war inzwischen nicht mehr notwendig. Zumindest nicht bei den Personen, an die die Greifin sich gewöhnt hatte, was kurioserweise sogar Zarif und einige Rebellen, die Yerad nicht beim Namen kannte, die ihn aber regelmäßig beaufsichtigt hatten, einschloss. Yerad ging zur Greifin, trat über die Linie und setzte sich vor sie.

Sie kam näher und streckte ihm den Hals entgegen, damit er sie streicheln konnte. Das Gefieder war weich, gesund und so dicht, dass Yerads halber Unterarm darin verschwand. Sie genoss die Streicheleinheiten, auch wenn sie Yerad nicht vollkommen vertraute. So jedenfalls deutete er die Tatsache, dass das ihm zugewandte Auge permanent auf ihn gerichtet war.

»Ich darf mich jetzt in den Höhlen frei bewegen«, erklärte er ihr.

Augenblicklich zuckte ihr Hals zurück und ihr Schnabel tauchte vor ihm auf. Sie presste leise meckernde Geräusche hervor. Lautes Gekreische gab es inzwischen nur, wenn sie sehr erbost war, was zwar regelmäßig, doch zum Glück nicht täglich vorkam.

»Du wirst auch nicht ewig hier festsitzen«, beruhigte Yerad das Tier. »Aber noch haben sie zu große Angst.« Hoffentlich änderte sich das bald, denn mit jedem Tag, den die Greifin angekettet war, verkümmerten die Flugmuskeln mehr. Rabe wollte bestimmt keinen Greifen behalten, der flugunfähig war. Und Yerad wollte nicht, dass dieses Tier sterben musste, da es keinen Nutzen für den Rebellenanführer hatte, wenngleich er genau das einmal selbst vorgeschlagen hatte. Damals hatte er es vor allem deshalb getan, weil er nicht geglaubt hatte, dass ein Greif die Zeit in der Gefangenschaft überstehen konnte, ohne dem Wahnsinn zu verfallen. Dieses Tier hatte ihm das Gegenteil bewiesen.

»Durak will mich gleich herumführen«, fuhr er fort. »Also werde ich ein Weilchen weg sein. Danach können wir das neue Buch anfangen.«

Wieder gab die Greifin einen missmutigen Laut von sich. Sie wollte nicht allein sein und lieber sofort vorgelesen bekommen.

»Wie wäre es, wenn du in der Zeit deine Flügel bewegst?«

Sie starrte ihn an. Dann entließ sie eine Folge von Meckerlauten.

Yerad verstand sie zwar nicht, aber er wusste, dass die Greifin das Flügelschlagen auf der Stelle verabscheute. Zumal sie dabei nur einen Bruchteil ihres üblichen Bewegungsspielraums nutzen konnte, da die Höhle für solche Übungen zu klein war. »Es ist wichtig«, beschwor er sie. »Wenn deine Flügel zu schwach werden, kannst du nicht mehr fliegen und stürzt beim ersten Versuch ins Meer.« Und er mit ihr.

Sie meckerte weiter, richtete sich allerdings auf und breitete ihre Schwingen aus. Die Spitzen stießen beinahe an die Decke. Demonstrativ schlug sie derart heftig mit den Flügeln, dass die Fackel erlosch und es schlagartig finster wurde. Nur unter dem Türspalt drang noch etwas Licht durch.

Yerad musste ein Lachen unterdrücken. »Das hast du doch mit Absicht gemacht.« Manchmal benahm sich das Tier wie ein kleines Kind.

Die Greifin entgegnete nichts, aber den ständigen Luftzügen nach zu urteilen machte sie weiter.

»Soll ich die Fackel wieder anzünden?«

»Ik ik«, kam die forsche Antwort.

»Soll ich die Tür auflassen?«

»Ik.«

»Schön üben«, sagte Yerad, während er die Tür öffnete und etwas Licht vom Gang die Kammer erhellte. Anschließend wuchtete Yerad die Matratze in den Eingang, damit die Tür offen blieb. »Bis bald.«

Nicht einmal einen Abschiedsgruß miaute sie. Es war wohl besser, wenn Yerad sich mit seiner Neugier für heute zurückhielt. Die anderen würden ihm seine Fragen auch später beantworten.

Der Weg zu Durak war deutlich länger, als Yerad erwartet hatte. An einigen Stellen musste er sich sogar ducken. Dann hatte er die Tür erreicht und klopfte.

»Komm rein«, rief Durak von innen.

Yerad trat ein und war angesichts der mit Waffen vollgestopften Regale überrascht. »Meine Güte, wollt ihr etwa in Al-Lucant einmarschieren?«

Durak blickte vom Tisch, an dem er gerade arbeitete, auf. »Dafür wär's ein bisschen wenig.« Er schrieb ein paar Worte, säuberte die Feder, schloss das Tintenfass und wandte sich Yerad zu. »Hier sind unsere Waffenvorräte.« Er deutete weiter nach hinten. »Und dort sind Dinge, die das Leben in den Höhlen erträglicher machen.«

»Darf ich mir diese Dinge ansehen?«

»Nur zu.« Durak drückte Yerad die Laterne vom Tisch in die Hand.

Im orangeroten Licht passierte Yerad die Schränke mit Säbeln und Armbrustbolzen. Dann kam ein Regal mit Büchern, ein weiteres mit Alkohol und dahinter befanden sich diverse Kisten mit Spielzeug, Schmuck, Duftflakons und allerlei anderen Gegenständen, die Yerad bei den Rebellen nie erwartet hätte. Sein Blick ging zurück zu den Buchrücken.

»Wenn dich was interessiert, sag's der kleinen Elster. Selbstbedienung ist hier nämlich nicht.«

»Mach ich.« Yerad hatte in der Tat zwei Bücher mit vielversprechenden Titeln entdeckt. »Von mir aus können wir weiter.«

»Hast du nachher noch was vor oder warum die Eile?«

»Die Greifin ist beleidigt. Ich will sie nicht unnötig lange allein lassen.«

»Tja, Frauen. Sei froh, dass wenigstens das Elsterchen unkompliziert ist.«

»Ich hätte sie nicht gewollt, wenn sie anders wäre.«

»Da bist du schlauer als ich«, gab Durak zurück und plötzlich war die Fröhlichkeit aus seiner Stimme verschwunden. Auf Yerads irritierten Seitenblick winkte er jedoch ab.

Gemeinsam verließen sie den Raum und Durak verschloss die Tür. Als sie an der Kammer der Greifin vorbeikamen, erklang das typische Miauen, mit dem sie sich verabschiedete.

»Warte kurz«, bat Yerad Durak, ging zur Greifin und trat über die Linie, ohne diese zu sehen. Er kannte die Kammer in- und auswendig und wusste blind, nach wie vielen Schritten er in dem Bereich war, den er vor gar nicht so langer Zeit als gefährlich eingestuft hatte. »Na, sagst du mir nun doch Tschüs?«

Ihr massiger Kopf stupste Yerad an und er hatte für einen Moment Probleme, das Gleichgewicht zu halten. »Ik.« Sie zwitscherte noch etwas, das Yerad nicht zuordnen konnte. Vielleicht eine Entschuldigung?

»Ich beeile mich. Versprochen.« Yerads Finger glitten durch die weichen Federn. »Bis nachher und sei fleißig.«

Erneut miaute sie. Es klang traurig. Wenn Yerad den Schlüssel für die Fesseln der Greifin hätte, hätte er sie spätestens jetzt befreit. Ein letztes Mal strich er durch ihr Gefieder, bevor er zu Durak ging.

24

Yerad

»Hat der Obervogel was zu deinem neuen Schlafplatz gesagt?«, fragte Durak, während er und Yerad durch die Gänge liefen.

»Wieso sollte er? Ich hab doch einen. Eigentlich sogar zwei«. Obwohl Yerad die Matratze in der winzigen Kammer nie zum Schlafen benutzt hatte. Höchstens um sich etwas auszuruhen oder zu lesen, wenn er seinen Bewacher nicht sehen wollte und die Greifin ohnehin schlief.

»Weil keiner von uns so weit abgeschieden vom Rest pennt. Deshalb.«

»Ich will die Greifin aber nicht allein lassen.«

»Solang sie angekettet ist, einleuchtend. Und danach? Willst du dann immer noch dahinten in deiner Ecke versauern?«

Yerad dachte nach, während sie in den ihm bereits bekannten Tunnel mit den kleinen Häusern einbogen. Dass die Greifin ihr einstiges Gefängnis als Schlafplatz auswählte, konnte er sich beim besten Willen nicht vorstellen. Außerdem ruhten Felsengreifen in der Höhe, etwa auf Felsvorsprüngen, woher sie auch ihren Namen hatten. Also würde sie sich wohl irgendwo oben im Saal einquartieren und dorthin konnte Yerad ihr ohnehin nicht folgen. »Wer weiß, wie lange das noch dauert.« Und wer wusste schon, was dann geschah ...

»Ist doch egal. Du kannst trotzdem bei uns einziehen. Niemand zwingt dich, da zu schlafen.«

›Bei uns‹? »Du meinst bei Chadrik und dir?«

»Hast du etwa ein Problem damit, Prinzessin?« Durak grinste ihn von der Seite an. »Oder willst du gleich mit dem Elsterchen zusammenziehen?«

»Das wär wohl ein bisschen früh.« Sie waren schließlich noch nicht einmal ein Paar.

»Also kommst du zu Mäuschen und mir.«

»Wenn's dich nicht stört, dass du dir dann sogar in deinem Zimmer Gespräche über Batader anhören musst.«

»Ich werd's überleben.« Durak bog in einen Tunnel, den Yerad bislang nicht kannte, auch wenn er genauso aussah wie der Gang, von dem sie gerade kamen: Holzhäuser, in den Felsen eingelassene Türen und Sitzecken drängten sich zwischen Fackeln und Wäscheleinen. An einer Tür blieb Durak stehen und polterte dagegen. »Die Kammer von der kleinen Elster und Feuerschopf«, erklärte er.

»Es ist offen«, rief Mirella, woraufhin Durak eintrat und Yerad bedeutete, ihm zu folgen.

Eine lang gezogene Kammer offenbarte sich und ehe Yerad sich richtig umsehen konnte, erklang Alias fröhliche Stimme: »Yerad!« Sie sprang auf ihn zu und zog ihn in eine stürmische Umarmung. »Was machst du denn hier? Darfst du mich jetzt etwa besuchen?«

»Rabe meinte, ich bin kein Gefangener mehr.«

»Wirklich? Das ist ja großartig.« Sie strahlte übers ganze Gesicht, ehe sie ihn in die nächste Umarmung zog.

»Ähm, Alia«, murmelte Yerad, da er sich unbehaglich fühlte, dass sie sich vor Durak und Mirella so an ihn schmiegte, dass ihm die Hitze in Körperteile schoss, in denen sie gerade nichts zu suchen hatte.

»Schon klar.« Alia wich einen Schritt zurück. »Ich kann dir ja heut Abend die Bereiche zeigen, die jetzt verboten sind.« Hinter ihr grinste Durak vor sich hin und selbst Mirella sah belustigt aus.

»Sehr gern«, antwortete Yerad. Sie standen sich gegenüber und bei ihrem bezaubernden Lächeln war er nicht in der Lage, sich abzuwenden.

Durak drängte sich zwischen sie. »Das reicht mit dem Angestarre.« Er rief einen Abschiedsgruß über die Schulter und schob Yerad vor die Tür. »Die beiden müssen weiter üben und du wolltest deine geflügelte Freundin nicht so lang warten lassen, schon vergessen?«

»Was üben sie denn?«

»Du kriegst echt gar nichts mit, wenn sie dich anlächelt, was?« Ohne ihm Zeit für eine Antwort zu geben, fuhr er fort: »Das Elsterchen bringt Feuerschopf grad Schlossknacken bei. Hast du den ganzen Plunder auf dem Boden etwa nicht gesehen?«

»Nein.« Dann sackte der Inhalt von Duraks Aussage in Yerads Bewusstsein. »Alia kann Schlösser knacken?«

Abermals grinste Durak. »Das wusstest du nicht? Sie ist die Beste in den Höhlen.«

»Ich hab es vermieden, zu fragen, wer hier was macht. Ich wollte niemanden in Schwierigkeiten bringen, weil ich etwas erfahre, das nicht für meine Ohren bestimmt war.«

»Du bist echt zu nett für diese Welt.« Durak deutete auf ein Haus, das im Gegensatz zu den anderen komplett unbemalt war. »Dort wohnt Zineb.« Dann wies er auf eine in den Felsen eingelassene gelb-blaue Tür. »Und da Zarif.«

Sie folgten dem Tunnel um eine Biegung und Durak hielt auf eine grün gestrichene Tür zu, die er öffnete, ohne zu klopfen. Dunkelheit lag dahinter, weshalb Durak eine Laterne von innen nahm und sie an einer Fackel vom Flur anzündete. »Dein neuer Schlafplatz. Also fast. Wir müssen noch ne Matratze besorgen.«

Yerad ging nach Durak hinein. Der Höhlenraum war deutlich breiter als der von Alia und Mirella und erstaunlich ordentlich.

Durak wies auf die Wand links hinter der Tür, an der einige Kisten lehnten. »Den Krempel schaffen wir weg und dann kannst du da schlafen. Wenn's dir nichts ausmacht, dass es so dicht neben der Tür ist.«

»Das stört mich nicht.«

Augenblicklich begann Durak die Kisten zur Seite zu räumen.

»Willst du nicht erst mal Chadrik fragen, was er davon hält?«

»Wozu? Denkst du, Mäuschen beklagt sich, dass er seinen Bataderkumpel nun jede Nacht vor der Nase hat? Er schläft übrigens in dem Bett, auf dem du grad sitzt.«

Also Yerad gegenüber und damit wirklich vor seiner Nase. Duraks Schlafplatz hingegen lag hinter einem halb offenen Vorhang.

»Fertig.« Durak hatte sämtliche Kisten aus dem Weg geschafft. »Geht der Platz für dich klar? Oder weiter von der Tür weg? Die Matratze besorg ich nachher.«

»Es ist gut so, aber ich werd vorerst trotzdem bei der Greifin schlafen.«

»Hab ich verstanden.«

»Und warum kümmerst du dich *jetzt* darum? Das hätte doch ein paar Tage Zeit gehabt. Oder eher Wochen.«

»Bei den Fortschritten, die du öfters mit der Greifin hinlegst, kann's ganz plötzlich kommen. Vielleicht sind Mäuschen und ich dann auf nem Auftrag und danach schleppe ich weder Kisten noch Matratzen. Willst du schmales Hemd das etwa selbst erledigen?«

Yerad hätte auch eine Nacht länger seinen derzeitigen Schlafplatz benutzen können, aber er gab es auf, mit Durak zu diskutieren. Offenbar war es ihm äußerst wichtig, dass Yerad keine Minute zu viel alleine verbrachte. Oder er hatte Spaß daran, seine Kammer umzuräumen. »Also hab ich jetzt drei Schlafplätze«, stellte Yerad fest.

»So ist das, wenn man ne Prinzessin ist.«

»Und das von jemandem, der sein Bett hinter einem Vorhang versteckt. Wenn ich eine Prinzessin bin, was bist du denn dann? Unsere Kalifin?«

»Soll ich dir auch nen Vorhang besorgen?« Durak verbeugte sich übertrieben und setzte eine ernste Miene auf. »Vielleicht mit ein paar Perlen bestickt, damit die hohe Gesellschaft angemessen ruht?« Er verstellte seine Stimme, die nun wohl nach einer Frau klingen sollte.

Nur dass diese Frau sich anhörte, als hätte sie ernsthafte Probleme mit ihren Stimmbändern. Zusammen mit Duraks riesenhafter und kräftiger Gestalt und seinem Bart gab das eine ziemlich absurde Vorstellung ab.

Grinsend schüttelte Yerad den Kopf, während er zu Durak ging und ihn an der Schulter in eine aufrechte Position schob, was ihm nur deshalb gelang, weil Durak es sich gefallen ließ. »Dir ist schon klar, dass die Kalifin sich nicht vor einer Prinzessin verneigt?«

»Also verlangt es der reizenden Prinzessin nicht nach einem Vorhang?«, hakte Durak mit der krächzenden Frauenstimme nach.

»Wie lang willst du eigentlich noch so gestelzt reden?«

Duraks Mundwinkel zuckten äußerst unkalifinnenhaft. »Ist eh ziemlich anstrengend«, gab er es auf. »Wirklich keinen Vorhang?«

»Lass den Unsinn. Zu Hause hab ich auch manchmal mit aufgezogenen Gardinen geschlafen. Das Licht hat mich nie gestört.«

»Wenn ich's nicht besser wüsste, würd ich nicht glauben, dass du ein Nobler bist.«

»Wieso das denn?«

»Weil du so genügsam bist. Ich hätt gedacht, nach nem Leben in Luxus ...« Durak hielt inne. »Oder bist du ein verarmter Nobler? So was soll's ja geben, hab ich gehört.«

»Gibt es, aber nein. Geldsorgen hatte ich nie. Ich hätte auch nie für möglich gehalten, dass ich so leben kann, doch es geht sehr gut. Ehrlich gesagt vermisse ich kaum etwas.«

»Was vermisst du denn?«

»Eigentlich nur Erinnerungsstücke: das Bataderspiel von meinem verstorbenen Großvater, ein paar Steine, die mein Neffe bemalt hat. Solche Dinge.« Ihm fehlten vor allem bestimmte Menschen sowie sein Greif vom Hof.

»Tut mir leid«, sagte Durak unvermittelt.

»Dass ich meine Erinnerungsstücke nicht mehr hab?«

»Dass wir dich aus deinem Leben gerissen haben.«

Yerad presste die Lippen zusammen. Das Leben, aus dem sie ihn gerissen hatten, war nicht länger seins gewesen. Und er vermisste es nicht einmal, lediglich die Zeit davor, die auch ohne die Entführung verloren gewesen wäre. Seine Lieben hätten eine solche Entschuldigung eher verdient. »Ich weiß, Durak. Wollen wir weiter?«

Der Freund löschte die Laterne und sie setzten ihren Weg fort. Dann deutete er auf eine unbemalte Holztür. »Das ist die Kammer vom Obervogel. Kannst du dir das alles überhaupt merken?«

»Bislang schon.« So schlecht war Yerads Orientierungssinn nicht. Das wäre ziemlich ungünstig für einen Greifenreiter. Und dass er Teile des Höhlensystems seit Wochen kannte, vereinfachte die Situation erheblich. Bald kreuzten sie wieder den Weg, den Yerad bereits so oft zum Saal gelaufen war, um in einen weiteren unbekannten Wohnbereich einzubiegen. Zwei rot gestrichene Türen schlossen dieses Gebiet ab. »Die roten Türen dürfen von uns nur im Dunkeln durchquert werden. Und nur ohne Fackeln. Das gilt für alle roten Türen, die in den Höhlen sind. Verstanden?« Yerad nickte.

»Wenn du dagegen verstößt, wird's richtig übel.«

Während sie sich zurückbegaben, fragte Yerad: »Gibt es noch mehr Regeln, bei deren Verstoß es richtig übel wird?«

»Nur eine.«

»Lass mich raten: ohne Absprache die Höhlen verlassen.«

»Du kennst dich schon bestens aus.«

Ihr Weg führte sie durch den Saal in einen weiteren großen Raum, wo sich unter Chadriks wachsamen Blick zwei Männer mit Holzsäbeln bekämpften. »Falls Mäuschen weder in seiner Kammer noch beim Essen ist, hält er sich meist hier auf.«

Die Kämpfenden machten eine Pause und Yerad wollte auf Chadrik zugehen, doch Durak hielt ihn zurück. »Warte, bis er zu uns kommt. Die Waffen sind zwar nur aus Holz, aber die willst du trotzdem nicht über'n Schädel gezogen kriegen.«

Also lehnte Yerad sich neben Durak an die Wand und sah zu, wie Chadrik einem der Männer den Säbel abnahm und den beiden erst langsam etwas vorführte, um die Holzwaffe dann in einem Tempo zu schwingen, dass Yerad nicht folgen konnte. Anschließend gab er den Säbel samt einigen Anweisungen zurück und lief zu Durak und Yerad. Im Hintergrund donnerten die Männer ihre Holzsäbel gegeneinander.

»Die Prinzessin ist kein Gefangener mehr«, verkündete Durak.

»Wurde auch Zeit.« Der Blick, mit dem Chadrik Yerad bedachte, wurde auf einmal nachdenklich. »Dann musst du jetzt wohl kämpfen lernen.«

»Kämpfen? Ich? Das kannst du gleich vergessen.«

»Vielleicht kommst du nicht drum herum.«

»Durak wollte mir nur zeigen, wo ich dich finde. Deshalb sind wir hier. Und Rabe hat mir lediglich aufgetragen, dass ich mich weiter um die Greifin kümmern soll. Von kämpfen war keine Rede.«

»Hm«, machte Chadrik. »Dann red ich mit ihm.«

Yerad spürte, wie ihm die Farbe aus dem Gesicht wich. »Ich will so etwas aber nicht üben.« Entschieden deutete er in Richtung der Kämpfenden. »Du hast mich schon oft genug umgehauen. Denkst du, ich will jetzt von dir mit einem Holzsäbel verprügelt werden?«

»Wenn das dein Problem ist, Prinzessin, kann ich's dir beibringen. *Ich* hab dich noch nie umgehauen.«

Yerad schoss einen erbosten Blick in Duraks Richtung.

»Ist ja gut.« Abwehrend hob Durak die Hände. »Das war nur ein Vorschlag.«

»Außerdem«, ergriff Chadrik das Wort, »hab ich eher an eine Armbrust als an einen Säbel gedacht. Das ist nicht schwer zu lernen.«

Durak ergänzte: »Und dabei verprügelt dich auch niemand. Du bist vollkommen sicher. Zumindest solang du dir nicht versehentlich einen Bolzen in den ...« Er unterbrach sich, als Chadrik ihm in die Rippen stieß.

»Keiner erwartet, dass du so kämpfst.« Blindlings deutete Chadrik über die Schulter in Richtung der kämpfenden

Männer, wo einer der beiden gerade den Holzsäbel seines Gegners in den Bauch bekam, auf den Boden stürzte und die eigene Waffe verlor.

»Och, das, was Riesenfuß da abliefert, würd die Prinzessin auch hinbekommen.«

»Wenn Rabe dich auf Aufträge schickt«, fuhr Chadrik fort, ohne auf Duraks Kommentar einzugehen, »kann's für dich ziemlich gefährlich werden. Denkst du, die lassen dich in Ruhe, weil du keine Waffe hast?«

»Ich sitze auf dem Rücken der Greifin. Da müssen die mich erst mal erwischen.«

Chadrik rollte mit den Augen und blickte Hilfe suchend zu Durak.

Der Freund nickte kaum merklich und übernahm das Reden: »Stell dir folgende Situation vor, Prinzessin: Du führst nen Auftrag aus, für den du irgendwo landest. Da ich nicht davon ausgehe, dass der Obervogel dich nur auf Erkundungsflüge schickt, wird das hin und wieder der Fall sein. Bislang einleuchtend?«

Yerad bejahte.

»Jemand beschießt dich mit ner Armbrust. Das könnte ein Wächter sein, oder sogar jemand, von dem du dachtest, dass er auf deiner Seite steht. Wir haben viele Feinde und du nun auch. Vielleicht können du und die Greifin in Deckung gehen, aber losfliegen dürfte ausgeschlossen sein, da sie dann ein fantastisches Ziel abgibt. Hast du selbst ne Armbrust, kannst du den Kerl beschießen, damit er seinerseits in Deckung bleibt. Wer den Kopf einziehen muss, kann nicht schießen ... Zumindest nicht zielsicher. Ihr könntet starten und fliehen. Dabei musst du nicht mal ein sonderlich guter Schütze sein. Wenn du halbwegs die korrekte Richtung triffst, reicht das völlig, dass die meisten Leute das Weite suchen. Und erzähl mir nicht, dass so was nicht passiert. Das ist höchstens insofern unlogisch, weil dich gewöhnlich nicht nur eine Person angreift.«

Yerad schwieg. Was Durak sagte, machte Sinn, auch wenn Yerad nichts davon wissen wollte. Dennoch ... »Ich will niemanden töten.«

»Womit wir beim tatsächlichen Problem sind. Richtig, Prinzessin?«

Yerads Blick war offenbar Antwort genug, denn Chadrik verzog das Gesicht. »Willst du lieber selbst sterben? Zugucken, wie die Greifin stirbt?« In seiner Stimme schwang Hektik mit. Er machte sich Sorgen. Um Yerad, vielleicht sogar um die Greifin.

Yerad hätte nie gedacht, jemals in eine Situation zu geraten, in der er sich dafür rechtfertigen musste, dass er niemanden töten wollte. Er war ein Greifenreiter, kein Kämpfer. Dass man ihm die Zähmung eines Greifen auftrug, fand er ja noch nachvollziehbar. Aber dass man ihm nun eine Waffe geben wollte ... »Eigentlich will ich nur fliegen«, murmelte er.

»Belassen wir's dabei«, entschied Chadrik und klang ruhiger. »Ich red mit Rabe. Wer weiß, ob er überhaupt will, dass du ne Waffe bekommst. Und Yerad ...« Sein Blick war eindringlich. »Versuch, dich an den Gedanken zu gewöhnen, zumindest mit ner Armbrust schießen zu lernen.« Chadrik deutete zu den Kämpfenden, wo derjenige, den Durak Riesenfuß genannt hatte, wieder auf dem Boden lag. »Ich muss weitermachen«, sagte er. »Wir sehen uns beim Abendbrot.« Damit verschwand er und Durak und Yerad verließen den Kampfraum. Schweigend liefen sie durch den Saal und zurück auf den Gang.

»Du musst mich nicht bringen, Durak. Ich find den Weg allein.«

Der Angesprochene hob eine Augenbraue. »Willst du mich los sein?«

»Nein. Ich dachte nur ...« Yerad verstummte, weil ihm bewusst wurde, was er Durak aus einem Impuls beinahe unterstellt hätte. »Schon gut.«

»Glaubst du, ich hab Angst, dass du abhaust?«

»Das war zumindest mein erster Gedanke«, gab er zu und beeilte sich hinzuzufügen: »Aber nicht mein zweiter.«

»Immerhin«, antwortete Durak. »Ich muss noch mal zur Waffenkammer. Deshalb lauf ich neben dir. Falls ich dir auf die Nerven geh, sag Bescheid. Ich kann auch hinter dir laufen.«

»Das wär ziemlich dämlich.«

»Wenn du dich damit besser fühlst, ist's mir recht. Ich hab doch gemerkt, dass dir unsere Ansprache die Laune versaut hat.«

Sie betraten den Gang, der zur Greifin führte, und Yerad schloss die Tür hinter ihnen. »Vielleicht hat Rabe ja was dagegen«, sagte er hoffnungsvoll.

»Das wär dir echt am liebsten?«

»Ja.«

»Wär aber verdammt schlecht.« Durak umgriff Yerads Arm und zwang ihn zum Stehenbleiben.

Seufzend drehte sich Yerad ihm zu. »Ich hab deine Argumente verstanden, Durak. Trotzdem find ich allein die Vorstellung, eine Armbrust auf jemanden zu richten, entsetzlich. Ich bin nicht wie ...« Yerad rammte die Zähne zusammen. Durak war sein Freund und er machte ihm ständig neue Vorwürfe.

»... wie wir?«, beendete Durak den Satz und ließ seinen Arm los. »Das wolltest du doch sagen, richtig?«

Yerad nickte.

»Was sind wir denn in deinen Augen? Kaltblütige Mörder, die jeden meucheln, der ihnen in die Quere kommt? Denkst du, wir sind eines Morgens aufgestanden und weil Wetter und Frühstück grad mies waren, sind wir losgezogen, um das erste Mordopfer zu suchen?«

»Nein, aber ...«

»Aber was?«

Yerad rieb sich das Gesicht. Dieses Thema war derart heikel, dass er es gerne sofort beenden würde, allerdings machte Durak da kaum mit.

Yerad kämpfte um Worte. Er wollte Durak nicht beleidigen, doch das ließ sich nur vermeiden, wenn er ihn belog und so funktionierte Freundschaft nicht. »Ich weiß, dass ihr nicht grundlos Leute tötet. Es ist nur ... Ich würde nicht einmal auf die Idee kommen, jemanden zu verletzen, geschweige denn zu töten. Allein diese Art zu denken, widerstrebt mir.«

»Scheint dir aber die meiste Zeit egal zu sein. Angst hast du schließlich nicht vor uns.«

»Ich hab auch keine Angst, dass ihr *mir* was tut.«

»Wenigstens was«, brummte Durak.

»Trotzdem ... Ich kann nicht begreifen, wie man jemanden tötet und danach weiterlebt, als sei das nie passiert.«

Ein klägliches Lächeln verzog Duraks Lippen. »Tun wir doch gar nicht. Du weißt nicht, wie wir vorher waren. Bei den meisten weiß ich das nicht mal.«

»Bei Chadrik?«, fragte Yerad, weil er den Eindruck hatte, dass sich die beiden schon ewig kannten.

Durak nickte. »Wir sind Wächter geworden, Mäuschen und ich.« Auf Yerads überraschte Mimik wirkte er kurz belustigt, bevor sich sein Gesicht zu einer starren Maske wandelte. »Wir wollten helfen, andere retten. Dann sind wir an die Falschen geraten.« Er sah Yerad fest an. »Eigentlich wollte ich dir das nicht erzählen. Nicht so jedenfalls.« Duraks Stimme war leise und brüchig. So hatte Yerad ihn noch nie gehört.

»Das musst du auch nicht.«

»Ich hab's aber nicht so gern, wenn ein Freund mich für nen kaltblütigen Mörder hält.« Durak zögerte, holte mehrfach Luft, ehe er fortfuhr: »Sie haben Mäuschen und mich geschnappt. Gefoltert und in die Dunkelheit gesperrt. Zwischen Ratten und Scheiße. Keine Ahnung, wie viele Tage. Und das war nicht das Schlimmste.« Wieder brauchte er mehrere Anläufe, ehe es flüsternd über seine Lippen kam: »Sie haben sie vor unseren Augen getötet. Meine Eltern und die von Mäuschen. Meine kleine Schwester. Sie war erst siebzehn, verdammt. Und Mäuschens Frau. Sie war schwanger, ihr Bauch nicht zu übersehen. Es war ihnen egal.«

Yerad war geschockt angesichts des Albtraums, den seine Freunde hatten durchleiden müssen.

»Wenn wir damals wie heute gewesen wären, hätten wir sie vielleicht raushauen können«, fuhr Durak fort. »Aber das waren wir nicht.« Er blickte in die Leere. Sah aus, als sei er in der Vergangenheit gefangen, wo er erneut die Gräueltaten seiner Entführer ertragen musste. »Mäuschen und ich konnten uns befreien. Dafür haben wir beide das erste Mal andere Menschen umgebracht. Es waren furchtbare Menschen. Sadisten. Mörder. Trotzdem verändert es einen. Ein bisschen wie beim Erwachsenwerden, nur mieser. Viel mieser. Danach haben wir uns gegenseitig am Leben und bei Verstand gehalten. Allein hätt das keiner von uns geschafft.« Abermals hing Durak seinen Gedanken nach, doch nur kurz. »Ich habe wieder getötet, Mäuschen auch. Wenn es notwendig war, um uns und unsere Freunde zu schützen. Spaß macht das nicht. Im Gegenteil.«

Yerad musste an etwas denken, was Chadrik einmal gesagt hatte. Dass er bei den Aufträgen draußen diejenigen, die seine Freunde bedrohten, wenigstens töten durfte.

»Kannst du's zumindest ein bisschen verstehen?«, fragte Durak.

Yerads Mund war so trocken, dass er mehrfach schluckte, bevor er einen Ton hervorbrachte. »Ja.«

Die Andeutung eines Lächelns verzog Duraks Lippen. »Ich hoff wirklich, dir bleibt das erspart, aber ... Mir wär ne veränderte Prinzessin lieber als ne tote. Aus dem Loch, in das du dann stürzt, können wir dich raus hieven. Lebendig machen geht schlecht.« Er stieß langsam die Luft aus. »Wirst du mit der Armbrust üben, wenn's der Obervogel erlaubt?«

Yerad graute davor. Besonders wenn der schlimmste Fall tatsächlich eintrat. Er konnte sich nicht einmal ausmalen, wie er damit fertig werden sollte. »Ich hab echt Angst.«

»Versteh ich.«

Am liebsten würde er ablehnen, doch Duraks Schilderung hatte ihm eines sehr deutlich gezeigt: Es ging nicht nur um ihn, sondern genauso um die Sicherheit der Greifin. Und vielleicht sogar von anderen Personen, die ihn begleiten würden: Chadrik, Durak ... Was wusste er denn schon, was Rabe für ihn plante. »Ich übe«, gab Yerad sich geschlagen. Durak wirkte erleichtert und Yerad fügte hinzu: »Trotzdem glaube ich nicht, dass ich im Ernstfall wirklich jemanden erschieße.«

»Zumindest hast du dann ne Wahl.«

25

Mirella

Das Schloss wehrte sich seit einer halben Stunde und Mirella war kurz davor, aufzugeben. Einzig Alias Hinweis, dass Durak ein solches Exemplar mit Leichtigkeit knacken konnte, hielt sie davon ab.

Die Freundin blickte von ihren Listen hoch. »Du bist zu ungeduldig, Mira.«

Das hatte ihre Großmutter auch stets gesagt.

»Ich muss nachher noch ein paar der Sachen verteilen, die ich letzte Nacht besorgt hab.«

»Mich unter Druck setzen hilft bestimmt ...«

Alia lachte. »Du kannst allein weitermachen. Vielleicht klappt's ja, wenn ich dir nicht über die Schulter schau.«

»Vielleicht«, sagte Mirella geistesabwesend, weil sie das Gefühl hatte, gleich den Mechanismus aufzuheben. Sie lenkte die gesamte Konzentration auf das Schloss, schob behutsam den Metallstift. Um erneut zu scheitern. »Ach, verdammt«, entfuhr es ihr. Sie zog den Metallstift zurück und packte ihn geräuschvoll auf den Boden.

Alias Hände legten sich auf ihre. »Schluss für heute. So wird das sowieso nichts.«

»Wenn du das sagst.«

»Guck nicht so enttäuscht«, verlangte Alia, während sie die Übungsutensilien in eine Truhe räumte. »Du bist schon weiter als Chadrik.«

»Wirklich?«

»Und ich bin überzeugt, dass du das Schloss von eben bald aufbekommst. Du darfst dich nur nicht so sehr drauf versteifen.« Alia klappte den Deckel der Truhe zu. »Das würde bestimmt auch beim Lernen der Zeichen helfen.«

Mirella verzog das Gesicht. »Wer hat sich beschwert? Durak oder Chadrik?«

»Durak. Er meinte, dass er manchmal denkt, du stellst dich mit Absicht blöd, um ihn zu ärgern.«

»Schön wär's.«

Seit dem desaströsen Auftrag bei den Kaninchenfarmern hatte Mirella zwar etliche neue Zeichen verinnerlicht, wozu immerhin fast alle Zeichen gehörten, die bei Licht verwendet wurden. Doch diejenigen für völlige Finsternis trieben sie in den Wahnsinn. Und offenbar auch Durak, wenn er sich bei Alia beklagte. »Wir sollten wohl lieber die vermaledeiten Zeichen üben statt Schlossknacken.«

»Willst du Durak entlasten?«

»Und Chadrik.«

»Die halten das aus, keine Sorge.«

Mirella hatte einen anderen Eindruck, aber Alia kannte die beiden schließlich besser. »Brauchst du Hilfe beim Verteilen der Sachen?«

»Gern.« Ein letztes Mal überprüfte Alia ihre Listen und erhob sich.

Während Mirella aufstand, traf ihr Blick auf das Säckchen, das sie von der Heilerin Warda bekommen hatte. Sie hob es auf und trat vor Alia. »Wenn Yerad jetzt ein Rebell ist, solltest du vielleicht ebenfalls anfangen, das Zeug zu nehmen.«

So, wie die Freundin plötzlich errötete, hatte sie sich darüber offenbar keine Gedanken gemacht. »Wir haben uns bislang nicht mal geküsst.«

»Weil er ein Gefangener war und dich nicht in Schwierigkeiten bringen wollte.«

»Meinst du, das ist der Grund?«

»Ja, meine ich.« Auch wenn das Verhältnis zwischen Mirella und Yerad nach wie vor angespannt war und sie die Letzte, mit der er Derartiges besprach, so war sie weder blind noch taub. Selbst sie bekam mit, dass er sich um die anderen sorgte und niemals etwas getan hatte, das für Alia, Durak oder Chadrik nachteilig gewesen war. Und dass er Gefühle für Alia hatte, war genauso wenig zu übersehen. »Vielleicht bekommst du ja heut Abend deinen Kuss. Immerhin hast du dich mit ihm verabredet.«

»Hab ich doch gar nicht ... oh.« Alia errötete noch mehr. »Ich wollte ihm die Bereiche zeigen, die nur im Dunkeln betreten werden dürfen.«

»Klingt wie ne Verabredung.«

»Irgendwie schon.« Misstrauisch betrachtete Alia das Beutelchen, das Mirella ihr hinhielt. »Kommt mir ziemlich verfrüht vor.«

»Warda meinte, man muss drei, besser fünf Tage vorher damit anfangen. Nimm's lieber. Das Zeug ist ja nicht schädlich.«

»Ist echt seltsam, jetzt bereits daran zu denken.« Trotzdem streckte Alia die Hand danach aus.

»Zwei Samenkapseln jeden Tag«, erklärte Mirella und die Freundin nahm zwei der getrockneten Kügelchen. »Ordentlich kauen und mit Wasser runterspülen. Und Vorsicht ...« *bitter*, wollte sie sagen.

Da verzog Alia angeekelt das Gesicht. »Ist das scheußlich«, zischte sie zwischen zusammengepressten Zähnen hervor. Widerwillig kaute sie weiter, bis sie plötzlich zum Wasserkrug stürzte und die Flüssigkeit hinunterkippte, als sei sie fast verdurstet. Sie hatte bestimmt den halben Krug geleert, als sie ihn absetzte. »Und das jeden Tag ...«

»Was tut man nicht alles für die Liebe.« Mirella hatte es locker dahinsagen wollen, aber ihr Tonfall war sarkastisch geraten. *Verdammt.*

Alia stutzte. »Mir war nicht klar, dass du von Rabe schon genug hast.«

»Das ist es nicht.«

»Und was ist es dann?«

Unbehaglich verlagerte Mirella das Gewicht auf die Zehenspitzen und wippte zurück auf die Fersen. »Seit einem Monat würge ich jeden Morgen diese Kapseln herunter und es war vollkommen unnötig.«

Alias Mimik wechselte zu Bestürzung. »Du bist schwanger.«

»Würd mich wundern. Soweit ich weiß, ist das ausgeschlossen, wenn man sich nur küsst.«

Die Bestürzung wich Überraschung. »Ihr habt bislang gar nicht ...?«

»Nein. Immer wenn ich denke, es könnte passieren, geht er auf Abstand.« Ganz am Anfang hatte sie es ja verstanden, aber wie viele Wochen wollte Rabe eigentlich noch verstreichen lassen?

»Weiß er, dass du die Kapseln nimmst?«

Nun war es Mirella, die verlegen wurde.

»Ist dir schon mal in den Sinn gekommen, dass er nicht daran Schuld sein will, dass du in der jetzigen Situation schwanger wirst?«

»Nein.« Dabei war es alles andere als abwegig. Zum einen brauchte er Mirella für Aufträge, denn so viele geeignete Rebellen standen ihm dafür nicht zur Verfügung. Sollte Mirella ausfallen, würde sich das bemerkbar machen. Und andererseits wusste sie bei all ihren Problemen nicht einmal selbst, ob sie für ein Kind überhaupt bereit war. Noch dazu hier unten in der Dunkelheit, wo Kinder definitiv nicht hingehörten. »Offenbar sollte ich mal mit ihm reden.«

»Warum du da nicht alleine drauf gekommen bist, versteh ich trotzdem nicht.«

Mirella auch nicht. Kopfschüttelnd folgte sie Alia aus dem Zimmer, als sie Rabe ihren Namen rufen hörte.

»Seid ihr verabredet?«, fragte Alia, während er näher kam.

»Nicht, dass ich wüsste.« Doch das war nichts Ungewöhnliches. Sie sahen sich zwar nahezu täglich, allerdings hatte es Mirella bei Rabes vollgepackten und sich ständig ändernden Tagesabläufen aufgegeben, mit ihm zu planen. Er fand sie schon, wenn er Zeit hatte. Und gelegentlich erwischte sie ihn auch beim Essen oder wenn sie in seiner Kammer vorbeischaute. Es war sonderbar, aber so war es eben.

»Gut, dass ich dich so schnell gefunden hab, Mira«, sagte Rabe, als er sie erreichte. Er begrüßte sie mit einem Kuss auf die Wange und Alia mit einem Hallo, ehe er sich wieder Mirella zuwandte. »Ich brauch dich noch mal wegen der Alcazaba. Am besten sofort.«

»Ich dachte, wir waren fertig damit.«

»Mir ist gerade was aufgefallen, das ich gern mit der Expertin besprechen würde. Wenn du also die Güte hättest ...«

Mirella nickte, wenngleich sie sich nun wirklich nicht wie eine Alcazaba-Expertin fühlte, aber im Vergleich zum Rest, der dieses Gebäude nie betreten hatte, reichten selbst ihre bescheidenen Kenntnisse für einen derartigen Titel. Sie warf Alia einen entschuldigenden Blick zu.

Die Freundin lächelte. »Ich krieg das schon allein hin.«

»Ich benötige Mira nicht lange«, erklärte Rabe. »Du hast sie also gleich zurück, Alia.«

»Nein, nein«, wiegelte Alia ab. »Ich hab das in Windeseile erledigt und danach gibt es nichts anderes mehr zu erledigen, wobei ich irgendwelche Hilfe brauch. Ihr könnt euch alle Zeit der Welt lassen, womit auch immer ihr euch Zeit lassen wollt.« Sie wandte sich so hastig um, dass ihre Zöpfe flogen, und stob davon.

Mirella beobachtete, wie Rabe ihrer Freundin mit gerunzelter Stirn nachblickte. Hoffentlich erkundigte er sich nicht, weshalb sie sich so seltsam verhielt. Sie wusste sowieso nicht, wie sie am besten mit ihm reden sollte, und ihr war lieber, sie konnte den Gesprächsbeginn frei wählen. Als er schließlich wortlos ihre Hand nahm, ohne die befürchtete Frage zu stellen, musste Mirella sich regelrecht zwingen, nicht erleichtert die Luft auszustoßen.

»Und?«, fragte er plötzlich und sie zuckte zusammen. Sein Blick schoss zu ihr. Eine Augenbraue wanderte hoch. »Warum so schreckhaft?«

»Ich war in Gedanken.«

»Du kannst auch gleich sagen, dass du's mir nicht verraten willst.«

Ertappt sah sie ihn an. »Ich will doch. Nur nicht hier.«

Sein Daumen strich über ihren Handrücken. »Wie war dein Tag bisher?«, stellte er nun die Frage, die er vermutlich bereits vorhin hatte loswerden wollen.

»Nichts Besonderes. Erst mit Chadrik Geheimzeichen geübt, dann mit Alia Schlossknacken.«

»Schon wieder Geheimzeichen?«

»Offenbar bin ich eher als Einzelkämpfer geeignet, wo man sich nicht tausend Fuchteleien merken muss, um sich mit anderen abzustimmen«, entfuhr es ihr eine Spur zu energisch.

Er grinste. »Wenn du beim Schlossknacken so gut wie Alia bist, kannst du auf nächtliche Beutezüge gehen. Bei sonstigen Tätigkeiten gibt's keine Alleingänge.«

Dass sie jemals so gut sein würde wie ihre Freundin, hielt Mirella für ausgeschlossen. Es sei denn, sie schaffte es endlich, ihre Ungeduld abzulegen. »Warum erlaubst du's eigentlich bei den Beutezügen?«, fragte sie, weil sie diese Ausnahme nie verstanden hatte.

»Weil's da eher vorteilhaft ist, allein zu sein. Es verringert die Chance entdeckt zu werden und man kann im Zweifel schneller abhauen. Und es ist auch nicht so schlimm, wenn Alia überhaupt nichts nach Hause bringt, falls unerwartete Probleme auftreten.« Sie betraten Rabes Kammer und er schloss hinter ihnen ab. Das machte er immer, seit Zineb sie damals überrascht hatte. Er umrundete den Tisch, zog dabei einen Stuhl neben seinen und setzte sich.

Mirella nahm an seiner Seite Platz. Für einen Moment sorgte sie sich, dass er nachfragte, was sie ihm auf dem Flur nicht hatte verraten wollen. Aber da schob er ihr bereits einen Grundriss hin und deutete auf etwas. Die Arbeit hatte Vorrang. »Die Totenkammer«, erkannte sie. »Was ist damit?«

»Du hattest doch gemeint, sie werfen die Toten durch einen Schacht ins Meer.«

Sie nickte. »Zumindest die, die nicht wichtig genug für eine richtige Beisetzung sind.« Erinnerungen kehrten zurück. Daran, wie ihre Großmutter in den Schacht geworfen worden war. Sie war die Einzige von Mirellas Familie, von der sie mit Sicherheit wusste, dass man sie dem Meer übergeben hatte.

»Kannst du mir mehr dazu sagen?«

»Es ist ein Schacht«, entgegnete Mirella verständnislos. »Aus Stein, kreisrunde Öffnung ... Was willst du denn wissen?«

»Ob es möglich ist, über den Schacht in die Alcazaba zu kommen.«

Mirella lehnte sich zurück. »Du willst mit der Greifin unter das Ding, richtig?«

»Korrekt. Yerad meinte mal, sie kann in der Luft auf der Stelle fliegen. Das werden wir natürlich noch überprüfen, doch lass uns einfach davon ausgehen, dass es so ist. Wie viel Platz ist denn zwischen dem Ende des Schachts und der Wasseroberfläche?«

»Ich weiß es nicht genau, aber es sind mindestens zehn Meter. Das müsste passen für die Greifin, oder?«

»Vermutlich.« Rabe machte sich Notizen. »Ich werd Yerad fragen. Zumindest, wenn's die Alcazaba-Expertin für möglich hält, dass jemand von uns den Schacht hochklettern kann.«

»Ich kann es.«

»Sehr gut.« Rabe tauchte die Feder ins Tintenfass. »Welches Werkzeug brauchst du?«

»Gar keins.«

Verwundert blickte er auf. »Wie grob ist der Schacht denn gemauert?«

»Unwichtig.« Um ehrlich zu sein, wusste Mirella es nicht. Doch sie erinnerte sich an ein anderes Merkmal: »Er hat ungefähr diesen Durchmesser.« Mit den Händen stellte sie einen Abstand dar, der etwas weniger als ihre ausgestreckten Arme maß. »Ich bin mir nicht sicher, ob er nach unten hin wesentlich breiter wird. So genau hab ich da damals nicht drauf geachtet, aber falls nicht, komme ich da hoch.«

»Ohne Werkzeug?«, hakte Rabe nach. »Und wie?«

So, wie sie sich in der Alcazaba am Leben gehalten hatte. Wortlos ging sie in eine Ecke von Rabes Kammer, wo sich zwei Wände dicht genug gegenüber waren. Sie stützte sich mit den Händen an der einen Wand ab und setzte ihre Füße an die andere, dann schob sie sich langsam nach oben. Als sie mit dem Rücken gegen die Decke stieß, sah sie zu Rabe.

Seinem Gesichtsausdruck nach zu urteilen, hatte sie ihn beeindruckt.

Mirella kehrte zurück zu ihrem Stuhl.

»Ich hätte nicht gedacht, dass man so klettern kann«, gab er zu.

»Irgendwas muss ich ja können, wenn ich mir schon keine Geheimzeichen merke.«

Er lächelte, beugte sich zu ihr und ehe Mirella darauf vorbereitet war, hatte er seine Lippen auf ihren Mund gedrückt. Der Kuss war vorbei, bevor sie ihn auch nur ansatzweise genießen konnte. Gleich danach hatte er wieder die Feder in der Hand und tauchte sie ins Tintenfass.

Mistkerl. Mirella blieb auf ihrem Stuhl. Als sie ihn das letzte Mal beim Schreiben gestört hatte, hatte er ihren Arm mit Tinte gesprenkelt. Da sie nicht riskieren wollte, dass dieses Mal ihr Lieblingskleid litt, hielt sie sich zurück. »Sind deine Fragen an die Alcazaba-Expertin nun alle beantwortet?«

»Nicht ganz, aber das Wichtigste weiß ich schon mal.«

Genervt schlug sie die Augen nieder. »Warum küsst du mich dann?«

»Darf ich dich nicht mehr küssen?«, fragte er, ohne vom Papier aufzublicken. »Hab ich was nicht mitbekommen?«

»Werd einfach fertig«, drängte sie.

Zumindest tat er ihr anschließend den Gefallen, sich zu beeilen. So war immerhin zügig geklärt, dass sie nachts niemand in der Totenkammer überraschte, da Bestattungen nur tagsüber stattfanden, und das einzige weitere Hindernis ein auf dem Schacht befindlicher Holzdeckel war.

»Bekommst du den auf?«, fragte Rabe.

»Ich denke, schon.«

»Und er ist ganz sicher nicht von innen verriegelt?«

»Damals war er's nicht.«

Wieder kratzte Rabes Feder übers Papier. »Vielleicht sollten wir doch Werkzeug mitnehmen.« Dann verstummte das Kritzeln und Rabes Augen huschten über die Notizen. Endlich säuberte er die Feder und räumte sämtliche Zettel zusammen. Als er sich erhob, fixierte er Mirella. »Und noch was ...« Sein Blick war forschend, aus der Stimme jegliche Zuneigung verschwunden. »Das, was wir gerade besprochen haben, bleibt unter uns. Kann ich mich darauf verlassen?«

Sie hasste es, wenn er so war: unnahbar, fremd. Heiser versprach sie: »Natürlich.« Dafür hätte er nicht diese Drohgebärde an den Tag legen müssen.

Sie hörte die vertrauten Geräusche, als er neben ihr das Papier ins Regal quetschte, und kämpfte darum, das mulmige Gefühl aus ihrem Magen zu vertreiben. »Willst du noch bleiben, Mira?«, fragte er. Der fremde Mann, der er eben gewesen war, war verschwunden.

Wie stets verstand Mirella nicht, wie er so schnell die Rollen wechseln konnte. Sie konnte es nicht. War in einer Verschüchterung gefangen, die sich nicht abstreifen ließ.

Seine Hände legten sich von hinten auf ihre Schultern, sein Kopf tauchte neben ihrem auf. »Alles in Ordnung mit dir?«

Sie schluckte. Einmal. Zweimal. »Du musst nicht so mit mir reden, Rabe.«

»Was ist falsch daran, dass ich dich frage, ob alles in Ordnung ist?«

»Das meinte ich nicht.«

»Sondern?«

Abermals zögerte sie. »Als du sagtest, dass das Gespräch unter uns bleibt.«

»Weil es wichtig ist. Je weniger Leute davon wissen, umso geringer die Gefahr, dass etwas nach außen dringt.« Er setzte sich neben sie.

»Das ist mir doch bewusst.« Wollte er sie nicht verstehen? Sein ratloser Blick brachte sie zum Weitersprechen, auch wenn sich das ungute Gefühl langsam zu einer ausgewachsenen Übelkeit steigerte. »Mir ging's eher um den Tonfall.«

Er starrte sie an, eine Falte zwischen den Augenbrauen. Hatte er es nicht einmal bemerkt? Er war wohl schon zu lange in dieser Position. Mit Gutmütigkeit und Freundlichkeit erreichte man nicht das Ziel, nach dem er strebte. Augenblicke verstrichen. »Wie war mein Tonfall denn?«, fragte er, als hätte er tatsächlich keine Ahnung.

Sie schluckte. »Hart. Kalt.« Als wenn eine falsche Regung sie den Kopf kostete.

Warm legte sich seine Hand auf ihre Wange. »Du hast immer noch Angst vor mir«, stellte er fest.

»Manchmal«, gab sie zu.

Er stieß die Luft aus, rückte näher und lehnte seine Stirn gegen ihre. Schließlich streckte auch Mirella ihre Hände nach ihm aus und ganz allmählich verschwand die dumpfe Übelkeit. Leise, beinahe vorsichtig fragte er: »Ist die Angst weg?«

»Ja.«

»Ich wollte dir keine Angst machen. Ich wollte nur, dass du verstehst, wie wichtig dein Schweigen ist.«

»Ist bei mir angekommen.«

Er sagte nichts mehr. Keine Entschuldigung. Kein Versprechen, sich zu bessern. Vielleicht, weil er nicht länger darüber reden wollte. Vielleicht auch, da er wusste, dass er sich nicht ändern konnte. Oder er wollte es nicht.

Als er schließlich doch das Wort ergriff, war das Thema vom Tisch: »Willst du was trinken?«

»Gern.«

Seine Wärme verschwand und er gab ihr einen Becher.

Mirella nahm das Wasser und trank. Mehr aus Verlegenheit, als dass sie wirklich Durst hatte.

Dann legte er noch etwas vor ihr ab: etwas Kleines, das in ein Tuch eingeschlagen war.

Mirella stellte ihr Getränk ab. »Was ist das?«

»Pack es aus.« Er setzte sich. »Aber kipp es nicht um.«

Verwundert sah sie erst zu ihm, anschließend zu dem unförmigen Päckchen. Vorsichtig löste sie den Knoten und ein Schüsselchen mit Deckel kam zum Vorschein. Sie sah hinein und ein breites Lächeln hob ihre Mundwinkel. »Mandelpudding.«

Er gab ihr einen Löffel, mit dem Mirella prompt probierte. Der süße Geschmack erfüllte ihren Mund. Sie schloss die Augen, genoss. »Der ist wundervoll«, nuschelte sie, noch bevor sie heruntergeschluckt hatte.

Als sie die Lider aufschlug, ruhte sein Blick auf ihr.

Erneut tauchte sie den Löffel in die helle Masse. »Ich würd dir ja was abgeben, aber du hast mal gesagt, du findest Mandelpudding widerlich.«

»Weshalb ich nichts nehmen würde. Das wär Verschwendung.«

»Vielleicht können wir dir ja ne leckere Ratte besorgen.«

»Ich hätt nicht gedacht, dass du mal die Wörter ›Ratte‹ und ›lecker‹ in einem Satz benutzt.« Er schmunzelte. »Kümmer dich nicht um mich. Ich hab keinen Hunger.«

Mirella auch nicht, aber Mandelpudding konnte sie trotzdem nicht widerstehen. Sie ließ sich die Süßspeise auf der Zunge zergehen, kostete den samtenen Geschmack bis auf den letzten Happen aus. Wenn Rabe ihr nicht zugucken würde, hätte sie das Schälchen vermutlich wie eine Katze ausgeleckt. So kratzte sie nur derart lange mit ihrem Löffel den Rand ab, bis nur noch winzige helle Schlieren zu erkennen waren.

Als sie das Schüsselchen abstellte, sagte Rabe: »Ich bin überrascht, dass du nicht mit deinem Finger den Rand gesäubert hast.«

»Sah ich so gefräßig aus?«

Er nickte belustigt.

»Liegt wahrscheinlich daran, dass ich seit dem Überfall auf die Kaninchenfarmer keinen Mandelpudding mehr bekommen hab.« Und das war auch kein reiner Mandelpudding gewesen, sondern ein damit gefülltes Törtchen.

»Klingt nach einem überaus harten Schicksal.« Seine Mundwinkel zuckten. »Wie hast du das nur ausgehalten?«

Sie musste ebenfalls grinsen.

Er kam näher und küsste sie. Dieses Mal richtig, ehe er sich abrupt zurückzog. »Du schmeckst nach Mandelpudding«, sagte er und sah nicht besonders glücklich aus.

Mirella schloss die Finger um seine Wangen, sodass er sich nicht weiter entfernen konnte. »Dann musst du das entweder ertragen oder du besorgst mir was zu Essen, das dir auch schmeckt.«

»Ratte?«, schlug er vor und abermals senkten sich seine Lippen auf ihre. Erneut versank Mirella in seinen Armen, erneut löste er sich viel zu schnell von ihr und hielt ihr den Wasserbecher unter die Nase.

»Immer noch so schlimm?«

Er nickte. »Nächstes Mal bekommst du den Mandelpudding zum Abschied.«

Mirella nahm den Becher und trank.

»Du kannst mir ja erst mal erzählen, was du auf dem Gang nicht sagen wolltest.«

Der Schreck trieb ihr das Wasser in die Luftröhre. Hustend stellte sie den Becher ab und rang nach Atem.

Rabe reagierte mit einer hochgezogenen Augenbraue. Wenn Mirella nicht damit beschäftigt gewesen wäre, nicht zu ersticken, hätte sie ihm eine Ansprache gehalten, dass man trinkende und essende Leute nicht mit solchen Überraschungen beglückte. Dann fiel ihr ein, dass er ja gar keine Ahnung hatte, worum es ging.

Endlich wurde es besser, doch ihre Kehle brannte noch immer. Unsicher fragte sie: »Wie viel Zeit hast du überhaupt?« Sie wollte ihm nicht mit einem derartigen Thema kommen und drei Minuten später musste er verschwinden.

»Ein paar Stunden«, antwortete er gedehnt. »Ich bin gespannt, was du mir so ausführlich erklären willst.«

Und Mirella wusste nicht, wie sie anfangen sollte. *Ach, verdammt.* Sie konnte so etwas nicht. Sie musste den Blick gesenkt haben, denn plötzlich sah sie ihre eigenen Finger, die sie viel zu fest umeinander verschränkte. Sie zwang sie auseinander und die Augen nach oben.

Rabes Gesichtsausdruck hatte sich verändert. Nun wirkte er eher beunruhigt als neugierig. Dennoch drängte er nicht und wartete ab, auch wenn er mittlerweile aussah, als ertrug er es kaum.

Rück endlich raus damit, schalt Mirella sich innerlich. So, wie Rabe sich verhielt, dachte er offenbar, dass sie gleich ihre Beziehung beendete. »Warum willst du nicht mit mir schlafen?«, platzte es aus ihr heraus. Im nächsten Augenblick wäre sie am liebsten unter den Tisch gekrochen. Wäre das nicht besser gegangen? Weniger vorwurfsvoll zumindest.

26

Mirella

Sprachlos starrte Rabe sie an. »Wie kommst du darauf? Ich hab nie behauptet, dass ich nicht mit dir schlafen will.«

»Und warum gehst du jedes Mal auf Abstand, sobald ...?« Sie biss sich auf die Lippen.

Seine Augen weiteten sich. Dann stieß er ein Geräusch aus, das ein bisschen wie ein abgehacktes Lachen klang. Kein Wunder, Mirella fühlte sich auch ziemlich lächerlich. »Ich nehme Knochenwurzeln«, sagte er. »Weißt du, was das ist?«

Sie nickte. Männer aßen das, wenn sie nicht wollten, dass ihre Intimitäten mit Frauen Kinder hervorbrachten. »Und?«, fragte sie, weil sie nicht begriff, worauf er hinauswollte.

»Die wirken erst nach sechs Wochen zuverlässig. Ich hab vor vier angefangen.«

»Das dauert ja ewig«, entfuhr es Mirella.

»Ich war genauso überrascht. Ich hab's vorher nie genommen und hab immer gedacht, nach ein paar Tagen ist alles gut.« Er lächelte müde. »War aber ein Irrtum. Mir wär lieber, wir warten die zwei Wochen ab.«

Alia hatte also recht gehabt. Es war nicht so, dass er sie nicht wollte. Er wollte nur die Konsequenzen vermeiden. »Und wenn wir das gar nicht müssen?«, fragte sie.

»Wie meinst du das?«

»Ich nehm Flusskrautkapseln. Da reichen fünf Tage Vorlauf.«

»Und seit wann nimmst du die?«

»Seit vier Wochen.«

»Warum hast du nie was gesagt?«

»Warum hast du nie gefragt?«

Wieder entschlüpfte ihm dieses seltsame Lachen. Er fuhr sich durchs Haar. »Weil ich weiß, wie fürchterlich die schmecken. Ich wollte dich nicht unter Druck setzen.«

»Woher weißt *du* denn, wie die schmecken?«

»Ich hab eine ältere Schwester. Sie hat die gehasst.«

»Oh.«

»Und probiert hab ich die auch mal«, gab Rabe zu. »Nun guck mich nicht so an. Das Zeug wirkt bei mir zwar nicht, aber giftig ist es nicht. Und glaub mir: Dagegen sind die Wurzeln, auf denen ich rumkaue, ein Hochgenuss.«

Ein vorsichtiges Lächeln schob sich auf Mirellas Lippen. »Willst du immer noch zwei Wochen warten?«

»Du nimmst die Kapseln wirklich jeden Tag?«, vergewisserte er sich.

Auf ihr Nicken schwieg er. Als ob er mit sich haderte, ob er ihr trauen konnte oder sich lieber auf die Sicherheit verließ, die er mit etwas Geduld haben würde.

Dann beugte er sich vor und zog sie zu sich auf seinen Schoß. Sein Gesicht war ihrem ganz nah, die blauen Augen musterten sie auf eine Art, dass es Mirella die Hitze in den Bauch und zwischen ihre Beine trieb. »Nein, will ich nicht«, antwortete er atemlos.

Sie grub die Hände in sein Haar, presste ihren Mund auf seinen. Ein wenig fürchtete sie, dass er sich gleich wieder von ihr löste, da sie noch immer nach Mandelpudding schmeckte, doch das tat er nicht. Offenbar hatte sich der Geschmack verflüchtigt. Oder es war ihm egal.

Sie küssten sich leidenschaftlich, hungrig. Seine Finger strichen über ihr Gesicht, den Rücken, rutschten tiefer unter den Saum ihres Kleides, bis sie heiß auf Mirellas nackten Oberschenkeln lagen. Streichelten sie, um im nächsten Moment fest zuzugreifen.

Ihr entwich ein Seufzen, sie drängte sich näher an ihn. Seine Hände wanderten quälend langsam höher, hinterließen brennende Spuren und nagende Sehnsucht. Mirella verlor endgültig die Geduld. Kurzerhand umfasste sie den Rock ihres Kleides und zog es über den Kopf.

Er stieß ein raues Lachen aus. »Ich sagte doch, ich hab ein paar Stunden Zeit.«

»Wenn das so weitergeht, musst du trotzdem los, bevor was passiert ist.«

Seine Augen wanderten tiefer, zu ihren bloßen Brüsten. Seine Finger folgten dem Blick, berührten die empfindliche Haut. Zunächst vorsichtig, dann etwas forscher. Abermals versanken sie in hungrigen Küssen, wobei Mirella es irgendwie schaffte, Rabe aus seinem Hemd zu befreien. Sie strich durch sein Haar, tastete über seine Haut, die Muskeln, die sich anspannten, als er sie plötzlich hochhob. Es fühlte sich an wie Schweben, mehr als beim Balancieren über das Seil damals. Und wie damals gab es kein Sicherheitsnetz. Doch gerade zählten nur die Küsse, das Gefühl von Haut auf Haut.

Rücklings sank sie auf sein Bett. Er war über ihr, der Blick dunkel vor Verlangen. »Willst du das wirklich?«, raunte er.

Sie hob die Hand an sein Gesicht und strich über die Bartstoppeln. »Ich bin genau da, wo ich sein möchte.«

Er lächelte, ehe er sich zu ihr herunterbeugte. Zwischen Küssen und Berührungen verloren sie den Rest ihrer Kleidung. Sie schlang die Beine um seine Hüften, versuchte, ihn näher zu sich zu ziehen. Doch typisch Rabe, ließ er sie selbst jetzt warten. Wieder und wieder entwand er sich ihr.

Erst als ihr ein frustriertes Schnauben entwich, hörte er damit auf. Und endlich spürte sie seine Härte zwischen den Beinen. Mirella schloss die Augen, genoss das wohlige Gefühl, das Rabe in Wellen durch ihren Körper jagte, tastete über seinen Rücken, sein Gesicht. Alles schrumpfte auf ihn zusammen. Sie war diesem Mann verfallen, schon immer irgendwie. Sie zog ihn enger an sich, wollte ihn mit jeder Faser spüren, schmecken, riechen.

Ihre beiden Leiber verschmolzen zu einem, die Zeit floss an ihnen vorbei. Die Welt hörte auf zu existieren und sie mit ihr.

Als sie schließlich keuchend nebeneinander rutschten, hielten sie sich schweigend fest. Minuten vergingen, vielleicht auch Stunden, Mirella wusste es nicht.

»Hast du ne Ahnung, wie spät es ist, Mira?«, fragte Rabe irgendwann.

»Nein, warum?« Dann fiel es ihr ein. »Du hast noch nen Termin.«

»Bedauerlicherweise.« Träge strichen seine Finger über ihre Schulter. Er stieß einen schweren Atemzug aus und sagte: »Ich muss in den Saal und rauskriegen, wie viel Uhr es ist.«

Er wand seinen Arm unter ihrem Körper hervor und küsste sie auf eine Art, dass sie ihn erneut an sich gezogen hätte, wenn sie nicht so ausgelaugt wäre.

Während er am Bettrand in seine Hosenbeine schlüpfte, sah Mirella zum ersten Mal seinen nackten Rücken und die Narben, die sich darüber zogen. Sie hockte sich hinter ihn und fuhr die markanten Linien mit den Fingerspitzen nach, spürte die sanften Erhebungen und Furchen, wo eigentlich glatte Haut sein sollte. »Du wurdest ausgepeitscht.«

»Ist schon ein paar Jahre her«, sagte er.

»Wie lange denn?«

»Ich war sechzehn.«

»Vor wie vielen Jahren war das?« Sie konnte nicht einschätzen, ob er das verraten würde. Mit Informationen über sich war Rabe nicht gerade freigiebig.

Doch schließlich antwortete er: »Vor acht Jahren.« Er erhob sich, um sein Hemd einige Schritte weiter entfernt vom Boden aufzuheben, und schlüpfte hinein. »Willst du hierbleiben, während ich die Uhrzeit rauskriege?«

»Kommst du danach zurück?«

»Falls ich dann noch Zeit hab, ja. Ich kann dir meinen Schlüssel geben. Sofern ich gleich losmuss, schließt du ab, wenn du gehst.«

»Ähm«, machte Mirella, da Rabes Vertrauen sie überrumpelte. Zumal sie nicht einmal sicher war, ob es Vertrauen war oder nur ein Test. »Ich glaub, ich geh besser auch.«

27

Yerad

Mirella fehlte beim heutigen Abendessen, worüber sich Yerad nicht beklagte.

»Hast du den Obervogel schon gefragt, Mäuschen?«

Chadrik schüttelte den Kopf. »Hab ihn heut noch nicht gesehen.«

Alia blickte von ihrem Teller auf. »Rabe ist mit Mira zusammen.«

Durak lachte. »Dann ist's ja gut, dass Mäuschen nicht gestört hat.«

Plötzlich erhob sich Chadrik und entfernte sich vom Tisch. Yerad wandte sich um und entdeckte Rabe und Mirella, die Hand in Hand den Saal durchquerten und auf die Öllampenuhr, die in einer Ecke brannte, zuhielten. Die beiden hätten gerne länger wegbleiben können. Als er sich zurückdrehte, grinste Durak.

»Na, Prinzessin, willst du lieber wieder ein Gefangener sein?«

»Das würd mir zumindest einiges ersparen.«

»He«, beschwerte sich Alia. »Das kannst du doch nicht ernsthaft wollen.«

»Vielleicht wenn du mir als Mitgefangene Gesellschaft leistest.«

»Ausgeschlossen«, entgegnete sie bestimmt. »Ich pass höchstens auf, dass du nicht abhaust.«

»Tja, das Elsterchen machst du uns nicht abspenstig, Prinzessin.«

Chadrik war zurück und nahm Platz. Anstatt etwas zu sagen, schob er sich in Seelenruhe einen Löffel Reis in den Mund.

»Und?«, drängte Yerad.

Chadrik schluckte herunter. »Wir beginnen morgen«, verkündete er nüchtern.

»Ich soll schon morgen mit der Armbrust schießen?« Da hatte Yerad sich erst vor ein paar Stunden überhaupt mit dem Gedanken abgefunden, dass es wohl besser war, derartiges zu lernen, und nun sollte es praktisch sofort losgehen?

»Jup«, bestätigte Chadrik.

»Wenn du's nicht so lang aushältst«, ergänzte Durak grinsend, »lässt sich nach dem Abendessen bestimmt eine kleine Einführung machen.«

»Danke, Durak«, gab Yerad zurück. »Das ist genau das, was ich gebraucht hab.« Lustlos stocherte er in seinem Essen herum.

»Entspann dich, Prinzessin. Denkst du, ich will dem Elsterchen in die Quere kommen?«

Stimmt, Alia wollte ihm ja die Bereiche zeigen, die sie erst im Dunkeln betreten durften. Bei all den Veränderungen am heutigen Tag hatte er das ganz vergessen. »Wie lange dauert es eigentlich, bis wir loskönnen?«, fragte er sie.

»Vielleicht zwei Stunden«, erklärte Alia. »Es muss wirklich stockfinster sein. Sonst ist es verboten.«

Also hätten Chadrik und Durak davor genug Zeit, um Yerad mit der Armbrust zu quälen. Er war überrascht, dass sie nicht erneut damit anfingen. Stattdessen schlug Chadrik ein paar Runden Batader vor.

Yerad lugte zu Alia.

»Macht nur«, sagte sie, während Mirella mit einem vollen Teller bei ihnen Platz nahm. »Ich muss nachher sowieso noch was mit Mira besprechen.«

»Das kannst du doch auch hier, Elsterchen.«

Vehement schüttelte Alia den Kopf. »Mit Sicherheit nicht.«

Eine Stunde später brütete Yerad wieder einmal über einem Zug.

Chadrik vertrieb sich die Wartezeit damit, die Greifin zu streicheln. Neben Yerad war er der Einzige, der sich in den Kreis wagte.

Endlich setzte Yerad seinen Stein.

»Und dafür hast du so lang gebraucht?« Chadrik machte seinen Zug, wobei er Yerad den gerade gesetzten Stein wegnahm.

Die Greifin keckerte. Offenbar fand sie Yerads heutige Unfähigkeit beim Batader äußerst erheiternd.

Chadrik stichelte: »Willst du der Greifin die hundert schlechtesten Züge zeigen?«

»So schlimm?«

»Mit dem Schlag auf den Kopf warst du besser.«

»Das heißt aber nicht, dass du gleich wieder zuhauen darfst.«

Chadriks Mundwinkel zuckten. »Woran liegt's? Die Vorfreude auf die Armbrust? Beim Üben kannst du keinen verletzen oder töten«, versicherte er. Wenig vertrauenerweckend fügte er hinzu: »Zumindest solang du dich an das hältst, was ich sag.«

Sollte Yerad das etwa beruhigen? Doch die Armbrust war nicht das Einzige, das seine Gedanken beschäftigte. »Es ist noch etwas anderes«, murmelte er.

»Was?«

Yerad starrte auf seine Hände. »Ich bin nervös. Wegen Alia.«

Erneut stieß die Greifin ihr keckerndes Lachen aus.

Yerad warf ihr einen wütenden Blick zu. »Dein Mitgefühl ist wirklich überwältigend.«

Aber das beeindruckte das Tier überhaupt nicht. Es stupste Yerad lediglich viel zu heftig an, wie um ihm zu sagen, dass er sich nicht so anstellen solle.

Wenigstens lachte Chadrik ihn nicht aus. Allerdings runzelte der Freund überdeutlich die Stirn. »Warum? Sie ist total verliebt in dich.«

»Trotzdem hab ich Angst, was falsch zu machen.« Er hatte schließlich keinerlei Ahnung von Beziehungsangelegenheiten. Er war immer davon ausgegangen, dass er seine Eltern, Xamina und Lunis um Rat bitten könnte. Etwas, das nun unmöglich war. Gut, Chadrik war verheiratet gewesen, doch so, wie seine Ehe geendet hatte, wollte Yerad nicht in der Wunde stochern. Dennoch tat er genau das.

»Du? Wie willst du das denn anstellen?«

Hilflos hob Yerad die Schultern.

»Wenn's Probleme gibt, sprecht drüber. Ansonsten sei nett zu ihr, aber das bist du ja sowieso. Mehr kannst du ohnehin nicht machen.« Chadrik räumte das Spiel ein.

»Willst du nicht weiterspielen?«

»Ich spiel mit dir, weil ich ne Herausforderung will. Und die gibt's heut nicht.«

»Entschuldige.«

Ein Lächeln huschte über Chadriks Lippen. »Morgen geht's dir besser.«

»Oder schlechter.«

»Dagegen würd ich sogar freiwillig wetten.« Chadriks Lächeln verstärkte sich. »Und ich weiß, dass Alia genauso nervös ist.«

»Wie kommst du denn darauf?« Beim Abendessen wirkte sie ganz normal.

»Weil sie unbedingt was mit Mira besprechen wollte, wobei wir gestört hätten.«

»Es kann doch auch um was anderes gehen.«

»Eher um *jemand* anderen. Würd mich aber wundern, wenn die nur über Rabe reden.«

Chadrik ging davon aus, dass Yerad Gesprächsthema zwischen Alia und Mirella war? Eine Vorstellung, die nicht gerade zur Linderung von Yerads Nervosität beitrug.

Es verging bestimmt eine weitere Stunde, in der sie der Greifin vorlasen, bis Alia in der Greifenkammer auftauchte. Sie stand ähnlich verschüchtert in der Tür wie bei ihren ersten Besuchen hier. Außerdem hatte sie sich umgezogen und sah noch reizender aus, während Yerad dieselbe Kleidung trug wie den ganzen Tag schon.

»Nun geh endlich«, sagte Chadrik und da realisierte Yerad, dass er wie versteinert auf seinem Platz hockte. »Ich les der Greifin vor, damit sie sich nicht langweilt.« Chadrik tätschelte den Hals des Tiers.

»Du kannst doch nicht einfach in dem Buch weiterlesen. Ich will schließlich auch wissen, wie die Geschichte weitergeht.«

»Hm, stimmt«, machte Chadrik und blickte zu Alia. »Hast du noch Bücher, die ich nicht kenne?«

»Klar, natürlich. Ich hol dir eins.« Und schon war sie wieder verschwunden. Aber nicht für lange. Als sie nun in die Kammer kam, wirkte sie um einiges selbstbewusster. Vermutlich, weil sie gerade in ihrem Element war.

Chadrik ging zu Alia, nahm das Buch und las den Titel. »Klingt interessant.«

Alia strahlte.

Yerad trat an ihre Seite und ergriff ihre Hand. »Wollen wir?«

Sie nickte zaghaft und bevor Yerad der Mut verließ, ging er mit ihr auf den Flur und schloss die Tür hinter sich. »Du siehst hübsch aus, Alia«, sagte er und ihm fiel auf, wie das ankommen könnte. »Also, du siehst besonders hübsch aus. Hübsch bist du ja immer.«

Vor allem, wenn sie so lächelte wie jetzt. »Danke.«

»Soll ich mich ebenfalls umziehen?«

»Nicht nötig. Da, wo wir hingehen, kann man eh nicht viel sehen.«

Und warum hatte sie sich dann umgezogen? Einen Moment standen sie vor der Kammer der Greifin, die Hände miteinander verschränkt.

»Und?«, fragte Alia zögerlich. »Wo willst du zuerst hin? Zur Auswahl stehen Flechtenfarmen, Pilzfarmen und leere Höhlenräume.«

»Wo habt ihr eigentlich die ganzen Kaninchen gelassen?«, erkundigte sich Yerad, da er von denen heute noch keine gesehen hatte. Oder waren die alle schon im Magen der Greifin gelandet?

»Die sind hinter roten Türen, weil in den Bereichen tagsüber nicht jeder rumlaufen soll. Da gibt's nämlich Stellen, die von außen einsehbar sind. Da die Tiere Licht brauchen, ist's die einzige Möglichkeit. Die Leute, die da arbeiten, wissen, wo sie sich bewegen können, und andere dürfen tagsüber mit ihnen zusammen dorthin. Soll ich den Pflegern sagen, dass du die Kaninchen sehen willst?«

»Nein, nicht so wichtig.«

»Also, was darf es zuerst sein: Flechtenfarmen, Pilzfarmen oder leere Höhlenräume?«, wiederholte Alia ihre Frage von vorhin.

»Such du aus. Hauptsache, frische Luft.« Jetzt, wo er gelegentlich an den Steinstrand durfte, merkte er umso mehr, wie stickig es in den Höhlen war.

»Dann gehen wir zu meinem Lieblingsplatz«, entschied Alia. Sie führte ihn weg von den Wohnbereichen und näher an den Ausgang, wenn Yerad nicht alles täuschte. Es wurde so finster, dass er sich vollkommen auf ihre Führung verlassen musste. »Besteht die Gefahr, dass wir plötzlich abstürzen?«, fragte er, weil er sich an den Weg in die Höhlen erinnerte. Die Angst, auf den Klippen zu zerschellen.

»Nein, keine Sorge. Hier kannst du dich höchstens stoßen.«

Eine Tür knarzte, dann sah Yerad das erste schwache Licht vor ihnen und vernahm ein stetiges Rauschen. »Wir gehen aber nicht auf die Plattform hinter dem Wasserfall, oder?«

»Das würde Rabe nicht erlauben. Wir sind nur dicht genug, dass wir den Wasserfall hören.« Alia zog Yerad um eine Biegung und vor ihnen erschien ein Stück Sternenhimmel: hunderte glitzernder Lichtpunkte vor einem samtschwarzen Grund.

»Das ist ...« Yerad fehlten die Worte, so überwältigt war er. Er hatte nicht gewusst, wie sehr er diesen Anblick vermisst hatte.

»Ich weiß«, sagte Alia und er konnte ihr Lächeln hören.

Sie zog ihn weiter und mittlerweile hatten sich seine Augen ein wenig an die Dunkelheit gewöhnt, sodass er die Ränder des Lochs erkannte, das den Blick auf den Himmel ermöglichte. Wie ein Fenster begann es ein Stück über dem Boden.

Alia führte Yerad direkt an dieses Fenster und nahm mit ihm Platz. »Die Wand unter der Öffnung ist ziemlich massiv«, erklärte sie. »Solang du nicht herumspringst, bist du sicher.«

»Dabei springe ich doch so gerne herum«, gab Yerad zurück, woraufhin sie leise lachte. Es verklang fast im Rauschen. Er rückte näher an sie und schloss von hinten beide Arme um sie. Sie lehnte sich an ihn, legte ihre Hände auf seine Unterarme. Eine Weile saßen sie stumm da, umgeben vom Tosen des Wasserfalls und den fernen Wellen. Es fühlte sich gut an. Richtig.»Ist wirklich schön hier«, sagte er.

»Den Rest kann ich dir später zeigen«, entgegnete sie.

»Oder gar nicht.« Denn diese Orte würden ihm garantiert nicht besser gefallen.

Sie lachte, drückte seinen Arm und schmiegte sich enger an ihn.

Yerads Herzschlag beschleunigte sich. Er senkte seinen Kopf in ihr Haar, atmete ihren Duft.»Alia?«

»Ja?«

»Ich würde dich gern küssen.«

Sie sagte nichts, nur der Wasserfall und das Meer rauschten. Dann, als Yerad längst überzeugt war, dass er lieber den Mund gehalten hätte, drehte sie sich in seinen Armen um. Ihre Hände legten sich auf seine Wangen.»Ich will auch, dass du mich küsst. Das will ich schon seit Wochen.« Sie sprach hastig. Als hätte sie Angst vor den eigenen Worten.

Sie waren wirklich beide nervös. Obwohl sie dasselbe wollten. Yerad beugte sich vor. Bis er Alia so nah war, dass er ihren Atem einatmete, süß und lockend. Endlich überbrückte er den letzten Abstand.

Der Kuss war zart und sanft wie Alia. Sie lösten sich nur kurz voneinander, bevor Alia die Initiative ergriff. Behutsam, aber dennoch bestimmt. Vorsichtig und trotzdem so voller Leidenschaft, dass Yerad sich fühlte, als würde er in ihren Zärtlichkeiten dahinschmelzen.

Als sich ihre Lippen das nächste Mal trennten, konnte Yerad nicht sagen, wie viel Zeit verstrichen war.

Während sich Alia eng an ihn kuschelte, murmelte sie in seine Halsbeuge: »Das hätten wir schon früher machen sollen.«

»Ich war ein Gefangener.«

»Na und? Wenn Chadrik dich schlafenderweise bewacht, kann ich das auch beim Küssen. Zumindest bin ich mir ziemlich sicher, dass ich dann gemerkt hätte, wenn du plötzlich geflohen wärst.«

Yerad schmunzelte und drückte Alia fester an sich. Er wollte diesen friedvollen Moment bewahren, denn tief im Inneren wusste er, dass seine Zukunft als Rebell ihn vor große Herausforderungen stellen würde. Vielleicht sogar zu große.

Dennoch würde er diesen Weg gehen. Für die wundervolle Frau in seinen Armen. Für Chadrik und Durak. Und nicht zuletzt für die Greifin, die endlich wieder das tun sollte, wofür sie geboren war: fliegen.

Ende von Teil 2

Ausblick auf Teil 3

Du möchtest am liebsten sofort weiterlesen? Das freut mich sehr, allerdings musst du dich bis zum Erscheinen von Band 3 noch ein klein wenig gedulden. Das Ebook erscheint voraussichtlich im Dezember 2024, das Taschenbuch etwa einen Monat später.

Um den Termin nicht zu verpassen, melde dich für meinen kostenlosen Newsletter an. Zusätzlich zu den Informationen über alle meine neuen Veröffentlichungen bekommst du Zugang zu exklusiven Extras wie einer spannenden Kurzgeschichte, verschiedenen Desktop-Hintergründen, einem alternativen Anfang zu meinem Debüt »Magie voller Tücken« und vielen weiteren Dingen. Und das Beste ist: Jedes Quartal gibt es ein neues Extra, auf das du jederzeit zugreifen kannst.

Klingt gut? Hier geht es zur Anmeldung:

Der abgedruckte QR-Code führt dich direkt zu meinem Newsletter. Du kannst aber auch gerne meine Webseite www.sppepper.de besuchen und dich dort anmelden. Und keine Angst, ich werde dich nicht mit Emails überschütten. Aktuell (Stand: September 2024) versende ich ein bis drei Newsletter pro Quartal.

Um dich auf den dritten Teil von »In Al-Lucants Schatten«
einzustimmen, darfst hier schon den Klappentext lesen:

*Mirella wusste, dass sie zu weit gegangen war. Sie hatte Rabe vor
den anderen widersprochen und ihn beleidigt. Eine Entschuldigung
brachte sie trotzdem nicht hervor. Weil sich alles in ihr dagegen
sträubte, seinen Plan umzusetzen.*

Mirellas Leben als Rebellin wechselt zwischen Zufriedenheit
und Furcht. Einerseits ist sie glücklich, in Alia, Durak und Chadrik so etwas wie eine Familie gefunden zu haben. Andererseits versetzt sie seit dem Desaster bei den Kaninchenfarmern
jeder Auftrag in Panik. Und ausgerechnet Rabes neuester Plan
verlangt ihr mehr ab, als sie zu geben bereit ist.

Yerad fühlt sich in den Höhlen inzwischen wohler, als er es
im Barri-Al-Noble unter dem derzeitigen Kalifen jemals konnte. Wenn da nur nicht die Angst um seine Freunde wäre, die
Rabe regelmäßig auf lebensgefährliche Aufträge schickt, und
der Widerwillen, mit der Armbrust zu üben. Am meisten
fürchtet sich Yerad allerdings vor dem Moment, wenn die
Ketten der Greifin gelöst werden.

Leseprobe

Auf den nächsten Seiten möchte ich dir meine Kurzgeschichte »Die Stimme des Frühlings« vorstellen, die du lesen kannst, wenn du meinen Newsletter abonnierst.

Auf dieser Seite ist der Klappentext abgedruckt und ab der nächsten Seite das erste Kapitel.

Viel Spaß beim Lesen.

»Ich habe gehofft, dass Ihr Euch uns freiwillig anschließt.«

»Warum? Weil Ihr mich so freundlich bewusstlos geschlagen habt?«

Sira ist eine Heilmagierin, doch anstatt Kranke zu pflegen, muss sie eine mysteriöse Frau beschützen. Seit die Fremde in ihrem Zirkel aufgetaucht ist, war sie das Ziel mehrerer Mordanschläge, die alle von sonderbar gekleideten Männern verübt wurden. Weder Sira noch die anderen Heilerinnen kennen den Grund für diese Attentate, aber Sira ahnt, dass die Männer nicht aufgeben werden.

Womit sie allerdings nicht rechnet, ist, dass sie selbst von einem der Verbrecher entführt wird und er sie zwingt, ihm bei dem Mord zu helfen. Die Begründung, mit der er sie überzeugen will, ist verrückt. Doch wenn Sira leben will, muss sie mitspielen.

Sira starrte auf den Toten. Den Vierten innerhalb von zwei Wochen und den Zweiten, den sie zu verantworten hatte. Beim ersten Mal hatte sie panisch gezittert. Nun stand sie stoisch da und wartete auf das Entsetzen. Seltsamerweise blieb es aus. *Der Schock*, redete sie sich ein. Es war ja gerade passiert. *Vielleicht auch die Erschöpfung.*

Eine Tür klapperte und jemand trat ein. Am forschen Schritt erkannte Sira, dass es Meisterin Patrina war, vermutlich aufgeschreckt durch die Menge an Magie, die Sira mit ihrem Blitz freigesetzt hatte. Die alte Heilmagierin blieb neben Sira stehen und fixierte den Toten in der hellgrünen Kleidung mit dem weißen Gürtel. Dunkle Blutflecken tränkten den Stoff und beschmutzten den Boden. »Diese Kerle werden langsam lästig«, zischte sie und stierte den Toten an, als erwartete sie eine Entschuldigung von ihm. »Ich habe in meinem Leben schon vieles gesehen, aber Mörder in solch einem Aufzug? Wäre schwarz nicht sinnvoller? Oder wenigstens weinrot? Mir war nicht einmal bewusst, dass man Leinen so färben kann.«

Es sieht aus wie das erste Grün der Birken, dachte Sira, während sie in die Hocke ging und das Amulett des Toten hervorzog. Wie die anderen drei vor ihm trug auch er das Abbild eines blühenden Baumes.

Weitere Schritte erklangen, weitere Mitglieder des Zirkels fanden sich ein und reihten sich um den Toten.

»Hatte er es ebenfalls auf unseren Gast abgesehen?«, fragte Lirana.

Sira nickte. »Ich habe ihn entdeckt, als er mit der Armbrust auf sie gezielt hat.«

Wie auf ein Zeichen blickten alle Magierinnen zu der bildhübschen blonden Frau, die am anderen Ende des Raums einen Kranz aus gesammelten Löwenzahnblüten flocht. Sie wirkte, als ginge sie der ganze Trubel nichts an. Dabei waren die Männer doch hinter ihr her. Bevor sie hier aufgetaucht war, hatte der Zirkel nie Probleme gehabt und nun gaben sich die Mörder die Klinke in die Hand. Hatten Sira selbst zur Mörderin gemacht.

Meisterin Patrina fragte: »Hat eine von euch etwas in den Büchern gefunden?«

Niemand antwortete.

Das wäre auch zu schön gewesen.

»Hast du noch einmal versucht, mit ihr zu reden, Sira?«

»Natürlich«, gab Sira frustriert zurück. »Nichts.« Das einzige, was aus dem Mund dieser Frau entwich, waren gesummte Melodien. Ein Geräusch, das Sira mittlerweile in den Wahnsinn trieb.

»Seit fast drei Wochen ist sie nun hier«, fuhr Meisterin Patrina fort. »Sie hilft nicht, sie spricht nicht und falls sie krank ist, kann das keine von uns erkennen. Ich würde sie liebend gerne fortschicken, bevor eine von uns zu Schaden kommt.«

Sira hätte nichts dagegen, auch wenn sie bezweifelte, dass sie diese Frau so einfach loswurden. Darüber hinaus widersprach es dem Eid, den sie alle geschworen hatten: jenen zu helfen, die Hilfe benötigten.

Meisterin Patrina gab Anweisungen, wer das Grab ausheben und wer die letzten Bücher durchsuchen sollte und schließlich, wer die eigentliche Arbeit – die Versorgung der Kranken in ihrer Heilstätte – übernahm.

Sira rieb die Augen und unterdrückte ein Gähnen. Sie konnte doch jetzt nicht im Stehen einschlafen.

Jemand berührte sie am Arm. Lirana. »Ich übernehme sie. Erhol dich, Liebes.«

Sira blickte zu Meisterin Patrina. Diese nickte und bedeutete ihr, zu gehen.

Dankbar floh Sira in den Garten, ließ sich auf eine Bank sinken und schloss die Augen. Das Vogelgezwitscher wandelte sich zu einer der Melodien, die die Blonde immer summte. Genervt schlug Sira die Lider auf.

Ein Schatten fiel auf sie und Meisterin Patrina legte eine Decke um Siras Schultern. Dann setzte sich die alte Frau neben sie.

»Danke, Meisterin.«

»Es tut mir leid, dass ich dir so viel aufbürden muss, mein Kind.«

»Ich weiß, dass es nicht anders geht.« Sira lehnte den Kopf gegen die Schulter der alten Frau. Ihr Zirkel bestand nun einmal aus Heilmagierinnen, von denen keine jemals den Umgang mit Kampfmagie erlernt hatte. Drei von ihnen hatten aber einen derart guten Zugang zur Magie, dass sie intuitiv in der Lage waren, gewisse Kampfzauber anzuwenden. Sira war mit Abstand die Beste, weshalb sie diejenige war, die den ungebetenen Gast am häufigsten beaufsichtigte.

»Trotzdem solltest du nicht töten müssen. Das ist nicht richtig.« Meisterin Patrina seufzte schwer. »Heute Nacht und morgen werden Lirana und ich auf sie aufpassen. Du kannst dich morgen entweder ausruhen oder ein paar Besorgungen in Grünhain erledigen.«

»Ich würde lieber nach Grünhain gehen.« Dann könnte sie auch bei ihren Eltern vorbeischauen.

»Das habe ich mir gedacht.« Sira hörte das Lächeln der alten Magierin. Einen Moment saßen sie schweigend nebeneinander. Nur der Gesang aus den Zweigen erklang, der Blütenduft umhüllte sie. »Es ist schon ein seltsames Jahr«, sagte Meisterin Patrina plötzlich.

»Was meinst du?« Die sonderbare Frau, die die Mörder in die Heilstätte gelockt hatte, war schließlich erst seit ein paar Wochen da.

»Wir haben Ende Juni und jetzt schau dir die Bäume an.«

Sira sah zu den Apfelbäumen, die in schneeweißer Pracht erstrahlten. Die Quitten hüllten sich in ihr rosa Kleid und die Weiden wogen ihre Kätzchen. *Ist wirklich schon Ende Juni?* Vor lauter Arbeit mit der Blonden war Sira das gar nicht aufgefallen.

»Selbst die Blumen wissen nicht, dass wir mittlerweile Sommer haben.« Tulpen, Hyazinthen, Primeln und Narzissen leuchteten von den Beeten.

»Es ist recht frisch«, versuchte Sira eine Erklärung zu finden. »Und der Frühling war spät dran dieses Jahr.«

»Möglicherweise ist das der Grund«, stimmte Meisterin Patrina zu. »Ich hoffe nur, die Ernte wird reif, wenn alles derart verspätet ist. Den nächsten Winter kümmert es schließlich nicht, ob die Vorratskammern gefüllt sind.«

– Ende der Leseprobe –

Hat dich das erste Kapitel überzeugt und du möchtest gerne weiterlesen? Dann melde dich für meinen Newsletter an. Anschließend kannst du »Die Stimme des Frühlings« in meiner Geheimen Bibliothek entweder direkt dort lesen oder als Ebook herunterladen.

Hier noch einmal der QR-Code für die Newsletter-Anmeldung:

Alternativ kannst du dich auch direkt auf meiner Webseite www.sppepper.de für den Newsletter anmelden.

Ich freue mich auf dich.

Steffi

Impressum

Stefanie Pockelwald

Autorin

Hauptstraße 41

17449 Karlshagen

Deutschland

01515 6139697

mail@sppepper.de

www.sppepper.de

© 2024 Stefanie Pockelwald

Verlag: BoD · Books on Demand GmbH, In de Tarpen 42,
22848 Norderstedt

Druck: Libri Plureos GmbH, Friedensallee 273, 22763, Hamburg

ISBN: 978-3-7597-9522-9